不复当年模样

梁实秋

CNS
PUBLISHING & MEDIA
湖南文艺出版社
HUNAN LITERATURE AND ART PUBLISHING HOUSE

博集天卷
CS-BOOKY

出版说明

本书参考了20世纪70年代以来台湾地区出版的梁实秋的相关文集，包括《秋室杂忆》《槐园梦忆》《白猫王子及其他》等，主要按照事件发生的时间顺序重新进行编排。在本书的编校过程中，编者参考各类不同版本，力图保持梁实秋作品原文风貌，同时查阅相关文献对原文进行了勘误和修订，希望能为读者呈现内容丰富、原汁原味的梁实秋作品。

"疲马恋旧秣，羁禽思故栖"（代序）[①]

"疲马恋旧秣，羁禽思故栖"是孟郊的句子，人与疲马羁禽无异，高飞远走，疲于津梁，不免怀念自己的旧家园。

我的老家在北平，是距今一百几十年前由我祖父所置的一所房子，坐落在东城相当热闹的地区，出胡同东口往北是东四牌楼，出胡同西口是南小街子。东四牌楼是四条大街的交叉口，所以商店林立，市容要比西城的西四牌楼繁盛得多。牌楼根儿底下靠右边有一家干果子铺，是我家投资开设的，领东的掌柜姓任，山西人，父亲常在晚间带着我们几个孩子溜达着到那里小憩，掌柜的经常飨我们以汽水，用玻璃球做塞子的那种小瓶汽水，仰着脖子对着瓶口汩汩而饮之，还有从蜜饯缸里抓出来的蜜饯桃脯的一条条的皮子，当时我认为那是一大享受。南小街子可是又脏又臭又泥泞的一条路，我小时候每天必须走一段南小街去上学，时常在羊肉床子看宰羊，在切面铺买"干蹦儿"或糖火烧吃。胡同东口外斜对面就是灯市口，是较宽敞的一条街，在那里有当时唯一可以买到英文教科书《汉英初阶》及墨水钢笔的汉英图书馆，以后又添了一家郭纪云，路南还有一家小有名气的专卖卤虾、小

① 选自台湾九歌出版社1980年出版的《白猫王子及其他》。

菜、臭豆腐的店。往南走约十五分钟进金鱼胡同便是东安市场了。

我的家是一所不大不小的房子。地基比街道高得多，门前有四层石台阶，情形很突出，人称“高台阶”。原来门前还有左右分列的上马石凳，因妨碍交通而被拆除了。门不大，黑漆红心，浮刻黑字“忠厚传家久，诗书继世长”，门框旁边的木牌刻着“积善堂梁”四个字，那时人家常有堂号，例如三槐堂王、百忍堂张等等。积善堂梁出自何典，我不知道。积善之家必有余庆，语见《易经》，总是勉人为善的好话，作为我们的堂号亦颇不恶。打开大门，里面是一间门洞，左右分列两条懒凳，从前大门在白昼是永远敞着的，谁都可以进来歇歇腿。一九一一年兵变之后才把大门关上，进了大门迎面是两块金砖镂刻的“戬穀”两个大字，“戬穀”一语出自诗经“俾尔戬穀”，“戬”是福，“穀”是禄，取其吉祥之义。前面放着一大缸水葱（正名为莞，音冠），除了水冷成冰的时候，总是绿油油的，长得非常旺盛。

向左转进四扇屏门，是前院。坐北朝南三间正房，中间一间辟为过厅，左右两间一为书房一为佛堂。辛亥革命前两年，我的祖父去世，佛堂取消，因为我父亲一向不喜求神拜佛，这间房子成了我的卧室，那间书房属于我的父亲，他镇日价在里面摩挲他的那些有关金石小学的书籍。前院的南边是临街的一排房，作为用人的居室。前院的西边又是四扇屏门，里面是西跨院，两间北房由塾师居住，两间南房堆置书籍，后来改成了我的书房，小跨院种了四棵紫丁香，高逾墙外，春暖花开时满院芬芳。

走进过厅，出去又是一个院子，迎面是一个垂花门，门旁有四大盆石榴树，花开似火，结实大而且多。院里又有几棵梨树，后来砍伐改种四棵西府海棠。院子东头是厨房，绕过去一个月亮门通往东院，有一棵高庄柿子树，一棵黑枣树，年年收获累累，此外还有紫荆、榆叶梅等等。我记得这个东院主要用途是摇煤球，年年秋后就要张罗摇煤球，要敷一冬天的使用。煤黑子把煤渣与黄土和在一起，加水，和成稀泥，平铺在地面，用铲子剁成小方粒，放在大簸箩里像滚元宵似的滚成圆球，然后摊在地上晒。这份手艺真不简单，我儿时常在一旁参观，十分欣赏。如遇天雨，还要急速动员抢救，否则化为一汪黑水全被冲走了。在那厨房里我是不受欢迎的，厨师嫌我碍手碍脚，拉面的时候总是塞给我一团面教我走得远远的，我就玩那一团面，直玩到那团面像是一颗煤球为止。

进了垂花门便是内院，院当中是一个大鱼缸，一度养着金鱼，缸中还矗立着一座小型假山，山上有桥梁房舍之类，后来不知怎么水也涸了，假山也不见了，干脆作为堆置煤渣之处，一个鱼缸也有它的沧桑！东西厢房到夏天晒得厉害，虽有前廊也无济于事，幸有宽幅一丈以上的帐篷三块每天及时支起，略可遮抗骄阳。祖父逝后，内院建筑了固定的铅铁棚，棚中心设置了两扇活动的天窗，至是“天棚鱼缸石榴树……”乃粗具规模。民元之际，家里的环境突然维新，一日之内小辫子剪掉了好几根，而且装上了庞然巨物钉在墙上的“德律风”，号码是六八六，照明的工具原来都是油灯、猪蜡，只有我父亲看书时才能点白光熠熠的僧帽牌的洋蜡，煤油灯被认为危险，一向抵制不用，至是里里外外装上了电灯，大放光明。还有两架电扇，西门子制造的，经常不准孩子们走近五尺距离以内，生怕削断了我们的手指。

内院上房三间，左右各有套间两间。祖父在的时候，他坐在炕上，隔着玻璃窗子往外望，我们在院里跑都不敢跑。有一次我们几个孩子听见胡同里有“打糖锣儿的”的声音，一时忘形，蜂拥而出，祖父大吼：“跑什么？留神门牙！”打糖锣儿的乃是卖糖果的小贩，除了糖果之外兼卖廉价玩具。泥捏的小人、蜡烛台、小风筝、摔炮，花样很多，我母亲一律称之为“土筐货”。我们买了一些东西回来，祖父还坐在那里，唤我们进去。上房是我们非经呼唤不能进去的，而且是一经呼唤便非进去不可的，我们战战兢兢的鱼贯而入，他指着我问：“你手里拿着什么？”我说：“糖。”“什么糖？”我递出了手指粗细的两根，一支黑的，一支白的。我解释说：“这黑的，我们取名为狗屎橛；这白的为猫屎橛。”实则那黑的是杏干做的，白的是柿霜糖。祖父笑着接过去，一支咬一口尝尝，连说：“不错，不错。”他要我们下次买的时候也给他买两支，我们奉了圣旨，下次听到糖锣儿一响，一拥而出，站在院子里大叫：“爷爷，您吃猫屎橛，还是吃狗屎橛？”爷爷会立即答腔：“我吃猫屎橛！”这是我所记得的与祖父建立密切关系的开始。

父母带着我们孩子住西厢房，我同胞一共十一个，我记事的时候已经有四个，姊妹兄弟四个孩子睡一个大炕，好热闹，尤其是到了冬天，白天玩不够，夜晚钻进被窝齐头睡在炕上还是吱吱喳喳笑语不休。母亲走过来巡视，把每个孩子脖梗子后面的棉被塞紧，使不透风，我感觉得异常的舒适温暖，便怡然入睡了。我活到如今，夜晚睡时脖梗子后面透凉气，便想到母亲当年那一份爱抚的可贵。母亲打发我们睡后还有她的工作，她需要去伺候公婆的茶水点心，直到午夜，她要黎明即起，张罗我们梳洗，她很少有睡觉的时间，可是等到“多年的媳妇熬成婆”，这情形又周而复始，于是女性惨矣！

大家庭的膳食是有严格规律的，祖父母吃小锅饭，父母和孩子吃普通饭，男女仆人吃大锅饭，只有吃煮饽饽、吃热汤面是例外。我们北方人，饭桌上没有鱼虾，烩虾仁、溜鱼片是馆子里的菜，只有春夏之交黄鱼、大头鱼相继进入旺季，全家才能大快朵颐，每人可以分到一整尾。秋风起，要吃一两回铛爆羊肉，牛肉是永远不进家门的，院子里升起一大红泥火炉的熊熊炭火，有时也用柴，噼噼啪啪的响，铛上肉香四溢，颇为别致。秋高蟹肥，当然也少不了几回持螯把酒，平时吃的饭是标准的家常饭，到了特别的吉庆之日，看祖父母的高兴，说不定就有整只烤猪或是烧鸭之类的犒劳。祖父母的小锅饭也没有什么了不起，也不过是爆羊肉、烧茄子、焖扁豆之类，不过是细切细做而已。我记得祖父母进膳时，有时看到我们在院里拍皮球，便喊我们进去，教我们张开嘴巴，用筷子夹起半肥半瘦的羊肉片往我们嘴里塞，我们实在不欣赏肥肉，闭着嘴跑到外面就吐出来。祖父有时候吃得高兴，便教“跑上房的”小厮把厨子唤来，隔着窗子对他说：“你今天的爆羊肉做得好，赏钱两吊！”厨子在院中慌忙屈腿请安，连声谢谢，我觉得很好笑。我祖母天天要吃燕窝，夜晚由老张妈戴上老花眼镜坐在门旮旯儿弓着腰驼着背摘燕窝上的细茸毛，好可怜，一清早放在一个薄铫儿里在小炉子上煨。官燕木盒子是我们的，黑漆金饰，很好玩。

我母亲从来不下厨房，可是经我父亲特烦，并且亲自买回鱼鲜笋蕈之类，母亲亲操刀砧，做出来的菜硬是不同。我十四岁进了清华学校，每星期只准回家一次，除去途中往返，在家只有一顿午饭从容的时间，母亲怜爱我，总是亲自给我特备一道菜，她知道我爱吃什么，时常是一大盘肉丝韭黄加冬笋木耳丝，临起锅加一大勺花雕酒——菜的香，母的爱，现在回忆起来不禁涎欲滴而泪欲垂！

我生在西厢房，长在西厢房，回忆儿时生活大半在西厢房的那个大炕上。炕上有个被窝垛，由被褥堆垛起来的，十床八床被褥可以堆得很高，我们爬上爬下以为戏，直到把被窝垛压到连人带被一齐滚落下来然后已。炕上有个炕桌，那是我们启蒙时写读的所在。我同哥姊四个人，盘腿落脚的坐在炕上，或是把腿伸到桌底下，夜晚靠一盏油灯、三根灯草，描红模子，写大字，或是朗诵“一老人，入市中，买鱼两尾，步行回家”。我会满怀疑虑问父亲：“为什么他买鱼两尾就不许他回家？”惹得一家大笑。有一回我们围着炕桌夜读，我两腿清酸，一时忘形把膝头一拱，哗喇喇一声炕桌滑落地上，油灯墨盒泼洒得一塌糊涂。母亲有时督促我们用功，不准我们淘气，手里握着苕帚疙瘩或是掸子把儿，做威吓状，可是从来没有实行过体罚。这西厢房就是我的窝，夙兴夜寐，没有一个地方比这个窝更为舒适。虽然前面有廊檐而后面无窗，上支下摘的旧式房屋就是这样的通风欠佳。我从小就是喜欢早起早睡。祖父生日有时叫一台“托偶戏”在院中上演，有时候是滦州影戏，唱的无非是什么盘丝洞、走鼓沾棉、三娘教子、武家坡之类，大锣大鼓，尖声细嗓，我吃不消，我依然是按时回房睡觉，大家目我为落落寡合的怪物。可是影戏里有一个角色我至今不忘，那就是每出戏完毕之后上来叩谢赏钱的那个小丑，满身袍褂靴帽而脑后翘着一根小辫，跪下来磕三个响头，有人用惊堂木配合着用力敲三下，砰砰砰，清脆可听，我所以对这个脚色发生兴趣，是因为他滑稽，同时代表那种只为贪图一吊两吊的小利就不惜卑躬屈膝向人磕头的奴才相。这种奴才相在人间世里到处皆是。

小时过年固然热闹，快意之事也不太多。除夕满院子撒上芝麻秸，踩上去喀吱喀吱响，一乐也；宫灯、纱灯、牛角灯全部出笼，而孩子们也奉准每人提一只纸糊的“气死风”，二乐也；大开赌戒，可以掷状元红，呼卢喝雉，难得放肆，三乐也。但是在另一方面，年菜年年如是，大量制造，等于是天天吃剩菜，几顿煮饽饽吃得人倒尽胃口。杂拌儿么，不管粗细，都少不了尘埃细沙杂拌其间，吃到嘴里牙碜。撤供下来的蜜供也是罩上了薄薄一层香灰。压岁钱则一律塞进“扑满”，永远没满过，也永远没扑过，后来不知到哪里去了。天寒地冻，无处可玩，街上店铺家家闭户，里面不成腔调的锣鼓点儿此起彼落。厂甸儿能挤死人，为了“喝豆汁儿，就咸菜儿，琉璃喇叭大沙雁儿”，真犯不着。过年最使人窝心的事莫过于挨门去给长辈拜年，其中颇有些位只是年齿比我长些，最可恼的是有时候主人并不挡驾而教你进入厅堂朝上磕头，从门帘后面蓦的钻出一个不三不四的老妈妈：“哟，瞧这家的哥儿长得可出息啦！”辛亥革命以后我们家里不再有这些繁文缛节。

还有一个后院，四四方方的，相当宽绰。正中央有一棵两人合抱的大榆树。后边有榆（余）取其吉利。凡事要留有余，不可尽，是我们民族的特性之一。这棵榆树不但高大而且枝干繁茂，其圆如盖，遮满了整个院子。但是不可以坐在下面乘凉，因为上面有无数的红毛绿毛的毛虫，不时的落下来，咕咕嚷嚷的惹人嫌。榆树下面有一个葡萄架，近根处埋一两只死猫，年年葡萄丰收，长长的马乳葡萄。此外靠边还有香椿一、花椒一、嘎嘎儿枣一。每逢春暮，榆树开花结荚，名为榆钱。榆荚纷纷落下时，谓之“榆荚雨”（见《荆楚岁时记》）。施肩吾咏榆荚诗：“风吹榆钱落如雨，绕林绕屋来不住。”我们北方人生活清苦，遇到榆荚成雨时就要吃一顿榆钱糕。名为糕，实则捡榆钱洗净，和以小米面或棒子面，上锅蒸熟，舀取碗内，加酱油醋麻油及切成段的葱白葱叶而食之。我家每做榆钱糕成，全家上下聚在院里，站在阶前分而食之。比《帝京景物略》所说“四月榆初钱，面和糖蒸食之”，还要简省。仆人吃过一碗两碗之后，照例要请安道谢而退。我的大哥有一次不知怎的心血来潮，吃完之后也走到祖母跟前，屈下一条腿深深请了个安，并且说了一声：“谢谢您！”祖母勃然大怒：“好哇！你把我当做什么人？……”气得几乎晕厥过去。父亲迫于形势，只好使用家法了。从墙上取下一根藤马鞭，高高举起，轻轻落下，一五一十的打在我哥哥的屁股上。我本想跟进请安道谢，幸而免，吓得半死，从此我见了榆钱就恶心，对于无理的专制与压迫在幼小时就有了认识。后院东边有个小院，北房三间，南房一间，其间有一口井。井水是苦的，只可汲来洗衣洗菜，但是另有妙用，夏季把西瓜系下去，隔夜取出，透心凉。

想起这栋旧家宅，顺便想起若干儿时事。如今隔了半个多世纪，房子一定是面目全非了，其实人也不复是当年的模样，纵使我能回去探视旧居，恐怕我将认不得房子，而房子恐怕也认不得我了。

Contents 目录

不复当年模样

家世[①]

我没有什么辉煌的“家世”可谈。

我的远祖在河北（直隶）沙河一带务农。我的祖父到了北京谋生，后来得到机会宦游广东，于是家道小康。返棹北归，路过杭州小住，因家父入学应考，遂落籍钱塘。从此我的籍贯一直是浙江钱塘。事实上我是光绪二十八年（民前十年）[②]夏历十二月八日生于北京。民国四年（一九一五）我小学毕业，投考清华学校，清华是由各省摊派庚子赔款而设立的，所以学生

① 选自《岂有文章惊海内——答丘彦明女士问》，见台湾《联合文学》1987年5月第31期。

② 即1902年。

由各省考送。为了籍贯的关系，我在直隶省京兆大兴县署（北京东城属大兴县）申请入籍，以便合法地就近在天津应考，从此我的籍贯就是北平了。我的母亲是杭州人。

老家在北京东城根老君堂。祖父自南方归来，才买下内务部街二十号的房子。那时不叫内务部街，叫勾栏胡同。不知道为什么取这样的一个地名（勾栏本是厅院的意思，元朝以后妓院亦称勾栏）。这是一栋不大不小的房子，有正院、前院、后院、左右跨院，共有房屋三十几间，算是北平的标准小康之家的住宅。“天棚鱼缸石榴树”都应有尽有了。我曾写了一篇《“疲马恋旧秣，羁禽思故栖”》，是怀念我的这个旧居之作。这篇文字被喜乐先生看见了，他也是老北京，很感兴趣，根据我的描写以及他对北平式房屋构造的认识，画了一幅我的旧居图送给我。他花了好多天的功夫，用了七十多小时，才完成这一幅他所最擅长的界画，和我所想念的旧居实际情形可以说是八九不离十，只是画得太漂亮了一些。现在的内务部街二十号不是这个样了。

大陆开放后，我的女儿文蔷曾到北平探亲，想要顺便巡视我的旧居，经过若干周折，获准前去一视。大门犹在，面貌全非。里面住了十九家，家家檐下堆煤举火为炊，成为颇有规模的“大杂院”。鱼缸仍在，石榴海棠丁香则俱已无存，惟后跨院屋中一个“隔扇心”还有我题的几个字。她匆匆照了不少张相片，我看了觉得惨不忍睹。她带回了一样东西给我，我保存至今——从旧居院中一棵枣树上摘下来的一个枣子，还带着好几个叶子，长途携来仍是青绿，并未褪色，浸在水中数日之后才渐渐干萎。这个枣子现在虽然只是一个普通干皱的红枣的样子，却是我唯一的和我故居之物质上的联系。

我的家不是富有之家，只是略有恒产，衣食无缺。北平厚德福饭庄不是我家产业，在此不妨略加解释。我父亲是厚德福的老主顾，和厚德福的掌柜陈莲堂先生自然地有了友谊。陈莲堂是开封人，不但手艺好，而且为人正直，只是旧式商人重于保守，不事扩张，厚德福乃长久局限在小巷中狭隘的局面。家父力劝扩展，莲堂先生心为之动，适城南游艺园方在筹设，家父代为奔走接洽，厚德福分号乃在游艺园中成立，生意鼎盛。从此家父借箸代筹，陆续在沈阳、哈尔滨、青岛、西安、上海、香港等地设立连锁分店，家父与我亦分别小量投资几处成为股东。经过两次动乱，一切经营尽付流水，这就是我家和厚德福关系之始末。

本来我家属于中产阶级，民元袁世凯嗾使曹锟部下兵变，大肆劫掠平津，我家亦遭荼毒，从此家道中落。我自留学归来，立即就教职于国立东南大学。我父亲不胜感慨，他以为我该闭户读书，然后再出而问世。知子莫若父，知己也莫若自己。父母的训导与身教，使我知道“勤俭”二字为立身处世之道，终身不敢逾。

童年生活①

我的童年生活，只模糊地记得一些事。

北平有一童谣：

小小子儿，
坐门墩儿，
哭哭啼啼地想媳妇儿。
娶了媳妇儿干什么呀？
点灯，说话儿；

① 选自《岂有文章惊海内——答丘彦明女士问》。

吹灯，做伴儿；

早晨起来梳小辫儿。

梳小辫儿是一天中第一件大事。我是在民国元年才把小辫儿剪了去。那时候我的辫子已有一尺多长，睡一夜觉，辫子往往就松散了，辫子不梳好是不准出屋门的。所以早起急于梳辫子，而母亲忙，匆匆地给我梳，梳得紧，揪得头皮痛。我非常厌恶这根猪尾巴。父亲读《扬州十日记》《大义觉迷录》之类的书，常把满军入关之后“留头不留发，留发不留头”的事讲给我们听，我们对于辫子益发没有好感。革命后把辫子一刀两断，十分快意。那时候北平的新式理发馆只有东总布胡同西口路北一处，座椅两张。我第一次到那里剪发，连揪带剪，相当痛，而且头发楂顺着脖子掉下去。

民国以前，我的家是纯粹旧式的。孩子不是一家之主，是受气包儿。家规很严。门房、下房，根本不许孩子涉足其间。爷爷奶奶住的上房，无事也不准进去，父亲的书房也是禁地，佛堂更不用说。所以孩子们活动的空间有限。室内游戏以在炕上攀登被窝垛为主，再不就是用窗帘布挂在几张桌前做成小屋状，钻进去坐着，彼此作（做）客互访为乐。玩具是有的，不外乎从“打糖锣儿的”担子上买来的泥巴制的小蜡签儿之类，从隆福寺买来的小“空竹”算是上品了。

我记得儿时的服装，最简单不过。夏天似乎永远是竹布一身裤褂，白布是禁忌。冬天自然是大棉袄小棉袄，穿得滚圆臃肿。鞋子袜子都是自家做的，自古以来不就是以“青鞋布袜”作为高人雅士的标识吗？我们在童年时就有了那样的打扮。进了清华之后，才斗胆自主写信到天津邮购了一双白帆布鞋，才买了洋袜子穿。暑假把一双双的布袜子原样带回家，被母亲发现，才停止了布袜的供应。布鞋、毛窝，一直在脚上穿着，皮鞋是很久以后的事了。

小孩子哪有不馋的？早晨烧饼油条或是三角馒头，然后一顿面一顿饭，三餐无缺，要想吃零食不大容易。门口零食小贩是不许照顾的，有时候偷着吃“果子干”“玻璃粉”或是买串糖葫芦，被发现便不免要挨骂。所以我出去到大鹁鸽市[①]进陶氏学堂的时候，看见卖浆米藕的小贩，驻足而观，几乎馋死，豁出两天不吃烧饼油条积了两个铜板才得买了一小碟吃。我的一个弟弟想吃肉，有一天情不自已地问出一句使母亲心酸的话：“妈，小炸丸子卖多少钱一碟？”

革命以后，情况不同了。我的家庭也起了革命。我们可以穿白布衫裤，可以随时在院子里拍皮球、放风筝、耍金箍棒，可以逛隆福寺吃“驴打滚儿”“爱窝窝”。父亲也带我们挤厂甸。

念字号儿，描红模子，读商务出版的“人手足刀尺，一人二手，开门见山，山高月小，水落石出……”，这一套启蒙教育，都是在炕桌上，在母亲的笤帚疙瘩的威吓下，顺利进行的。我们没受过体罚。我比较顽皮淘气，可是也没挨过打。我爱发问，我读过“一老人，入市中，买鱼两尾，步行回家”之后，曾经发问：“为什么买鱼两尾就不许他回家？”

---

① 即大鹁鸽胡同，位于王府井大街东侧，呈东西走向。

父亲给我们订了一份商务的《儿童画报》，卷末有一栏绘一空白轮廓，要小读者运用想象力在其中填画一件彩色的实物。寄了去如果中选则有奖。我得了好几次奖，大概我是属于“小时了了”那一类型。上房后炕的炕案上有一箱装订成册的《吴友如画宝》，虽然说明文字未必能看得懂，画中大意往往能体会到一大部分，帮助我了解社会人生不浅。性的知识，我便是在八九岁时从吴友如的几期画报中领悟到的。

这就是我童年生活的大概。

我在小学①

我在六七岁的时候开始描红模子，念字号儿。所谓“红模子”就是红色的单张字帖，小孩子用毛笔蘸墨把红字涂黑即可。帖上的字不外是“上大人孔乙已化三千……”“一去二三里，烟村四五家……”以及“王子去求仙丹成上九天……”之类。描红模子很容易描成墨猪，要练得一笔下去就横平竖直才算得功夫。所谓“字号儿”就是小方纸片，我父亲在每张纸片上写一个字，每天要我认几个字，逐日复习。后来书局印售成盒的“看图识字”，一面是字，一面是画，就更有趣了，我们弟兄姊妹一大群，围坐

① 选自台湾传记文学出版社1985年出版的《秋室杂忆》。

在一张炕上的矮桌周边写字认字，有说有笑。有一次我一拱腿，把炕桌翻到地上去。母亲经常坐在炕沿上，一面做活计，一面看着我们，身边少不了一把炕苕帚，那苕帚若是倒握着在小小的脑袋上敲一记是很痛的。在那时体罚是最简截了当的教学法。

不久，我们住的内政部街西口内路北开了一个学堂，离我家只有四五个门。校门横楣有砖刻的五个福字，故称之为五福门。后院有一棵合欢树，俗称马缨花，落花满地，孩子们抢着拾起来玩，每天早晨谁先到校就可以捡到最好的花，我有早起的习惯，所以我总是拾得最多。有一天我一觉醒来，窗棂上有一格已经有了阳光，急得直哭，母亲匆忙给我梳小辫，打发我上学，不大工夫我就回转了，学堂尚未开门。在这学堂我学得了什么已不记得，只记得开学那一天，学生们都穿戴一色的缨帽呢靴站在院里，只见穿戴整齐的翎顶袍褂的提调学监们摇摇摆摆的走到前面，对着至圣先师孔子的牌位领导全体行三跪九叩礼。

在这个学堂里浑浑噩噩的过了一阵。不知怎么，这学校关门大吉。于是家里请了一位教师，贾文斌先生，字宪章，密云县人，口音有一点怯，是一名拔贡①。我的二姊、大哥和我三个人在西院书房受教于这位老师。所用课本已经是新编的国文教科书，从“人、手、足、刀、尺”起，到“一人二手，开门见山”，以至于“司马光幼时……”。《三字经》《百家姓》《千字文》这一段就没有经历过。贾老师的教学法是传统的“念背打”三部曲，但是第三部“打”从未实行过。不过有一次我们惹得他生了大气，那是

---

① 拔贡，科举考试中贡入国子监的生员之一种。

我背书时背不出来，二姊偷偷举起书本给我看，老师本来是背对着我们的，陡然回头撞见，气得满面通红，但是没有动用桌上放着的精工雕刻的一把戒尺。还有一次也是二姊惹出来的，书房有一座大钟，每天下午钟鸣四下就放学，我们时常暗自把时针向前拨快十来分钟。老师渐渐觉得座钟不大可靠，便利用太阳光照在窗纸上的阴影用朱笔画一道线，阴影没移到线上是不放学的。日久季节变幻阴影的位置也跟着移动，朱笔线也就一条条的加多。二姊想到了一个方法，趁老师不在屋里替他加上一条线，果然我们提早放学了，试行几次之后又被老师发现，我们都受了一顿训斥。

民国前二年，我和大哥进了大鹁鸽市的陶氏学堂。陶是陶端方，在当时是清政府里的一位比较有知识的人，对于金石颇有研究，而且收藏甚富，历任要职，声势煊赫，还知道开办洋学堂，很难为他了。学堂之设主要的是为教育他的家族子弟，因为他家人口众多，不过也附带着招收外面的学生，收费甚昂，故有贵族学堂之称。父亲要我们受新式教育，所以不惜学费负担投入当时公认最好的学校，事实上却大失所望。所谓新式的洋学堂，只是徒有其表。我在这学堂读了一年，可以说什么也没有学到，除非是让我认识了一些丑恶腐败的现象。

陶氏学堂是私立贵族学堂，陶氏子弟自成特殊阶级原无足异，但是有些现象却是令人难以置信的。陶氏子弟上课时随身携带老妈子，听讲之间可以唤老妈子外出买来一壶酸梅汤送到桌下慢慢饮用。听先生讲书，随时可以写个纸条，搓成一个纸团，丢到老师讲台上去，代替口头发问，老师不以为忤。陶氏子弟个个恣肆骄纵，横冲直撞，记得其中有一位名陶栻者，尤其飞扬跋扈。他们在课堂内外，成群的呼啸出入，动辄动手打人，大家为之侧目。

国文老师是一位南方人，已不记得他的姓名，教我们读《诗经》。他根据他的祖传秘方，教我们读，教我们背诵，就是不讲解，当然即使讲解也不是儿童所能领略。他领头扯着嗓子喊“击鼓其镗”，我们全班跟着喊“击鼓其镗”，然后我们一句句的循声朗诵“踊跃用兵，土国城漕，我独南行”。他老先生喉咙哑了，便唤一位班长之类的学生代他吼叫。一首诗朗诵过几十遍，深深的记入在我们的脑子里，迄今有些首诗我能记得清清楚楚。脑子里记若干首诗当然是好事，但是付了多大的代价！一部分童时宝贵的光阴就是这样耗去的！

有趣的是体操一课。所谓体操，就是兵操。夏季制服是由帆布制的，草帽、白线袜、黑皂鞋。裤腿旁边各有一条红带，衣服上有黄铜纽

扣。辫子则需盘起来扣在草帽底下。我的父母瞒着祖父母给我们做了制服，因为祖父母的见解是属于更老一代的，他们无法理解在家里没丧事的时候孩子们可以穿白衣白裤。因此我们受到严重警告，穿好操衣之后要罩上一件竹布大褂，白色裤脚管要高高的卷起来，才可以从屋里走到院里，下学回家时依然要偷偷摸摸溜到屋里赶快换装。在民元以前我平时没有穿过白衣白裤。

武昌起义，鼙鼓之声动地而来，随后端方遇害，陶氏学堂当然立即瓦解，陶氏子弟之在课堂内喝酸梅汤的那几位以后也不知下落如何了。这时节，祖父母相继逝世，父亲做了一件大事：全家剪小辫子。在剪辫子那一天，父亲对我们讲了一大套话，平夙看的《大义觉迷录》《扬州十日记》供给他不少愤慨的资料，我们对于这污脏麻烦的辫子本来就十分厌恶，巴不得把它齐根剪去，但是在发动并州快剪之际，我们的二舅爹爹还忍不住泫然流涕。民国成立，溥海腾欢，第一任正式大总统项城袁世凯先生不愿到南京去就职，嗾使第三镇曹锟驻禄米仓部队于阴历正月十二日夜晚兵变，大烧大抢，平津人民遭殃者不计其数。我亦躬逢其盛。兵变过后很久，家里情形逐渐稳定，我才有机会进入公立第三小学。

公立第三小学在东城根新鲜胡同，是当时办理比较良好的学校，离我家又近，所以父亲决定要我和大哥投入该校。校长赫杏村先生，旗人，精明强干，声若洪钟。我和大哥都编入高小一年级，主任教师是周士棻先生，号香如，山西人，年纪不大，约三十几岁，但是蓄了小胡子，道貌岸然。周先生是我真正的启蒙业师。他教我们国文、历史、地理、习字。他的教学方法非常认真负责。在史地方面于课本之外另编补充教材，每次上课之前密密匝匝的写满了两块大黑板，要我们抄写，月终呈缴核阅。例如历史一科，鸿门之宴、垓下之围、淝水之战、安史之乱、黄袍加身、明末三案，诸如此类的史料都有比较详细的补充。材料很平常，可是他肯费心讲授，而且不占用上课时间去写黑板。对于习字一项，他特别注意。他用黑板槽里积存的粉笔屑，和水作泥，用笔蘸着写字在黑板上作为示范，灰泥干了之后显得特别的黑白分明，而且粗细停匀，笔意毕现，周老师的字属于柳公权一派，瘦劲方正。他要我们写得横平竖直，规规矩矩。同时他也没有忽略行草的书法，我们每人都备有一本草书千字文拓本，与楷书对照。我从此学得初步的草书写法，其中一部分终身未曾忘。大字之外还要写“白折子”，折子里面夹上一张乌丝格，作为练习小楷之用。他知道我们小学毕业之后能升学的不多，所以在此三年之内基础必须打好，而习字是基本技能之一。

周老师也负起训育的责任，那时候训育叫做修身。我记得他特别注意生活上的小节，例如钮扣是否扣好，头发是否梳齐，以及说话的腔调，走路的姿势，无一不加指点。他要求于我们的很多，谁的笔记本子折角卷角就要受申斥。我的课业本子永远不敢不保持整洁。老师本人即是一个榜样。他布衣布履，纤尘不染，走起路来目不斜视，迈大步昂首前进，几乎两步一丈，讲起话来和颜悦色，但是永无戏言。在我们心目中他几乎是一个完人。我父亲很敬重周老师的为人，在我们毕业之后特别请他到家里为我的弟弟妹妹补课多年，后来还请他租用我们的邻院做为我们的邻居。我的弟弟妹妹都受业于周老师，至少我们写的字都像是周老师的笔法。

小学有英文一课，事实上我未进小学之前就已开始从父亲学习英文了。我父亲是同文馆第一期学生，所以懂些英文，庚子年乱起辍学的。小学的英文老师是王德先生，字仰臣。我们用的课本是《华英初阶》，教授的方法是由拼音开始，ba，be，bi，bo，bu，然后就是死背字句，记得第三课就一句：Is he of us？（彼乃我辈中人否？）这一句我背得滚瓜烂熟。老师一提："Is he of us？"我马上就回答出："彼乃我辈中人否？"老师大为惊异，其实我在家里早已学过了。这样教学的方法使初学英文的人费时很多，但未养成初步的语言习惯，实在是精力的浪费。后来老师换了一位程朴洵先生，是一位日本留学生，有时穿着半身西装，英语发音也比较流利正确一些。我因为预先学过一些英文，所以在班上特感轻松，老师也特别嘉勉。临毕业时程老师送我一本原版的马考莱[①]的《英国史》，这本书当时我还不能看懂，后来却也变成对我有用的一本参考书。

体操老师锡福先生，字辅臣，旗人。他有一副苍老而沙哑的喉咙，喊起"立正""稍息""枪上肩""枪放下"的时候很是威风。排起队来我是末尾，排头的一位有我两个高。老师特别喜欢我们这一班，因为我们平常把枪擦得亮，服装整齐一些，而且开正步的时候特别用力，踏地作响，给老师作面子。学校在新鲜胡同东口路南，操场在西口路北，我们排队到操场去的时候精神

① 即英国历史学家、作家麦考莱（1800—1859），自由党人、下院议员。著有《詹姆士二世登极后的英国史》（五卷），即文中所提及的《英国史》。

抖擞，有时遇到操场上还有别班同学上操未散，我们便更着力操演，逼得其他各班只有木然呆立、瞠目赞叹的分儿。半小时体操后，时常是踢足球，操场不划线，竖起竹竿便是球门，一半人臂缠红布，笛声一响便踢起球来，高头大马横冲直撞，像我这样的只能退避三舍以免受伤。结果是鸣笛收队皆大欢喜。

我的算术，像“鸡兔同笼”一类的题目我认为是专门用来折磨孩子的，因为我当时想鸡兔是不会同笼的，即使同笼亦无需又数头又数脚，一眼看上去就会知道是几只鸡几只兔。现在我当然明白，是我自己笨，怨不得谁。手工课也不容易应付，不是抟泥，就是削竹，最可怕的是编纸，用修脚刀把彩色纸划出线条，然后再用别种彩色纸条编织上去，真需要鬼斧神工，在这方面常常由我的大姊帮忙。教手工的老师患严重口吃，结结巴巴的惹人笑。教理化的李秉衡老师，保定府人，曾经表演氢二氧一变成水，水没有变出来，玻璃瓶炸得粉碎，但是有一次却变成功了。有一次表演冷缩热胀，一只烧得滚烫的铜珠，被一位多事的同学伸手抓了起来，烫得满手掌溜浆大泡。教唱歌的是一位时老师，他没有歌喉，但是会按风琴，他教我们唱的《春之花》，我至今不能忘。

有一次远足是三年中一件大事。事先筹划了很久，决定目的地为东直门外的自来水厂。这一天特别起了个大早，晨曦未上就赶到了学校，大家啜柳叶汤果腹，柳叶汤就是细长菱形薄面片加菜煮成的一种平民食品，但这是学校里难得一遇的旷典，免费供应，大家都很高兴，有人连罄数碗。不知是谁出的主意，向步军统领衙门借了六位喇叭手，改着我们学校的制服，排在我们队伍前面开道，六只亮晶晶的喇叭上挂着红绸彩，嘀嘀打打的吹起来，招摇过市，好不威风！由新鲜胡同走到东直门外，有四五里之遥，往返将近十里。自来水厂没有什么可看的，虽然那庞大的水池水塔以前都没有见过。这是我第一次徒步走出北京城墙，有久困出柙之感。午间归来，两腿清酸。下次作文的题目是《远足记》，文章交卷，此一盛举才算是功德圆满。

我们一班二十几个人，如今音容笑貌尚存脑海者不及半数，姓名未忘者更是寥寥可数了。年龄最大、身体最高的是一位名叫连祥的同学，约在二十开外，浓眉大眼、膀大腰圆，吹喇叭、踢足球都是好手，脑袋后面留着一根三吋多长的小辫，用红绳扎紧，挺然翘然的立在后脑勺子上，像是一根小红萝卜。听说他以后当步兵去了。一位功课好而态度又最安详的是常禧，后来冠姓栾，他是我们的班长，周老师很器重他，后来听周老师说他在江西某处任商务印书馆分馆经理。还有岳廉识君，后来进了交通部。我们同学绝大部分都是贫寒子弟，毕业之后各自东西，以我所知道的有人投军，有人担筐卖杏，能升学的极少。我们在校的时候都相处得很好，有两种风气使我感到困惑。一个是喜欢打斗，动辄挥拳使绊，闹得桌翻椅倒。有一位同学长相不讨人喜欢，满脸疙瘩噜嗦，绰号“小炸丸子”，他经常是几个好闹事的同学欺弄的对象，有多少次被抬到讲台桌上，手脚被人按住，有人扯下他的裤子，大家轮流在他裤裆里吐一口痰！还有一位同学名叫马玉岐，因为宗教的关系饮食习惯与别人不同，几个不讲理的同学便使用武力强迫他吃下他们不吃的东西，经常要酿出事端。在这样尚武的环境之中我小心翼翼，有时还不能免于受人欺凌。自卫的能力之养成，无论是斗智还是斗力，都需要实际体验，我相信我

光宇画

们的小学是很好的训练场所。另一件使我困惑的事是大家之口出秽言的习惯。有些人各自秉承家教，不只是“三字经”常挂在嘴边，高谈阔论起来其内容往往涉及“素女经”，而且有几位特别大胆的还不惜把他在家中所见所闻的实例不厌其详的描写出来。讲的人眉飞色舞，听的人津津有味。学校好几百人共用一个厕所，其环境之脏可想，但是有些同学入厕之后其嘴巴比那环境还脏。所以我视如厕为畏途。性教育在一群孩子中间自由传播，这种情形当时在公立小学为尤甚，我是深深拜受其赐了。

我在第三小学读了三年，每天早晨和我哥哥步行到校，无间风雪。天气不好的时候要穿家中自制的带钉的油鞋，手中举着雨伞，途中经常要遇到一只恶犬，多少要受到骚扰，最好的时候是适值它在安睡，我们就悄悄的溜过去了，那时我不明白为什么有人要养狗并且纵容它与人为难。内政部门口站岗的巡捕半醒半睡的拄着上刺刀的步枪靠在墙垛上，时常对我们颔首微笑，我们觉得受宠若惊，久之也搭讪着说两句话。出内政部街东口往北转，进入南小街子，无分晴雨永远有泥泞车辙，其深常在尺许。街边有羊肉床子，时常遇到宰羊，我们就驻足而视，看着绵羊一声不响的引颈就戮。羊肉包子的味道热腾腾的四溢。卖螺丝转儿油鬼的，卖甜浆粥的，卖烤白薯的，卖糖耳朵的，一路上左右皆是。再向东一转就进入新鲜胡同了，一眼可以望得见城墙根，常常看见有人提笼架鸟从那边溜达着过来。这一段路给我的印象很深，二十多年后我再经过，这条街则已变为坦平大道，面目全非，但是我还是怀念那久已不复存在的湫隘的陋巷。我是在这些陋巷中长大的，这是我的故乡。

民国四年我毕业的时候，主管教育的京师学务局（局长为德彦）令饬举行会考，把所有各小学应届毕业的学生三数百人聚集在我们第三小学，考国文、习字、图画数科，名之曰观摩会，事关学校荣誉，大家都兴奋。国文试题记得是《诸生试各言尔志》，事有凑巧，这个题目我们以前作过，而且以前作的时候好多同学都是说将来要“效命疆场，马革裹尸”。我其实并无意步武马援，但是我也摭拾了这两句豪语。事后听主考的人说，第三小学的一班学生有一半要“马革裹尸”，是佳话还是笑谈也就很难分辨了。我在打草稿的时候，一时兴起，使出了周老师所传授的草书千字文的笔法，写得虽然说不上龙飞蛇舞，却也自觉得应手得心，正赶上局长大人亲自监考经过我的桌旁，看见我写的好大个的草书，留下了特别的印象。图画考的是自由画，我们一班最近画过一张松鹤图，记忆犹新，大家不约而同的依样画葫芦，斜着一根松枝，上面立着一只振翅欲飞的仙鹤，章法不错。我本来喜欢图画，父亲给我的《芥子园画谱》也发生了作用，我所画的松鹤图总算是尽力为之了。榜发之后，我和哥哥以及栾常禧君都高居榜首，荣誉属于第三小学。我得到的奖品最多，是一张褒奖状、一部成亲王的巾箱帖、一个墨盒、一副笔架以及笔墨之类。

“小时了了，大未必佳”，如今想想这话颇有道理。

松鶴長春

清华八年①

一

我自民国四年进清华学校读书，民国十二年毕业，整整八年的工夫在清华园里度过。人的一生没有几个八年，何况是正在宝贵的青春？四十多年前的事，现在回想已经有些模糊，如梦如烟，但是较为凸出的印象则尚未磨灭。有人说，人在喜欢开始回忆的时候便是开始老的时候。我现在开始回忆了。

民国四年，我十四岁，在北京新鲜胡同京师公立第三小学毕

① 选自《秋室杂忆》。

业，我的父亲接受朋友的劝告要我投考清华学校。这是一个重大的决定，因为这个学校远在郊外，我是一个古老的家庭中长大的孩子，从来没有独自在街头闯荡过，这时候要捆起铺盖到一个陌生的地方去住，不是一件平常的事，而且在这个学校经过八年之后便要漂洋过海离乡背井到新大陆去负笈求学，更是难以设想的事。所以父亲这一决定下来，母亲急得直哭。

清华学校在那时候尚不大引人注意。学校的创立乃是由于民国纪元前四年美国老罗斯福总统决定退还庚子赔款半数指定用于教育用途，意思是好的，但是带着深刻的国耻的意味。所以这学校的学制特殊，事实上是留美预备学校，不由教育部管理，校长由外交部派。每年招考学生的名额，按照各省分担的庚子赔款的比例分配。我原籍浙江杭县，本应到杭州去应试，往返太费事，而且我家寄居北京很久，也可算是北京的人家，为了取得法定的根据起见，我父亲特赴京兆大兴县署办理入籍手续，得到准许备案，我才到天津（当时直隶省会）省长公署报名。我的籍贯从此确定为京兆大兴县，即北京。北京东城属大兴，西城属宛平。

那一年直隶省分配名额为五名，报名应试的是三十几个人，初试结果取十名，复试再遴选五名。复试由省长朱家宝亲自主持，此公夙来喜欢事必躬亲，不愿假手他人，居恒有一颗闲章，文曰“官要自作”。我获得初试入选的通知以后就到天津去谒见省长。十四岁的孩子几曾到过官署？大门口的站班的衙役一声吆喝，吓我一大跳，只见门内左右站着几个穿宽袍大褂的衙役垂手肃立，我逡巡走近二门，又是一声吆喝，然后进入大厅。十个孩子都到齐，有人出来点名。静静的等了一刻钟，一位面团团的老者微笑着踱了出来，从容不迫的抽起水烟袋，逐个的盘问我们几句话，无非是姓甚、名谁、几岁、什么属性之类的谈话。然后我们围桌而坐，各有毛笔纸张放在面前，写一篇作文，题目是《孝弟为人之本》。这个题目我好像从前作过，于是不假思索援笔立就，总之是一些陈词滥调。

过后不久榜发，榜上有名的除我之外有吴卓、安绍芸、梅贻宝及一位未及入学即行病逝的应某。考取学校总是幸运的事，虽然那时候我自己以及一般人并不怎样珍视这样的一个机会。

就是这样我和清华结下了八年的缘分。

二

八月末，北京已是初秋天气，我带着铺盖到清华去报到，出家门时母亲直哭，我心里也很难过。我以后读英诗人 Cowper 的传记时之特别同情他，即是因为我自己深切体验到一个幼小的心灵在离开父母出外读书时的那种滋味——说是“第二次断奶”实在不为过。第一次断奶，固然苦痛，但那是在孩提时代，尚不懂事，没有人能回忆自己断奶时的懊恼，第二次断奶就不然了，从父母身边把自己扯开，在心里需要一点气力，而且少不了一阵辛酸。

清华园在北京西郊外的海甸[1]的西北。出西直门走上一条漫长的马路，沿途有几处步兵统领衙门的“堆子”，清道夫一铲一

① 即今天的海淀。

铲的在道上洒黄土，一勺一勺的在道上泼清水，路的两旁是铺石的路，专给套马的大敞车走的。最不能忘的是路边的官柳，是真正的垂杨柳，好几丈高的桠杈古木，在春天一片鹅黄，真是柳眼挑金，更动人的时节是在秋后，柳丝飘拂到人的脸上，一阵阵的蝉噪，夕阳古道，情景幽绝。我初上这条大道，离开温暖的家，走向一个新的环境，心里不知是什么滋味。

海甸是一小乡镇，过仁和酒店微闻酒香，那一家的茵陈酒莲花白是有名的，再过去不远有一个小石桥，左转趋颐和园，右转经圆明园遗址，再过去就是清华园了。清华园原是清室某亲贵的花园，在门上“清华园”三字是大学士那桐题的，门并不大，有两扇铁栅，门内左边有一棵状如华盖的老松，斜倚有态，门前小桥流水，桥头上经常系着几匹小毛驴。

园里谈不到什么景致，不过非常整洁，绿草如茵，校舍十分简朴，但是一尘不染。原来的一点点中国式的园林点缀保存在“工字厅”“古月堂”，尤其是工字厅后面的荷花池，徘徊池畔，有“风来荷气，人在木阴”之致。塘坳有亭翼然，旁有巨钟为报时之用。池畔松柏参天，厅后匾额上的“水木清华”四字确是当之无愧。又有长联一副：“槛外山光，历春夏秋冬，万千变幻，都非凡境。窗中云影，任东西南北，去来澹荡，洵是仙居。”（祁隽藻书）我在这个地方不知消磨了多少黄昏。

西园榛莽未除，一片芦蒿，但是登土山西望，圆明园的断垣残石历历可见，俯仰苍茫，别饶野趣。我记得有一次郁达夫特来访问，央我陪他到圆明园去凭吊遗迹，除了那一堆石头什么也看不见了，所谓“万园之园”的四十美景只好参考后人书画于想象中得之。

宣統辛亥
清華園
那桐

三

清华分高等科、中等科两部分。刚入校的便是中等科的一年级生。中等四年，高等四年，毕业后送到美国去，这两部分是隔离的，食宿教室均不在一起。

学生们是来自各省的，而且是很平均的代表着各省。因此各省的方言都可以听到，我不相信除了清华之外有任何一个学校其学生籍贯是如此的复杂。有些从广东、福建来的，方言特殊，起初与外人交谈不无困难，不过年轻的人学语迅速，稍后亦可适应。由于方言不同，同乡的观念容易加强，虽无同乡会的组织，事实上一省的同乡自成一个集团。我是北京人，我说国语，大家都学着说国语，所以我没有方言，因此我也就没有同乡观念。如果我可以算得是北京土著，像我这样的土著，清华一共没有几个。（原籍满族的陶世杰、原籍蒙族的杨宗瀚都可以算是真正的北京人。）北京也有北京的土语，但是从这时候起我就和各个不同省籍的同学交往，我只好抛弃了我的土语的成分，养成使用较为普通的国语的习惯。我一向不参加同乡会之类的组织，同时我也没有浓厚的乡土观念，因为我在这样的环境有过八年的熏陶，凡是中国人都是我的同乡。

一天夜里下大雪。黎明时同屋的一位广东同学大惊小怪的叫了起来：“下雪啦！下雪啦！”别的寝室的广东同学也出来奔走相告，一个个从箱里取出羊皮袍穿上，但是里面穿的是单布裤子！

有一位从厦门来的同学，因为言语不通没人可以交谈，孤独郁闷而精神反常，整天用英语喊叫："我要回家！我要回家！"高等科有一位是他的同乡，但是不能时常来陪伴他。结果这位可怜的孩子被遣送回家了。

我是比较幸运的，每逢星期日我缴上一封家长的信便可获准出校返家，骑驴抄小径，经过大钟寺，到西直门，或是坐一小时的人力车遵大道进城。在家里吃一顿午饭，不大工夫夕阳西下又该回学校去了。回家的手续是在星期六晚办妥的，领一个写着姓名的黑木牌，第二天交到看守大门的一位张姓老头儿的手里，才得出门。平常是不准越大门一步的。但是高等科的同学们，和张老头打个招呼，也可以出门走走，买点什么鸭梨柿子烤白薯之类的东西。

新生是一群孩子，我这一班里以项君为最矮小，有一回他掉在一只大尿桶里几乎淹死。二三十年后我在天津遇到他，他已经任一个银行的经理，还是那么高，想起往事不禁发出会心的微笑。

新生的管理是很严格的。斋务主任陈筱田先生是个了不起的人物，天津人，说话干脆而尖刻，精神饱满，认真负责。学生都编有学号，我在中等科时是五八一，在高等科时是一四九，我毕业后十几年在南京车站偶然遇到他，他还能随口说出我的学号。每天早晨七点打起床钟，赴盥洗室，每人的手巾脸盆都写上号码，脏了要罚。七点二十分吃早饭，四碟咸菜如萝卜干、八宝菜之类，每人三个馒头，稀饭不限。饭桌上，也有各人的学号，缺席就要记下处罚。脸可以不洗，早饭不能不去吃。陈先生常常躲在门后，拿着纸笔把迟到的一一记下，专写学号，一个也漏不掉。我从小就有早起的习惯，永远在打钟以前很久就起床，所以从不误吃早饭。

学生有久久不写平安家信以致家长向学校查询者，因此学校规定每两星期必须写家信一封，交斋务室登记寄出。我每星期回家一次，应免此一举，但格于规定仍须照办。我父亲说这是很好的练习小楷的机会，特为我在荣宝斋印制了宣纸的信笺，要我恭楷写信，年终汇订成册，留作纪念。

学生身上不许带钱，钱要存在学校银行里，平常的零用钱可以存少许在身上，但一角钱一分钱都要记账，而且是新式簿记，有明细账，有资产负债对照表，月底结算完竣要呈送斋务室备核盖印然后发还。在学校用钱的机会很少，伙食本来是免费的，我入校的那一年才开始收半费，每月伙食是六元半，我交三元，在我以后就是交全费的了，洗衣服每月二元，这都是在开学时交清了的。理发每次一角，手艺不高明，设备也简陋，有一样好处——快，十分钟连揪带拔一定完工。（我的朋友张心一来自甘肃，认为一角钱太贵，总是自剃光头，青白油亮，只是偶带刀痕。）所以花钱只是买零食。校内有一个地方卖日用品及食物，起初名为嘉华公司，后改称为售品所，卖豆浆、点心、冰淇淩、花生、栗子之类。只有在寝室里可以吃东西，在路上走的时候吃东西是被禁止的。

洗澡的设备很简单，用的是铅铁桶，由工友担冷热水。孩子们很多不喜欢亲近水和肥皂，于是洗澡便需要签名，以备查核。规定一星期洗澡至少两次，这要求并不过分，可是还是有人只签名而不洗澡。照规定一星期不洗澡予以警告，若仍不洗澡则在星期五下午四时周会（名为伦理演讲）时公布姓名，若仍不洗澡则强制执行，派员监视。以我所知，这规则尚不曾实行过。

看小说也在禁止之列，小说所谓“闲书”，据说是为成年人消遣之用，不是诲淫就是诲盗，年青人血气未定，看了要出乱子的。可是像水浒、红楼之类我早就在家里看过，也是偷着看的，看到妙处心里确是怦怦然。

我到清华之后，经朋友指点，海甸有一家小书店可以买到石印小字的各种小说。我顺便去了一看，琳琅满目，如入宝山，于是买了一部《绿牡丹》。有一天晚上躺在床上偷看，字小，纸光，灯暗，倦极抛卷而眠，翌晨起来就忘记从枕下捡起，斋务先生查寝室，伸手一摸就拿走了。当天就有条子送来，要我去回话，我还不知道是什么事。只见陈先生铁青着脸，把那本《绿牡丹》往我面前一丢，说："这是嘛？""嘛"者天津话"什么"也。我的热血涌到脸上，无话可说，准备接受打击。也许是因为我是初犯，而且并无其他前科，也许是因为我诚惶诚恐俯首认罪，使得惩罚者消了不少怒意，我居然除了受几声叱责及查获禁书没收之外没有受到惩罚。依法，这种罪过是要处分的，应于星期六下午大家自由活动之际被罚禁闭，地点在"思过室"，这种处分是最轻微的处分，在思过室里静坐几小时，屋里壁上满挂着格言，所谓"闭门思过"。凡是受过此等处分的，就算是有了纪录，休想再能获得品行优良奖的大铜墨盒。我没进过思过室，可是也从来没有得过大铜墨盒，可能是受了《绿牡丹》事件的影响。我们对于得过墨盒的同学们既不嫉妒亦不羡慕，因为人人心里明白那个墨盒的代价是什么，并且事后证明墨盒的得主将来都成了什么样的角色。

思过是要牌示的，若干次思过等于记一小过，三小过为一大过，三大过则恶贯满盈，实行开除。记过开除之事在清华随时有之，有时候一向品学兼优的学生亦不能免于记过。比我高一班的潘光旦曾告诉我他就被记小过一次，事由是他在严寒冬夜不敢外出如厕，就在寝室门外便宜行事，事有凑巧，陈斋务主任正好深夜巡查，迎面相值当场查获，当时未交一语，翌日挂牌记过。光旦认为这是很有趣的一件事，从不讳言。中等科的厕所（绰号“九间楼”）在夜晚是没有人敢去的，面临操场，一片寂寥，加上狂风怒吼，孩子们是有一点怕。最严重的罪过是偷窃，一经破获，立刻开除，有时候拿了人家的一本字典或是拿了人家一匹夏布，都要受最严重的处分，趁上课时扃闭寝室通路，翻箱倒箧实行突检，大概没有窃案不被破获的，虽然用重典，总还有人要蹈法网。有些学生被当做“线民”使用，负责打小报告，这种间谍制度后来大受外国教员指责，不久就废弃了，作线民的大概都是得过墨盒的。

清华对于年幼的学生还有过一阵的另一训导制度，三五个年幼的学生配给一个导师，导师由高等科的大学生担任之，每星期聚会一次，在生活上予以指导。指导我的是一位沈隽淇先生，大概比我大七八岁，道貌岸然，不苟言笑。这制度用意颇佳，但滞碍难行，因为硬性配给，不免扞格。此制行之不久即废，沈隽淇先生毕业后我也从来没听见过他的消息。

严格的生活管理只限于中等科，我们事后想想像陈筱田先生所执行的那一套管理方法，究竟是利多弊少，许多作人作事的道理，本来是应该在幼小的时候就要认识。许多自然主义的教育信仰者，以为儿童的个性应该任其自由发展，否则受了摧残以后，便不得伸展自如。至少我个人觉得我的个性没有受到压抑以至于以后不能充分发展。我从来不相信“树大自直”。等我们升到高等科，一切管理松弛多了，尤其是正值“五四运动”之后，学生的气焰万丈，谁还能管学生?

四

清华是预备留美的学校，所以课程的安排与众不同，上午的课如英文、作文、公民（美国的公民）、数学、地理、历史（西洋史）、生物、物理、化学、政治学、社会学、心理学……都一律用英语讲授，一律用美国出版的教科书；下午课如国文、历史、地理、修身、哲学史、伦理学、修辞、中国文学史……都一律用国语，用中国的教科书。这样划分的目的，显然的要加强英语教学，使学生多得听说英语的机会。上午的教师一部分是美国人，一部分是能说英语的中国人。下午的教师是中国的一些老先生，好多都是在前清有过功名的。但是也有流弊，重点放在上午，下午的课就显得稀松。尤其是在毕业的时候，上午的成绩需要及格，下午的成绩则根本不在考虑之列。因此大部分学生轻视中文的课程。这是清华在教育上最大的缺点，不过鱼与熊掌不可得兼，顾了英文就不容易再顾中文，这困难的情形也是可以理解的。可惜的是学校没有想出更合理的办法，同时对待中文老师之差别待遇也令学生生出很奇异的感想，薪给特别低，集中住在比较简陋的古月堂，显然中文教师是不受尊重的。这在学生的心理上有不寻常的影响，一方面使学生蔑视本国的文化，崇拜外人，另一方面激起反感，对于洋人偏偏不肯低头。我个人的心理反应即属于后者，我下午上课从来不和先生捣乱，上午在课堂里就常不驯顺。而且我一想起母校，我就不能不联想起庚子赔款、义和团、吃教的洋人、昏聩的官吏……这一连串的联想使我惭愧、愤怒。我爱我的母校，但这些联想如何能使我对我母校毫无保留的感觉骄傲呢？

清华特别注重英文一课，由于分配的钟点特多，再加上午其他课亦用英语讲授，所以平均成绩可能较一般的学校略胜。使用的教本开始时是《鲍尔文读本》，以后就是由浅而深的选读文学作品，如《阿丽斯异乡游记》《陶姆伯朗就学记》《柴斯菲德训子书》《金银岛》《欧文杂记》，阿迪生的《洛杰爵士杂记》，霍桑的《七山墙之屋》，《块肉余生述》，《朱立阿西撒》，《威尼斯商人》，等等。前后八年教过我英文的老师有马国骥先生、林语堂先生、孟宪承先生、巢堃霖先生，美籍的有 Miss Baader，Miss Clemens，Mr. Smith 等。（马、林、孟三位先生都是当时比较年轻的教师，不但学问好、教法好，而且热心教学，是难得的好教师。）巢先生是在英国受教育的，英文根柢极好，我很惭愧的是我曾在班上屡次无理捣乱反抗，使他很生气，但是我来台湾后，他从香港寄信给我，要我到香港大学去教中文，我感谢这位老师尚未忘记几十年前的一个顽皮的学生。两位美籍的女教师使我特殊受益的倒不在英文训练，而在她们教导我们练习使用“议会法”，这一套如何主持会议、如何进行讨论、如何交付表决等等的艺术，以后证明十分有用，这也就是孙中山先生所谓的“民权初步”。在民主社会里到处随时有集会，怎么可以不懂集会的艺术？我幸而从小就学会了这一套，以后受用不浅，以后每逢我来主持任何大小会议，我知道如何控制会场秩序、如何迅速的处理案件的讨论。她们还教了我们作文的方法，题目到手之后，怎样先作大纲，怎样写提纲挈领的句子，有时还要把别人的文章缩写成为大纲，有时从一个大纲扩展成为一篇文章，这一切其实就是思想训练，所以不仅对英文作文有用，对国文也一样的有用。我的文章写得不好，但如果层次不太紊乱，思路不太糊涂，其得力处在此。美国的高等学校大概就是注重此种教学方法，清华在此等处模仿美国，是有益的。

上午的所有课程有一特色，即是每次上课之前学生必须作充分准备，先生指定阅览的资料必须事先读过，否则上课即无从听讲或应付。上课时间用在练习讨论者多，用在讲解者少，同时鼓励学生发问。我们中国学生素来没有当众发问的习惯，美籍教师常常感觉困惑，有时指名发问令其回答，造成讨论的气氛。美国大学里在课外指定阅读的资料分量甚重，所以清华先有此种准备，免得到了美国顿觉不胜负荷。我记得到了高等科之后，先生指定要读许多参考书，某书某章必须阅读，我们在图书馆未开门之前就排了长龙，抢着阅读参考书架上的资料，迟到者就要等候。

我的国文老师中使我获益最多的是徐镜澄先生，我曾为文纪念过他（见《秋室杂文》）。他在中等科教我作文一年，批改课业大勾大抹，有时全页都是大墨杠子，我几千字的文章往往被他删削得体无完肤，只剩下二三百字，我始而懊恼，继而觉得经他勾改之后确实是另有一副面貌，终乃接受了他的“割爱主义”，写文章少说废话，开门见山，拐弯抹角的地方求其挺拔，避免茸阘。

午后的课程大致不能令学生满意。学校聘请教员只知道注意其有无举人进士的头衔，而不问其是否为优良教师。尤其是五四以后的几年，学生求知若渴，不但要求新知，对于中国旧学问也要求用新眼光来处理。比我低一班的朱湘先生就跑到北大旁听去了。清华午后上课的情形简直是荒唐！先生点名，一个学生可以代替许多学生答到，或者答到之后就开溜，留在课室者可以写信、看小说甚至打瞌睡，而先生高踞讲坛视若无睹。我记得清清楚楚，有一位叶先生年老而无须，有一位学生发问了："先生，你为什么不生胡须?"先生急忙用手遮盖他的下巴，缩颈俯首而不答，全班哄笑。这一类不成体统的事不止一端。

于此我不能不提到梁任公先生。大概是我毕业前一年，我们几个学生集议想请他来演讲。他的大公子梁思成是我的同班同学，梁思永、梁思忠也都在清华，所以我们经过思成的关系一约就成了。任公先生的学问事业是大家敬仰的，尤其是他心胸开朗，思想赶得上潮流，在五四以后俨然是学术重镇。他身体不高，头秃，双目炯炯有光，走起路来昂首阔步，一口广东官话，声如洪钟。他讲演的题目是《中国韵文里表现的情感》，他情感丰富，记忆力强，用手一敲秃头便能背诵出一大段诗词，有时手之舞之、足之蹈之，有时口沫四溅、涕泗滂沱，频频的从口袋里掏出一块大毛巾来揩眼睛。这篇演讲分数次讲完，有异常的成功，我个人对中国文学的兴趣就是被这一篇演讲所鼓动起来的。以前读曾毅《中国文学史》，因为授课的先生只是照着书本读一遍，毫无发挥，所以我越读越不感兴趣。任公先生以后由学校聘请住在工字厅主讲《中国历史研究法》，更以后清华大学成立，他被聘为研究所教授，那是后话了。

还有些位老师我也是不能忘记的。教音乐的 Miss Seeley 和教图画的 Miss Starr 和 Miss Lyggate 都启迪了我对艺术的爱好。我本来喉音不坏，被选为“少年歌咏团”的团员，一共十二个人，除了我之外，有赵敏恒、梅旸春、项谔、吴去非、李先闻、熊式一、吴鲁强、胡光澄、杜钟珩、郭殿邦等，我的嗓音最高，曾到城里青年会表演过一次 Human Piano（“人造钢琴”），我代表最高音。以后我倒了嗓子，同时 Seeley 女士离校后也没有替人指导，我对音乐便失去了兴趣，没有继续修习，以至于如今对于音乐几乎完全是个聋子，中国音乐不懂，外国音乐也不通，变成了一个“内心没有音乐的人”，想起来实在可怕。讲到图画，我从小就喜欢，涂抹几笔是可以的，但无天才，清华的这两位教师给我的鼓励太多了，要我画炭画、描石膏像，记得最初是画院里的一棵松树，从基本上学习，但我没有能持续用功。我妄以为在小学时即已临摹王石谷、恽南田，如今还要回过头来画这些死东西？自以为这是委屈了我的才能，其实只是狂傲无知。到如今一点基本的功夫都没有，还谈得到什么用笔用墨？幼年时对艺术有一点点爱好，不值什么，没加上苦功，便毫无可观，我便是一例。

我不喜欢的课是数学。在小学时“鸡兔同笼”就已经把我搅昏了头，到清华习代数、几何、三角，更格格不入，从心里厌烦，开始时不用功，以后就很难跟上去，因此我视数学课为畏途。我的一位同学孙筱孟比我更怕数学，每回遇到数学月考大考，他一看到题目就好像是“贾宝玉神游太虚幻境”一般，匆匆忙忙回寝室换裤子，历次不爽。我那时有一种奇异的想法，我将来不预备习理工，要这劳什子作什么？以“兴趣不合”四个字掩饰自己的懒惰愚蠢。数学是人人要学的，人人可以学的，那是一种纪律，无所谓兴趣之合与不合，后来我和赵敏恒两个人同在美国一个大学读书，清华的分数单上“数学”一项都是强勉及格六十分，需要补修三角与立体几何，我们一方面懊恼，一方面引为耻辱，于是我们两个拼命用功，结果我们两个在全班上占有第一、第二的位置，大考特准免予参加，以甲上成绩论。这证明什么？这证明没有人的兴趣是不近数学的，只要按部就班的用功，再加上良师诱导，就会发觉里面的趣味，万万不可任性，在学校里读书时万万不可相信什么“趣味主义”。

生物、物理、化学三门并非全是必修，预备习文法的只要修生物即可，这一规定也害我不浅，我选了比较轻松的生物，教我们生物的陈隽人先生，他对我们很宽，我在实验室里完全把时间浪费了，我怕触及蚯蚓、田鸡之类的活东西，闻到珂罗芳的味道就头痛，把虾蟆的四肢钉在木板上开刀取心脏是我最怵的事，所以总是请同学代为操刀，敷衍了事。物理、化学根本没有选修，至今引为憾事。

我的手很笨拙，小时候手工一向很坏，编纸、插豆、泥工、竹工的成绩向来羞于见人。清华亦有手工一课，教师是周永德先生，有一次他要我们每人作一个木质的方锥体，我实在作不好，就借用同学徐宗涑所作的成品去搪塞缴上。宗涑的手是灵巧的，他的方锥体作得方方正正、有棱有角，周先生给他打了个九十分。我拿同一个作品缴上去，他对我有偏见，仅打了七十分。我不答应，我自己把真相说穿。周先生大怒，说我不该借用别人的作品。我说："我情愿受罚，但是先生判分不公，怎么办呢？"先生也笑了。

五

清华对于体育特别注重。

每早晨第二堂与第三堂之间有十五分钟的柔软操，钟声一响，大家涌到一个广场上，地上有写着号码的木桩，各按号码就位立定，由舒美科先生或马约翰先生领导活动，由助教过来点名。这十五分钟操，如果认真做，也能浑身冒汗。这是很好的调剂身心的办法。

下午四时至五时有一小时的强迫运动，届时所有的寝室、课室房门一律上锁，非到户外运动不可，至少是在外面散步或看看别人运动。我是个懒人，处此情形之下，也穿破了一双球鞋，打烂了三五只网球拍，大腿上被捧球打黑了一大块。可惜到了高等科就不再强迫了。经常运动有助于健康，不，是健康之绝对的必需的条件。而且，身体的健康也必有助于心理的健康。年轻时所获致的健康也是后来求学作事的一笔资本。那时清华的一般的学生比较活泼一些，少老气横秋的态度，也许是运动比较多一点的缘故。

学生们之普遍的爱好运动的习惯之养成是一件事，选拔代表与别的学校竞赛则是又一件事。清华对于选手的选拔、培养与爱护也是作得很充分的。选手要勤练习，体力耗损多，食物需要较高的热量，于是在食堂旁边另设“训练桌”，大鱼大肉，四盘四碗，同学为之侧目。运动员中之德智体三育均优者固然比比皆是，但在体育方面畸形发展的亦非绝无仅有。有一位玩球的健将就是功课不够理想，但还是设法留在校内以便为校立功，这种恶劣的作风是大家都知道的。

清华的运动员给清华带来不少的荣誉，在各种运动比赛中总是占在领导的位置。在最初的几次远东运动会中清华的选手赢得不少锦标，为国家争取光荣。我记得最清楚的是一场足球赛和一场篮球赛。上海南洋大学的足球队在华中称雄，远征华北以清华为对象，大家都觉得胜败未可逆料，不无惴惴。清华的阵容是前锋徐仲良、姚醒黄、关颂韬、华秀升、邝××，后卫之一是李汝祺，守门是董大西。这一战打得好精彩，徐仲良脚头有劲，射门准而急，关颂韬最会盘球，三两个人奈何不得他，冲锋陷阵如入无人之境，结果清华以逸待劳，侥幸大胜。这是在星期六下午举行的，星期一补放假一天以资庆祝，这是什么事！另一场篮球赛是对北师大。北师大在体育方面也是人才辈出，篮球队中一位魏先生尤负盛名。北师大和清华在篮球方面不相上下，可说势均力敌。清华的阵容是前锋有时昭涵、陈崇武，后卫有孙立人、王国华，以这一阵容为基本的篮球队曾打垮菲律宾、日本的代表队。鏖战的结果清华占地利因而险胜，孙立人、王国华的截球之稳练不能不令人叹为观止。附带提起，现在台湾的程树仁先生也是清华的运动健将，他继曹懋德为足球守门，举臂击球，比用脚踢还打得远些，他现在年近七十而强健犹昔，是清华的体育精神的代表。

清华毕业时照例要考体育，包括田、径、爬绳、游泳等项。我平常不加练习，临考大为紧张，马约翰先生对于我的体育成绩只是摇头太息。我记得我跑四百码的成绩是九十六秒，人几乎晕过去。一百码是十九秒。其他如铁球、铁饼、标枪、跳高、跳远都还可以勉强及格。游泳一关最难过。清华有那样好的游泳池，按说有好几年的准备应该没有问题，可惜是这好几年的准备都是在陆地上，并未下过水里，临考只得舍命一试。我约了两位同学各持竹竿站在两边，以备万一。我脚踏池边猛然向池心一扑，这一下子就浮出一丈开外，冲力停止之后，情形就不对了，原来水里也有地心吸力，全身直线下沉。喝了一大口水之后，人又浮到水面，尚未来得及喊救命，已经再度下沉。这时节两根竹竿把我挑了起来，成绩是不及格，一个月后补考。这一个月我可天天练习了，好在不止我一人，尚有几位陪伴我。补考的时候也许是太紧张，老毛病又发了，身体又往下沉，据同学告诉我，我当时在水里扑腾得好厉害，水珠四溅，翻江倒海一般，否则也不会往下沉。这一沉，沉到了池底。我摸到大理石的池底，滑腻腻的。我心里明白，这一回只许成功不许失败。便在池底连爬带泳的前进，喝了几口水之后，头已露出水面，知道快泳完全程了，于是从从容容来了几下子蛙式泳，安安全全的跃登彼岸。马约翰先生笑得弯了腰，挥手叫我走，说："好啦，算你及格了。"这是我毕业时极不光荣的一个插曲，我现在非常悔恨，年轻时太不知道重视体育了。

清华的体育活动也并不完全是洋式的，也有所谓国术，如打拳、击剑之类，教师是李剑秋先生，他的拳是外家一路，急而劲，据说有功夫。有时也开会表演，邀来外面的各路英雄，刀枪剑戟陈列在篮球场上，主人先垫垫脚，然后一十八般武艺一样一样的表演上场，其中包括空手夺刀之类。对于这种玩艺，同学中也有乐此不疲者，分头在钻研太极八卦、少林石头的奥秘。

六

五四运动发生在民国八年，我在中等科四年级，十八岁，是当时学生群中比较年轻的一员。清华远在郊外，在五四过后第二三天才和城里的学生联络上。清华学生的领导者是陈长桐。他的领导才能（charisma）是天生的，他严肃而又和蔼，冷静而又热情，如果他以后不走进银行而走进政治，他一定是第一流的政治家。他的卓越的领导能力使得清华学生在这次运动里尽了应尽的责任，虽然以后没有人以"五四健将"而闻名于世。自五月十九日以后，北京学生开始街道演讲。我随同大队进城，在前门外珠市口我们一小队人从店铺里搬来几条木凳排在街道上，人越聚越多，讲演的情绪越来越激昂，这时有三两部汽车因不得通过而乱按喇叭，顿时激怒了群众，不知什么人一声喝打，七手八脚的捣毁了一部汽车。我当时感觉到大家只是一股愤怒不知向谁发泄，恨政府无能，恨官吏卖国，这股恨只能在街上如醉如狂的发泄了。在这股洪流中没有人能保持冷静，此之谓群众心理。那部被打的汽车是冤枉的，可是后来细想也许不冤枉，因为至少那个时候坐汽车而不该挨打的人究竟为数不多。

章宗祥的儿子和我同一寝室。五四运动勃发之后，他悄悄的走避了，但是许多人不依不饶的拥进了我的寝室，把他的床铺捣烂了，衣箱里的东西狼藉满地。我回来看到很有反感，觉得不该这样作。过后不久他害猩红热死了。

六月三日、四日北京学生千余人在天安门被捕，清华的队伍最整齐，所以集体被捕，所占人数也最多。

清华因为继续参加学生运动而引起学校当局的不满，校长张煜全先生也许是用人不当，也许是他自己过分慌张，竟乘学生晚间开会之际切断了电线，他以为这一着可以迫使学生散去，想不到激怒了学生，当时点起蜡烛继续开会，这是对当局之公然反抗。事有凑巧，会场外忽然发现了三五个衣裳诡异、打着纸灯笼的乡巴佬，经盘问后，原来是由学校当局请来的乡间的“小锣会”来弹压学生的。所谓小锣会，即是乡村农民组织的自卫团体，遇有盗警之类的事变就以敲锣为号，群起抵抗，是维持地方治安的一种组织。糊涂的学校当局竟把这种人请进学校来对付学生，真是自寻烦恼。学生们把“小锣会”团团围住，让他们具结之后便把他们驱逐出校。但是驱逐校长的风潮也因此爆发了。

五四往好处一变而为新文化运动，往坏处一变而为闹风潮。清华的风潮是赶校长。张煜全、金邦正，接连着被学生列队欢送迫出校外，其后是罗忠诒根本未能到差。这一段时期学生领导人之最杰出者为罗隆基，他私下里常说“九年清华，三赶校长”是实有其事。清华的传统的管理学生的方式崩溃了，学生会的坚强组织变成学生生活的中心。学生自治也未始不是一个好的现象，不过罢课次数太多，一快到暑假就要罢课，有人讥笑我们是怕考试，然乎否乎根本不值一辩，不过罢课这个武器用得次数太多反而失去同情则确是事实。

五四运动原是一个短暂的爱国运动，热烈的，自发的，纯洁的，“如击石火，似闪电光”，很快的就过去了。可是年青的学生们经此刺激震动而突然觉醒了，登时表现出一股蓬蓬勃勃的朝气，好像是蕴藏压抑多年的情绪与生活力，一旦获得了迸发奔放的机会，一发而不可收拾，沛然而莫之能御。当时以我个人所感到的而言，这一股力量在两点上有明显的表现：一是学生的组织，一是广泛的求知欲。

在这以前，学生们都是听话的乖孩子，对权威表示服从，对教师表示尊敬，对职员表示畏惧。我刚到清华的时候，见到校长周寄梅先生真觉得战战兢兢，他自有一种威仪使人慑服，至今我仍然觉得他有极好的风度，在我所知道的几任清华校长之中，他是最令大家翕服的一个。学校的组织与规程，尽管有不合理处，学生们不敢批评，更不敢有公然反抗的举动。除了对于国文教师常有轻慢的举动以外，学生对一般教师是恭顺的，无论教师多么不称职，从没有被学生驱逐的。在中等科时，一位国文先生酒醉，拿竹板打了学生的手心，教务长来抢走了竹板，事情也就平息了，这事情若发生在今天，那还了得！清华管理严格，记过、开除是经常有的事，一纸开除的布告贴出，学生乖乖的卷铺盖，只有一次例外。我同班的一位万同学，因故被开除，他跑到海甸喝了一瓶莲花白，红头涨脸的跑回来，正值斋务主任李胡子在饭厅和学生们一起用膳，就在大庭广众之下，上去一拳把他打倒在地，这是绝无仅有的一次犯上作乱的精彩表演。

五四以后情形完全不同了。首先要说起学校当局之颟顸无能，当局糊涂到用关灭电灯的方法来防止学生开会，召进乡间的“小锣会”打着灯笼、拿着棍棒到学校里来弹压学生，这如何能令学生心服？周校长以后的几任校长，都是外交部派来的闲散的外交官，在作官方面也许是内行的，但是平素学问道德未必能服人，遇到这动荡时代更不懂得青年心理，当然是治丝益紊，使事态恶化。数年之内，清华数易校长，每一位都是在极狼狈的情形之下离去的。学生的武器便是他们的组织——学生会。从前的班长、级长都是些当局属意的“墨盒”持有人，现在的学生会的领导者是些有组织能力的有担当的分子。所谓“团结就是力量”，道理是不错的。原来为了遂行爱国运动而组织起来的学生会，性质逐渐扩大，目标也逐渐转移了。学生要求自治，学生也要过问学校的事。清华的学生会组织是相当健全的，分评议会与干事会两部分，评议会是决议机关，干事会是执行机关，评议员是选举的，我在清华最后几年一直是参加评议会的。我深深感觉“群众心理”是很可怕的，组织的力量如果滥用，也是很可怕的。我们短短期间内驱逐的三位校长，其中有一位根本未曾到校，他的名字是罗忠诒，不知什么人传出了消息说他吸食鸦片烟，于是喧嚷开来，舆论哗然，吓得他未敢到任。人多势众的时候往往是不讲理的。学生会每逢到了五六月的时候，总要闹罢课的勾当，如果有人提出罢课的主张，不管理由是否充分，只要激昂慷慨一番，总会通过。罢课曾经是赢得伟大胜利的手段，到后来成了惹人厌恶的荒唐行为。不过清华的罢课当初也不是没有远大目标的。十一年三月间罗隆基写了一篇《彻底翻腾的清华革命》，发表在《北京晨报》，翌年三月间由学生会印成小册，并有梁任公先生及凌冰先生的序言，一致赞成清华应有一健全的董事会，可见清华革命之说确是合乎当时各方的要求。

嚣张是不须讳言的，但是求知的欲望也同时变得非常旺盛，对于一切的新知都急不暇择的吸收进去。我每次进城在东安市场、劝业场、青云阁等处书摊旁边不知消磨多少时光流连不肯去，几乎凡有新刊必定购置，不是我一人如此，多少敏感的青年学生都是如此。

我记得仔细阅读过的书刊包括有：胡适的《实验主义》《尝试集》《短篇小说集》《中国哲学史》，周作人的《欧洲文学史》《域外小说集》，王星拱的《科学方法论》，潘家洵译的《易卜生戏剧》，少年中国的丛书，共学社的丛书，晨报丛书等等。《新潮》《新青年》等杂志更不待言的是每期必读的。当然，那时候学力未充，鉴别无力，自己并无坚定的见地，但是扩充眼界，充实腹笥，总是一件好事。所以我那时看的东西很杂，进化论与互助论，资本论与安那其主义[①]，托尔斯泰与萧伯纳，罗素与柏格森，太戈耳[②]与王尔德，兼收并蓄，杂糅无章。没有人指导，没有人讲解，暗中摸索，有时自以为发掘到宝藏而沾沾自喜，有时全然失去比例与透视。幸而，由于我的天生的性格，由于我的家庭的管教，我尚能分辨出什么是稳健的康庄大道，什么是行险徼倖的邪恶小径。三十岁以后，自己知道发奋读书，从来不敢懈怠，但是求知的热狂在五四以后的那一段期间仍然是无可比拟的。

---

① 今译“无政府主义”。

② 今译“泰戈尔”。

因为探求新知过于热心，对于学校的正常的功课反倒轻视疏忽了。基本的科学，不感兴趣，敷敷衍衍的读完一年生物学之后对于物理、化学即不再问津，这一缺憾至今无法补偿。对于数学我更没有耐心，自己给自己制造了一个借口曰："性情不近。"梁任公先生创"趣味说"，我认为正中下怀，我对数学不感兴趣，因此数学的成绩仅能勉强维持及格，而并不觉得惭怍。不但此也，在英文班上读些文学名著，也觉得枯燥无味，莎士比亚的戏剧亦不能充分赏识，他的文字虽非死文字，究竟嫌古老些，哪有时人翻译出来的现代作品那样轻松？于是有人谈高尔华绥、萧伯纳、王尔德、易卜生，亦从而附和之；有人谈莫泊桑、柴霍甫、屠格涅夫、法朗士，亦从而附和之。如响斯应，如影斯随，追逐时尚，皇皇然不知其所届。这是五四以后之一窝蜂的现象，表面上轰轰烈烈，如花团锦簇，实际上不能免于浅薄幼稚。

七

清华学生全体住校，自成一个社团，故课外活动也就比较多些。我初进清华，对音乐、图画都很热心。教音乐的教师 Miss Seeley 循循善诱，仪态万千，是颇受学生欢迎的一个人。她令学生唱校歌（清华的校歌是英文的）以测验学生歌唱的能力，我一试便引起她的注意，因为我声音特高，而且我能唱出校歌两阕的全部歌词，后来我就当选为清华幼年歌咏团的团员。不知为什么这位教师回国后就一直没有替人，同时我的嗓音倒了之后亦未能复元，于是从此我和音乐绝缘。教图画的教师先是一位 Miss

Starr，后是一位 Miss Lyggate，教我们白描，教我们写生，炭画、水彩画，可惜的是我所喜欢的是中国画，并且到了中等科三年级也就没有图画一课了。

我在图画、音乐上都不得发展，兴趣转到了写字上面去。在小学的时候老师周士棻（香如）先生教我们写草书千字文，这是自折子九宫格以外的最有趣的课外作业，我的父亲又鼓励我涂鸦，因此我一直把写字当作一种享受。我在清华八年所写的家信，都是写在特制的宣纸信笺上，每年装订为一册，全是墨笔恭楷，这习惯一直维持到留学回国为止。有一天我和同学吴卓（鹄飞）、张嘉铸（禹九）商量，想组织一个练习写字的团体，吴卓写得一笔好赵字，张嘉铸写得一笔酷似张廉卿的魏碑体，众谋佥同，于是我就着手组织，征求同好。我的父亲给我们起了一个名字，曰"清华戏墨社"。大字、小楷，同时并进。包世臣的《艺舟双楫》、康有为的《广艺舟双楫》成了我的手边常备的参考书。我本来有早起的习惯，七点打起床钟，我六点就盥洗完毕，天蒙蒙亮，我和几位同学就走进自修室，正襟危坐，磨墨伸纸，如是者二年，不分寒暑，从未间断，举行过几次展览。我最初看吴卓临赵孟頫的《天冠山图咏》，见猎心喜，但是我父亲不准我写，认为应先骨格而后妩媚，要我写颜真卿的《争座位》和柳公权的《玄秘塔》，同时供给我大量的珂罗版的汉碑，主要的是张迁碑、白石神君碑、孔庙碑，而以曹全碑殿后。这样临摹了两年，孤芳自赏，但愧未能持久，本无才力，终鲜功夫，至今拿起笔杆不能运用自如，是一憾事。

清华不是教会学校，所以并没有什么宗教气氛，但是有些外国教师及一些热心的中国人仍然不忘传教，例如查经班青年会之类均应有尽有，可是同时也有一批国粹派出面提倡孔教以为对抗。我对于宗教没有兴趣，不过于耶教、孔教二者若是必须作一选择，我宁取后者，所以我当时便参加了一些孔教会的活动，例如在孔教会附设的贫民补习班和工友补习班里授课之类。不过孔子的学说根本不能构成宗教，所谓国教运动尤其讨厌。

五四以后，心情丕变。任何人在青春时期都会“怨黄莺儿作对，怪粉蝶儿成双”，都会变成为一个诗人。我也在荷花池畔开始吟诗了，有一首诗就题为《荷花池畔》，后来发表在《创造季刊》第四期上。我从事文艺写作是在我进入高等科之初，起先是几个朋友（顾毓琇、张忠绂、翟桓等）在校庆日之前凑热闹翻译了一本《短篇小说作法》，这是一本没有什么价值的书，不知为何选中了它。我们的组织定名为“小说研究社”，向学校借占了一间空的寝室作为会所。后来我们认识了比我们高两级的闻一多，是他提议把小说研究社改为“清华文学社”，添了不少新会员，包括朱湘、孙大雨、闻一多、谢文炳、饶子离、杨子惠等。闻一多是个多才多艺的人，他不仅年纪比我们大两岁，在心理的成熟方面以及学识修养方面，都比我们不只大两岁，我们都把他当作老大哥看待。他长于图画，而国文根柢也很坚实，作诗仿韩昌黎，硬语盘空，雄浑恣肆，而情感丰富，正直无私。这时候我和一多都大量的写白话诗，朝夕观摩，引为乐事。我们对于当时的几部诗集颇有一些意见，《冬夜》里有“被窝暖暖的，人儿远远的”之句，《草儿》里有“旗呀，旗呀，红、黄、蓝、白、黑的旗呀！”

这样的一首，还有“如厕是早起后第一件大事”之句，我们都认为俗恶不堪，就诗论诗倒是《女神》的评价最高，基于这一点意见，一多写了一篇长文《冬夜评论》，由我寄给北京《晨报副刊》（孙伏园编）。我们很天真，以为报纸是公开的园地，我们以为文艺是可以批评的，但事实不如此。稿子寄走之后，如石沉大海，杳无音讯，几番函询亦不得复音，幸亏尚留底稿。我决定自行刊印，自己又写了一篇《草儿评论》，合为《冬夜草儿评论》，薄薄的一百多页，用去印刷费百余元，是我父亲供给我的。这一小册的出版引起两个反响，一个是《努力周报》署名《哈》的一段短评，当然是冷嘲热骂，一个是创造社《女神》作者的来信赞美。由于此一契机我认识了创造社诸君。

我有一次暑中送母亲回杭州，路过上海，到了哈同路民厚南里，见到郭、郁、成几位，我惊讶的不是他们生活的清苦，而是他们生活的颓废，尤以郁为最。他们引我从四马路的一端，吃大碗的黄酒，一直吃到另一端，在大世界追野鸡，在堂子里打茶围，这一切对于一个清华学生是够恐怖的。后来郁达夫到清华来看我，要求我两件事，一是访圆明园遗址，一是逛北京的四等窑子，前者我欣然承诺，后者则清华学生素无此等经验，未敢奉陪（后来他找到他的哥哥的洋车夫陪他去了一次，他表示甚为满意云）。

差不多同时我也由于通信而认识了南京高师的胡昭佐（梦华），于他而认识了吴宓（雨僧），后来又认识了梅光迪（迪生）、胡先骕（步青）诸位。对于南京一派比较守旧的思潮，我也有一点同情，并不想把他们一笔抹煞。

我的父亲总是担心我的国文根柢不够，所以每到暑假他就要我补习国文，我的老师是仪征陈止（孝起）先生，他的别号是大镫，是一位纯旧式的名士，诗词文章无所不能，尤好收集小品古董，家里满目琳琅。我隔几天送一篇文章请他批改，偶然也作一点旧诗。但是旧文学虽然有趣，我可以研究欣赏，却无模拟的兴致，受过五四洗礼的人是不能再回复到以前的那个境界里去了。

八

临毕业前一年是最舒适的一年，搬到向往已久的大楼里面去住，别是一番滋味。这一部分的宿舍有较好的设备，床是钢丝的，屋里有暖气炉，厕所里面有淋浴，有抽水马桶。不过也有人不能适应抽水马桶，以为做这种事而不采取蹲的姿势是无法达成任务的（我知道顾德铭即是其中之一，他一清早就要急急忙忙跑到中等科去照顾那九间楼），可见吸收西方文化也并不简单，虽然绝大多数的人是乐于接受的。

和我同寝室的是顾毓琇、吴景超、王化成，四个少年意气扬扬共居一室，曾经合照过一张相片，坐在一条长凳上，四副近视眼镜，四件大长袍，四双大皮鞋，四条跷起来的大腿，一派生愣的模样。过了二十年，我们四个人在重庆偶然聚首，又重照了一张，当时大家就意识到这样的照片一生中怕照不了几张。当时约定再过二十年一定要再照一张，现在拍照第三张的时期已过，而顾毓琇定居在美国，王化成在葡萄牙任公使多年之后病殁在美国，吴景超在大陆上。四人天各一方，萍踪飘泊，再聚何年？今日我回忆四十年前的景况，恍如昨日：顾毓琇以“一樵”的笔名忙着写他的《芝兰与茉莉》，寄给文学研究会出版，我和景超每星期都要给《清华周刊》写社论和编稿。提起《清华周刊》，那也是值得回忆的事。我不知哪一个学校可以维持出版一种百八十页的周刊，历久而不停，里面有社论，有专文，有新闻，有通讯，有文艺。我们写社论常常批评校政，有一次我写了一段短评鼓吹男女同校，当然不是为私人谋，不过措词激烈了一点，对校长之庸弱无能大肆抨击，那时的校长是曹云祥先生（好像是作过丹麦公使，娶了一位洋太太，学问道德如何则我不大清楚），大为不悦，召吴景超去谈话，表示要给我记大过一次，景超告诉他：“你要处分是可以的，请同时处分我们两个，因为我们负共同责任。”结果是采官僚作风，不了了之。我喜欢文学，清华文艺社的社员经常有作品产生，不知我们这些年轻人为什么有那样大的胆量，单凭一点点热情，就能振笔直书从事创作，这些作品经由我的安排，便大量的在周刊上发表了，每期有篇幅甚多的文艺一栏自不待言，每逢节日还有特刊副刊之类，一时文风甚盛。这却激怒了一位同学（梅汝璈），他投来一篇文章《辟文风》，我当然给他登出来，然后再辞而辟之。我之喜欢和人辩驳问难，盖自此时始，我对于写稿和编辑刊物也都在此际得到初步练习的机会。周刊在经济方面是由学校支持的，这项支出有其教育的价值。

我以《清华周刊》编者的名义，到城里陟山门大街去访问胡适之先生。缘因是梁任公先生应《清华周刊》之请写了一个《国学必读书目》，胡先生不以为然，公开的批评了一番。于是我径去访问胡先生，请他也开一个书目。胡先生那一天病腿，躺在一张藤椅上见我，满屋里堆的是线装书。这是我第一次见到胡先生，清癯的面孔，和蔼而严肃，他很高兴的应了我们的请求。后来我们就把他开的书目发表在《清华周刊》上了。这两个书目引出吴稚晖先生的一句名言："线装书应该丢到茅厕坑里去！"

我必须承认，在最后两年实在没有能好好的读书，主要的原因是心神不安，我在这时候经人介绍认识了程季淑女士，她是安徽绩溪人，刚从女子师范毕业，在女师附小教书。我初次和她会晤是在宣外珠巢街女子职业学校里，那时候男女社交尚未公开，双方家庭也是相当守旧的。我和季淑来往是秘密进行的，只能在中央公园、北海等地约期会晤。我的父亲知道我有女友，不时的给我接济，对我帮助不少。我的三妹亚紫在女师大，不久和季淑成了很好的朋友。青春初恋期间谁都会神魂颠倒，睡时、醒时、行时、坐时，无时不有一个倩影盘据在心头，无时不感觉热血在沸腾，坐卧不宁，寝馈难安，如何能沉下心读书？"一日不见，如三秋兮！"更何况要等到星期日才能进得城去谋片刻的欢会？清华的学生有异性朋友的很少，我是极少数特殊幸运的一个。因为我们每星期日都风雨无阻的进城去会女友，李迪俊曾讥笑我们为"主日派"。

对于毕业出国，我一向视为畏途。在清华有读不完的书，有住不腻的环境，在国内有舍不得离开的人，那么又何必去父母之邦？所以和闻一多屡次商讨，到美国那样的汽车王国去，对于我们这样的人有无必要？会不会到了美国被汽车撞死为天下笑？一多先我一年到了美国，头一封来信劈头一句话便是："我尚未被汽车撞死！"随后劝我出国去开开眼界。事实上清华也还没有过毕业而拒绝出国的学生。我和季淑商量，她毫不犹豫的劝我就道，虽然我们知道那别离的滋味是很难熬的。这时候我和季淑已有成言，我答应她，三年为期，期满即行归来。于是我准备出国。季淑绣了一幅"平湖秋月图"给我，这幅绣图至今在我身边。

出国就要治装，我不明白为什么外国人到中国来不需治中装，而中国人到外国去就要治西装。清华学生平素没有穿西装的，都是布衣布褂，我有一阵还外加布袜布鞋。毕业期近，学校发一笔治装费，每人约三五百元之数，统筹办理，由上海恒康西服庄派人来承办。不匝月而新装成，大家纷纷试新装，有人缺领巾，有人缺衬衣，有的肥肥大大如稻草人，有的窄小如猴子穿戏衣，真可说得上是"沐猴而冠"。这时节我怀想红顶花翎朝靴袍褂出使外国的李鸿章，他有那一份胆量不穿西装，虽然翎顶袍褂也并非是我们原来的上国衣冠。我有一点厌恶西装，但是不能不跟着大家走。在治装之余我特制了一面长约一丈的绸质大国旗——红、黄、蓝、白、黑的五色旗，这在后来派了很大的用场，在美国好多次集会（包括孙中山先生逝世时纽约中国人的追悼会）都借用了我这一面特大号的国旗。

到了毕业那一天（六月十七日），每人都穿上白纺绸长袍黑纱马褂，在校园里穿梭般走来走去，像是一群花蝴蝶。我毕业还不是毫无问题的，我和赵敏恒二人因游泳不及格几乎不得毕业，我们临时苦练，豁出去喝两口水，连爬带泳，凑和着也补考及格了，体育教员马约翰先生望着我们两个人只是摇头。行毕业礼那天，我还是代表全班的三个登台致词者之一，我的讲词规定是预言若干年后同学们的状况，现在我可以说，我当年的预言没有一句是应验了的！例如，谢奋程之被日军刺杀，齐学启之殉国，孔繁祁之被汽车撞死，盛斯民之疯狂以终，这些倒霉的事固然没有料到，比较体面的事如孙立人之于军事，李先闻之于农业，李方桂之于语言学，应尚能之于音乐，徐宗涑之于水泥工业，吴卓之于糖业，顾毓琇之于电机工程，施嘉炀之于土木工程，王化成、李迪俊之于外交……均有卓越之成就，而当时也并未窥见端倪。至于区区我自己，最多是小时了了，到如今一事无成，徒伤老大，更不在话下了。毕业那一天有晚会，演话剧助兴，剧本是顾一樵临时赶编的三幕剧《张约翰》。剧中人物有女性二人，谁也不愿担任，最后由我和吴文藻承乏。我的服装有季淑给我缝制的一条短裤和短裙，但是男人穿高跟鞋则尺寸不合无法穿着，最后向 Miss Lyggate 借来一试，还累嫌松一点点。演出时我特请季淑到校参观，当晚下榻学生会办公室，事后我问她我的表演如何，她笑着说："我不敢仰视。"事实上这不是我第一次演戏，前一年我已经演过陈大悲编的《良心》，导演人即是陈大悲先生。不过串演女角，这是生平仅有的一次。

拿了一纸文凭便离开了清华园，不知道是高兴还是哀伤。两辆人力车，一辆拉行李，一辆坐人，在骄阳下一步一步的踏向西直门，心里只觉得空虚怅惘。此后两个月中酒食征逐，意乱情迷，紧张过度，遂患甲状腺肿，眼珠突出，双手抖颤，积年始愈。

家父给了我同文书局石印大字本的前四史，共十四函，要我在美国课余之暇随便翻翻，因为他始终担心我的国文根柢太差。这十四函线装书足足占我大铁箱的一半空间，这原是吴稚晖先生认为应该丢进茅厕坑里去的东西，我带过了太平洋，又带回了太平洋，差不多是原封未动缴还给家父，实在好生惭愧。老人家又怕我在美膏火不继，又给了我一千元钱，半数买了美金硬币，半数我在上海用掉。我自己带了一具景泰蓝的香炉，一些檀香木和粉，因为我认为这是中国文化中最好的一项代表性的艺术品，我一向向往"焚香默坐"的那种境界。这一具香炉，顶上有一铜狮，形状瑰丽，闻一多甚为欣赏，后来我在珂罗拉多[①]和他分手时便举以相赠。我又带了一对景泰蓝花瓶，后来为了进哈佛大学的原故在暑期中赶补拉丁文，就把这对花瓶卖了五十美元充学费了。此外我还在家里搜寻了许多绣活和朝服上的"黻子"，后来都成了最受人欢迎的礼物。

民国十二年八月里，在凄风苦雨的一天早晨，我在院里走廊上和弟妹们吹了一阵胰子泡，随后就噙着泪拜别父母，起身到上海候船放洋。在上海停了一星期，住在旅馆里写了一篇纪实的短篇小说，题为《苦雨凄风》，刊在《创造周报》上。我这一班，在清华是最大的一班，入学时有九十多人，上船时淘汰剩下六十多人了。登"杰克逊总统"号的那一天，船靠在浦东，创造社的几位到码头上送我。住在嘉定的一位朋友派人送来一面旗子，上

① 这里指美国科罗拉多州的第二大城市科罗拉多泉。梁实秋的多篇散文中所提及的"珂泉"指的便是此城。

面亲自绣了“乘风破浪”四个字。其实我哪里有宗悫的志向？我愧对那位朋友的期望。

清华八年的生涯就这样的结束了。

清华七十①

今年国立清华大学举办建校七十周年纪念，有朋友辗转问我要不要写一点回忆性质的文字以为祝贺。我在清华读过八年书，由十四岁到二十二岁，自然有不可磨灭的印象，难以淡忘的感情。我曾写过一篇《清华八年》，略叙我八年的经过，兹篇所述，偏重我所接触的师友及一些琐事之回忆，作为前文之补充。

现在新竹的国立清华大学，校址很广，规模很大，教授的阵容坚强，学生的程度优异，这是有口皆碑的。不过我所能回忆的清华，是在北平西直门外海甸北的清华园，新竹校园虽美，

---

① 选自台湾正中书局1983年出版的《雅舍杂文》。

我却觉得有些异样。我记得：北平清华园的大门，上面横匾“清华园”，三个大字，字不见佳，是清大学士那桐题的，遇有庆典之日，门口交叉两面国旗——五色旗；通往校门的马路，是笔直一条碎石路，上面铺黄土，经常有清道夫一勺一勺的泼水；校门前小小一块广场，对面是一座小桥，桥畔停放人力车，并系着几匹毛驴。

门口内，靠东边有小屋数楹，内有一土著老者，我们背后呼之为张老头，他职司门禁，我们中等科的学生非领有放行木牌不得越校门一步，他经常手托着水烟袋，穿着黑背心，笑容可掬，我们若是和他打个招呼，走出门外买烤白薯、冻柿子，他也会装糊涂点点头，连说：“快点儿回来，快点儿回来。”

校门以内是一块大空地，绿草如茵。有一条小河横亘草原。河以南靠东边是高等科，额曰“清华学堂”，也是那桐手笔。校长办公室在高等科楼上。民国四年我考取清华，我父执陆听秋（震）先生送我入校报到，陆先生是校长周诒春（寄梅）先生的圣约翰同学，我们进校先去拜见校长，校长指着墙上的一幅字要我念，我站到椅子上才看清楚，我没有念错，他点头微笑。我想我对他的印象比他对我的印象好。

河以北是中等科，一座教室的楼房之外便是一排排的寝室，现在回想起来，像是编了号的监牢。我起初是六个人一间房间，后来是四人一间。室内有地板。白灰墙白灰顶，四白落地。铁床革垫，外配竹竿六根以备夏天支设蚊帐。有窗户，无纱窗，无窗帘。每人发白布被单床罩各二，又白帆布口袋二，装换洗衣服之用。洗衣作坊隔日派人取送。每两间寝室共用一具所谓“俄罗斯火炉”，墙上有洞以通暖气。实际上也没有多少暖气可通，但是火炉下面可以烤白薯，夜晚香味四溢。浴室厕所在西边毗邻操场。浴室备铅铁盆十几个，浴者先签到报备，然后有人来倒冷热水。一个礼拜不洗，要宣布姓名，仍不洗，要派员监视勒令就浴。这规矩好像从未严格执行，因为请人签到或签到之后就开溜，种种方法早就有人发明了。厕所有九间楼之称，不知是哪位高手设计，厕在楼上，地板挖洞，下承大缸，如厕者均可欣赏“板斜尿流急，坑深屎落迟”的景致。而白胖大蛆万头攒动争着要盘据要津，蹭蹬失势者纷纷黜落的惨象乃尽收眼底。严冬朔风鬼哭神号，胆小的不敢去如厕，往往随地便溺，主事者不得已特备大木桶，晚间抬至寝室门口阶下。桶深阶滑，有一位同学睡眼蒙眬不慎失足几遭灭顶（这位同学我在抗战之初偶晤于津门，已位居银行经理，谈及往事相与大笑）。

大礼堂是后造的。起先集会都在高等科的一个小礼堂里，凡是演讲、演戏、俱乐会都在那里举行。新的大礼堂在高等科与中等科之间，背着小河，前临草地，是罗马式的建筑，有大石柱，有圆顶，能容千余人，可惜的是传音性能不甚佳。在这大礼堂里，周末放电影，每次收费一角，像白珠小姐（Pearl White）主演的《蒙头人》（*Hooded Terror*）连续剧，一部接着一部，美女蒙难，紧张恐怖，虽是黑白无声，也很能引发兴趣，贾波林、陆克的喜剧更无论矣。我在这个礼堂演过两次话剧。

科学馆是后建的。体育馆也是。科学馆在大礼堂前靠右方。我在里面曾饱闻科罗芳的味道，切过蚯蚓，宰过田鸡（事实上是李先闻替我宰的，我怕在田鸡肚上划那一刀）。后来校长办公室搬在科学馆楼上，教务处也搬进去了。原来的校长室变成了学生会的会所，好神气！

体育馆在清华园的西北隅，虽然不大，有健身房，有室内游泳池，在当年算是很有规模的了。在健身房里我练过跳木马、攀杠子、翻筋斗、爬绳子、张飞卖肉……游泳池我不肯利用，水太凉，不留心难免喝一口，所以到了毕业之日游泳考试不及格者有两人，一个是赵敏恒，一个不用说就是区区我。

图书馆在园之东北，中等科之东，原来是平房一座，后建大楼，后又添两翼，踵事增华，蔚为大观。阅览室二，以软木为地板，故走路无声，不惊扰人。书库装玻璃地板，故透光，不需开灯。在当时都算是新的装备。一座图书馆的价值，不在于其建筑之宏伟，亦不尽在于其庋藏之丰富，而是在于其是否被人充分的加以利用。卷帙纵多，尘封何益。清华图书馆藏书相当丰富，每晚学生麇集，阅读指定参考书，座无虚席。大部头的手抄的《四库全书》，我还是在这里首次看到。校医室在体育馆之南，小河之北。小小的平房一幢也有病床七八张。舒美科医师主其事，后来换了一位肥胖的包克女医师。我因为患耳下腺炎曾住院两天，记得有两位男护士在病房对病人大谈其性故事与性经验，我的印象恶劣。

工字厅在河之南，科学馆之背后，乃园中最早之建筑，作工字形，故名。房屋宽敞，几净窗明，为招待宾客之处，平素学生亦可借用开会。工字厅的后门外有一小小的荷花池，池后是一道矮矮的土山，山上草木蓊郁。凡是纯中国式的庭园风景，有水必有山，因为挖地作池，积土为山，乃自然的便利。有昆明湖则必定有万寿山。不过其规模较大而已。清华的荷花池，规模小而景色佳，厅后对联一副颇为精彩：

槛外山光历春夏秋冬万千变幻都非凡境；

窗中云影任东西南北去来澹荡洵是仙居。

横额是“水木清华”四个大字。联语原为广陵驾鹤楼杏轩沈广文之作，此为祁寯藻所书。祁寯藻是嘉庆进士、大学士。所谓“仙居”未免夸张，不过在一片西式建筑之中保留了这样一块纯中国式的环境，的确别有风味。英国诗人华兹华斯说，人在情感受了挫沮的时候，自然景物会有疗伤的作用。我在清华最后两年，时常于课余之暇，陟小山，披荆棘，巡游池畔一周，不知消磨了多少黄昏。闻一多临去清华时用水彩画了一幅《荷花池畔》赠我。我写了一首白话新诗《荷花池畔》刊在《创造》季刊上，不知是郭沫若还是成仿吾还给我改了两个字。

荷花池的东北角有个亭子，这是题中应有之义，有山有水焉能无亭无台？亭附近高处有一口钟，是园中报时之具，每半小时敲一次，仿一般的船上敲钟的方法，敲两下是一点或五点或九点，一点半是当当——当，两点半是当当——当当——当，余类推。敲钟这份差事也不好当，每隔半小时就得去敲一次，分秒不爽而且风雨无阻。

工字厅的西南有古月堂，是几个小院落组成的中国式房屋，里面住的是教国文的老先生。有些年轻的教英文的教师记得好像是住在工字厅，美籍教师则住西式的木造洋房，集中在图书馆以

北一隅。从住房的分配上也隐隐然可以看出不同的身份。

清华园以西是一片榛莽未除的荒地，也有围墙圈起，中间有一小土山耸立，我们称之为西园。小河经过处有一豁口，可以走进沿墙巡视一周，只见一片片的“萑苇被渚，蓼苹抽涯”，好像是置身于陶然亭畔。有一回我同翟桓赴西园闲步，水闸处闻泼刺声，俯视之有大鱼盈尺在石板上翻跃，乃相率搴裳跣足，合力捕获之，急送厨房，烹而食之，大膏馋吻。

孩子没有不馋嘴的，其实岂只孩子？清华校门内靠近左边围墙有一家“嘉华公司”，招商承办，卖日用品及零食，后来收回自营，改称为售品所，我们戏称去买零食为“上售”。零食包括：热的豆浆、肉饺、栗子、花生之类。饿的时候，一碗豆浆加进砂糖，拿起一枚肉饺代替茶匙一搅，顷刻间三碗豆浆一包肉饺（十枚）下肚，鼓腹而出。最妙的是，当局怕学生把栗子皮剥得狼藉满地，限令栗子必须剥好皮才准出售，糖炒栗子从没有过这吃法。在清华那几年，正是生长突盛的时期，食量惊人。清华的膳食比较其他学校为佳，本来是免费的，我入校那年改为缴半费，我每月交三元半，学校补助二元。八个人一桌，四盘四碗四碟咸菜，盘碗是荤素各半，馒头白饭管够。冬季四碗改为火锅。早点是馒头稀饭咸菜四色，萝卜干、八宝菜、腌萝卜、腌白菜，随意加麻油。每逢膳时，大家挤在饭厅门外，我的感觉不是饥肠辘辘，是胃里长鸣。我清楚的记得，上第四堂课“西洋文学大纲”时，选课的只有四五人，所以就到罗伯森先生家里去听讲，我需要用手按着胃，否则肚里会鸣鸣的大叫。我吃馒头的最高纪录是十二个。斋务人员在饭厅里单占一桌，学生们等他们散去之后纷纷喊厨房添菜，不是木樨肉，就是肉丝炒辣椒，每个呼呼的添一碗饭。

清华对于运动夙来热心。校际球类比赛如获胜利，照例翌日放假一天，鼓舞的力量很大。跻身于校队，则享有特殊伙食以维持其体力，名之为“训练桌”，同学为之侧目。记得有一年上海南洋大学足球队北征，清华严阵以待。那一天朔风刺骨，围观的人个个打哆嗦而手心出汗。清华大胜，以中锋徐仲良、半右锋关颂韬最为出色。徐仲良脚下劲足，射门时球应声入网，其疾如矢。关颂韬最善盘球，左冲右突球不离身，三两个人和他争抢都奈何不了他。其他的队员如陆懋德、华秀升、姚醒黄、孟继懋、李汝祺等均能称职。生平看足球比赛，紧张刺激以此为最。篮球赛之清华的对手是北师大，其次是南开，年年互相邀赛，全力以赴，互有胜负。清华的阵容主要的以时昭涵、陈崇武为前锋，以孙立人、王国华为后卫。昭涵悍锐，崇武刁钻，立人、国华则稳重沉着。五人联手，如臂指使，进退恍惚，胜算较多。不能参加校队的，可以参加级队，不能参加级队的甚至可以参加同乡队、寝室队，总之是一片运动狂。我非健者，但是也踢破过两双球鞋，打破过几只网拍。

当时最普通而又最简便的游戏莫过于“击嘎儿”。所谓“嘎儿”者，是用木头楦出来的梭形物，另备木棍一根如擀面杖一般，略长略粗。在土地上掘一小沟，以嘎儿斜置沟之一端，持杖猛敲嘎儿之一端，则嘎儿飞越而出，愈远愈好。此戏为两人一组。一人击出，另一人试接，如接到则二人交换位置，如未接到则拾起嘎儿掷击平放在沟上之木棍，如未击中则对方以木杖试量其差距，以为计分，几番交换击接，计分较少之一方胜。清华并不完全洋化，像这样的市井小儿的游戏实在很土，其他学校学生恐怕未必屑于一顾，而在清华有一阵几乎每一学生手里都握有一杖一梭。每天下午有一个老铜锁匠担着挑子来到运动场边，他的职业本来是配钥匙开锁，但是他的副业喧宾夺主，他管修网球拍、补皮球胎、缝破皮鞋、发售木杖儿木嘎儿，以及其他零碎委办之事，他是园中一个不可或缺的服务者。

中等科的学生编为童子军，高等科的学生则练兵操，起初大家颇为认真，五四以后则渐废弛。童子军分两大队，第一大队长是梅贻琦先生，第二大队长是席德柄先生。我被编入第二大队的一个小队。我们的制服整齐美观，厚呢的帽子宽宽的帽檐，烫得平平的，以视现今的若干学校童子军，戴的是软布帽，帽檐低垂倒挂如败荷叶，不可同日而语。童子军的室内活动以结绳始，别瞧这伏羲氏的时候就开始玩的把戏，时到如今花样忒多，我的手指头全是大拇指，时常急得一头汗。我现在只记得一种叫渔人结，比较简单，其他如什么帆脚索结、八字形结、方结……则都已忘得一干二净。户外活动比较有趣，圆明园旧址就在我们隔壁，野径盘纡，荒阡交互，正是露营的好去处。用一根火柴发火炊饭，不是一件容易事。饭煮成焦粑或稀粥，也觉得好吃。作了一年多的“生手”才考上了二等童军。上兵操另是一种趣味，大队长是姓刘还是劳，至今搞不清楚，只知道他是 W.W.Law 先生。那时候的兵操不能和现在的军训比，现在的军训真枪实弹勤习苦练，那时的兵操只是在操场上立正开步走，手里拿的是木枪。不过服装漂亮，五四之后清华学生排队进城，队伍整齐，最能赢得都人喝彩。

我的课外活动不多。在中二中三是曾邀约同学组织了一个专门练习书法的“戏墨社”，愿意参加的不多，大学忙着学英文，谁有那么多闲情逸致讨此笔砚生涯？和我一清早就提前起床，在吃早点点名之前做半小时余的写字练习，有吴卓、张嘉铸等几个人。吴卓临赵孟頫的《天冠山图咏》，柔媚潇洒，极有风致；张嘉铸写魏碑，学张廉卿，有古意；我写汉隶，临张迁，仅略得形似耳。我们也用白折子写小楷。包世臣的《艺舟双楫》、康有为的《广艺舟双楫》是我们这时候不断研习的典籍。我们这个结社也要向学校报备，还请了汪鸾翔（翠庵）先生做导师，几度以作业送呈过目，这位长髯飘拂的略有口吃的老师对我们有嘉勉但无指导。怪我毅力不够，勉强维持两年就无形散伙了。

进高等科之后，生活环境一变，我已近成年，对于文学发生热烈的兴趣。邀集翟桓、张忠绂、顾毓琇、李迪俊、齐学启、吴锦铨等人组织“小说研究社”，出版了一册《短篇小说作法》，还占据了一间寝室作为社址。稍后扩大了组织，改名为“清华文学社”，吸收了孙大雨、谢文炳、饶孟侃、杨世恩等以及比我们高两级的闻一多，共约三十余人。朱湘落落寡合，没有加入我们的行列，后终与一多失和，此时早已见其端倪。一多年长博学，无形中是我们这集团的领袖，和我最称莫逆。我们对于文学没有充分的认识，仅于课堂上读过少数的若干西方文学作品，对于中国文学传统亦所知不多，尚未能形成任何有系统的主张。有几个人性较浪漫，故易接近当时“创造社”一派。我和闻一多所作之《冬夜草儿评论》即成于是时。同学中对于我们这一批吟风弄月讴歌爱情的人难免有微词，最坦率的是梅汝璈，他写过一篇《辟文风》投给《清华周刊》，我是周刊负责的编辑之一，当即为之披露，但是于下一周期刊中我反属相稽辞而辟之。

说起《清华周刊》，那是我在高四时致力甚勤的一件事。周刊为学生会主要活动之一，由学校负责经费开支，虽说每期五六十面不超过一百，里面有社论，有专论，有新闻，有文艺，俨然是一本小型综合杂志，每周一期，编写颇为累人。总编辑是吴景超，他做事有板有眼，一丝不苟。景超和我、顾毓琇、王化成四人同寝室。化成另有一批交游，同室而不同道。每到周末，我们三个人就要聚在一起，商略下一期周刊内容。社论数则是由景超和我分别撰作，交相评阅，常常秉烛不眠，务期斟酌于至当，而引以为乐。周刊的文艺一栏特别丰富，有时分印为增刊，厚达二百页。

高四的学生受到学校的优遇，全体住进一座大楼，内有暖气设备，有现代的淋浴与卫生设备。不过也有少数北方人如厕只能蹲而不能坐，则宁远征中等科照顾九间楼。高四那年功课并不松懈，惟心情愉快，即将与校园告别，反觉依依不舍。我每周进城，有时策驴经大钟寺趋西直门，蹄声得得，黄尘滚滚，赶脚的跟在后面跑，气咻咻然。多半是坐人力车，荒原古道，老树垂杨，也是难得的感受，途经海甸少不得要停下，在仁和买几瓶莲花白或桂花露，再顺路买几篓酱瓜酱菜，或是一匣甜咸薄脆，归家共享。

这篇文字无法结束，若是不略略述及我所怀念的六十多年前的几位师友。首先是王文显先生，他做教务长相当久，后为清华大学英语系主任，他的英文姓名是J. Warlg. Quincey，我没见过他的中文签名，听人说他不谙中文，从小就由一位英国人抚养，在英国受教育，成为一位十足的英国绅士。他是广东人，能说粤语，为人稳重而沉默，经常骑一辆脚踏车，单手扶着车把，岸然游行于校内。他喜穿一件运动上装，胸襟上绣着英国的校徽（是牛津还是剑桥我记不得了），在足球场上作裁判。他的英语讲得太好了，不但纯熟流利，而且出言文雅，音色也好，听他说话乃是一大享受。比起语言粗鲁的一般美国人士显有上下床之别。我不幸没有能在他班上听讲，但是我毕业之后任教北大时，曾两度承他邀请参加清华留学生甄试，于私下晤对言谈之间听他罗述英国威尔孙教授如何考证莎士比亚的版本，头头是道，乃深知其于英国文学的知识之渊博。先生才学深邃，而不轻表露，世遂少知之者。

巢堃霖先生是我的英文老师，他也是受过英国传统教育的学者，英语流利而有风趣。我记得他讲解一首伯朗宁的小诗《法军营中轶事》，连读带做，有声有色。我在班上发问答问，时常故作刁难，先生不以为忤。我民国三十八年来台时先生任职港府，辱赐书欲推荐我于香港大学，我逊谢。

在中等科教过我英文的有马国骥、林玉堂、孟宪承诸先生。马先生说英语夹杂上海土话，亦庄亦谐，妙趣横生。三十八年我与马先生重逢于台北，学生们仍执弟子礼甚恭，先生谈吐不异往时。林先生长我五六岁，圣约翰毕业后即来清华任教，先生后改名为语堂，当时先生对于胡适白话诗甚为倾倒，尝于英文课中在黑板上大书“人力车夫，人力车夫，车来如飞……”然后朗诵，击节称是，我们一九二三级的“级呼”(Class Yell)是请先生给我们作的：

Who are, who are! Who are we?

We are , we are, Twenty-three.

Ssss bon—bah!

孟先生是林先生的同学，后来成为教育学家。林先生活泼风趣，孟先生凝重细腻，记得孟先生教我们读《汤伯朗就学记》(*Tom Brown's Schooldays*)，这是一部文学杰作，写英国勒格贝公共学校的学生生活，先生讲解精详，其中若干情况至今不能忘。

教我英文的美籍教师有好几位，我最怀念的是贝德女士(Miss Baeder)，她教我们“作文与修辞”，我受益良多。她教我们作文，注重草拟大纲的方法。题目之下分若干部分，每部分又分若干节，每节有一个提纲挈领的句子。有了大纲，然后再敷演成为一篇文字。这方法其实是训练思想，使不枝不蔓层次井然，用在国文上也同样有效。她又教我们议会法，一面教我们说英语，一面教我们集会议事的规则（也就是孙中山先生所讲的民权初步），于是我们从小就学会了什么动议、附议、秩序问题、权利问题等等，终身受用。大抵外籍教师教我们英语，使用各种教材教法，诸如辩论、集会、表演、游戏之类，而不专门致力于写、读、背。是于实际使用英语中学习英语。还有一位克利门斯女士（Miss Clements）我也不能忘，她年纪轻，有轻盈的体态，未开言脸先绯红。

教我音乐的西莱女士（Miss Seeley），教我图画的是斯塔女士（Miss Starr）和李盖特女士（Miss Liggate），我上她们的课不是受教，是享受。所谓如沐春风不就是享受么？教我体育的是舒美科先生、马约翰先生，马先生黑头发绿眼珠，短小精悍，活力过人，每晨十时，一声铃响，全体自课室蜂拥而出，排列在一个广场上，“一、二、三、四,二、二、三、四……”连做十五分钟的健身操，风霜无阻，也能使大家出一头大汗。

我的国文老师当中，举人进士不乏其人，他们满腹诗书自不待言，不过传授多少给学生则是另一问题。清华不重国文，课都排在下午，毕业时成绩不计，教师全住在古月堂自成一个区域。我怀念徐镜澄先生，他教我作文莫说废话，少用虚字，句句要挺拔，这是我永远奉为圭臬的至理名言。我曾经写过一篇记徐先生的文章，兹不赘。陈敬侯先生是天津人，具有天津人特有的幽默，除了风趣的言谈之外还逼我们默写过好多篇古文。背诵之不足，继之以默写，要把古文的格调声韵砸到脑子里去。汪鸾翔先生以他的贵州的口音结结巴巴的说：“有人说，国文没没有趣味，国国文怎能没没有趣味，趣味就在其中啦！”当时听了当作笑话，现在体会到国文的趣味只可意会而不可言传，真是只好说是“在其中”了。

八年同窗好友太多了，同级的七八十人如今记得姓名的约有七十，有几位我记得姓而忘其名，更有几位我只约略记得面貌。初来台湾时，在台的级友包括徐宗涑、王国华、刘溟章、辛文锜、孙清波、孙立人、李先闻、周大瑶、吴大钧、江元仁、周思信、严之卫、翟桓、吴卓和我，偶尔聚餐话旧，现则大半凋零。

我在清华最后两年，因为热心于学生会的活动，和罗努生、何浩若、时昭沄来往较多。浩若来台后曾有一次对我说："当年清华学生中至少有四个大不是好人，一个是努生，一个是昭沄，一个是区区我，一个是阁下你。应该算是四凶。常言道'好人不长寿'，所以我对于自己的寿命毫不担心。如今昭沄年未六十遽尔作古，我的信心动摇矣！"他确是信心动摇，不久亦成为九泉之客。其实都不是坏人，只是年少轻狂不大安分。我记得有一次演话剧，是陈大悲作的《良心》，初次排演的时候斋务主任陈筱田先生在座（他也饰演一角），他指着昭沄说："时昭沄扮演那个坏蛋，可以无需化装。"哄堂大笑。昭沄一瞪眼，眼睛比眼镜还大出一圈。他才思敏捷，英文特佳。为了换取一点稿酬，译了我的《雅舍小品》、盏瑶的《心园》、张其昀的《孔子传》。不幸在出使巴西任内去世。努生的公私生活高潮迭起，世人皆知，在校时扬言"九年清华三赶校长"，我曾当面戏之曰："足下才高于学，学高于品。"如今他已下世，我仍然觉得"世人皆欲杀，吾意独怜才"。至于浩若，他是清华同学中惟一之文武兼资者，他在清华的时候善写古文，波澜壮阔。在美国读书时倡国家主义最为激烈，返国后一度在方鼎英部下任团长，抗战期间任物资局长，晚年萧索，意气消磨。

我清华最后一年同寝室者吴景超与顾毓琇，不可不述。景超徽州歙县人，永远是一袭灰布长袍，道貌岸然，循规蹈矩，刻苦用功。好读史迁，故大家戏呼之为太史公。为文有法度，处事公私分明。供职经济部时所用邮票分置两纸盒内，一供公事，一供私函，绝不混淆，可见其为人之一斑。毓琇江苏无锡人，治电机，而于诗词、戏剧、小说无所不窥，精力过人，为人机警，往往适应局势猛着先鞭。

还有两个我所敬爱的人物。一个是潘光旦，原名光亶，江苏宝山人，因伤病割去一腿，徐志摩所称道的“胡圣潘仙”，胡圣是适之先生，潘仙即光旦，以其似李铁拐也。光旦学问渊博，融贯中西，治优生学，后遂致力于我国之谱牒，时有著述，每多发明。其为人也，外圆内方，人皆乐与之游。还有一个是张心一，原名继忠，是我所知的清华同学中惟一的真正的甘肃人。他是一个传奇人物。他嫌理发一角钱太贵，尝自备小刀对镜剃光头，常是满头血迹斑斓。在校时外出永远骑驴，抗战期间骑一辆摩托机车跑遍后方各省。他做一个银行总稽核，外出查账，一向不受招待，某地分行为他设盛筵，他闻声逃匿，到小吃摊上果腹而归。他做建设厅长时，骑机车下乡，被匪劫持上山，查明身份后匪徒飨以烤肉恭送下山，敬礼有加。他的逸事一时也说不完。

我在清华一住八年，由童年到弱冠，在那里受环境的熏陶，受师友的教益，这样的一个学校是名副其实的我的母校，我自然怀着一份深厚的感情。不过这份感情也不是没有羼着一些复杂的成分。我时常想起，清华建校实乃前清光绪二十六年庚子事变所造成的。义和团之乱是我们的耻辱。其肇事的动机是民间不堪教会外人压迫，其事可耻，而义和团之荒谬行径，其事更可耻，清廷之颟顸糊涂，人民之盲从附和，其事尤其可耻，迨其一败涂地丧权误国，其可耻乃至无以复加。光绪三十四年五月，美国国会通过议案，退还赔款的一部分给中国政府，以为兴办教育之用，这便是清华建校的原始。我的母校是在耻辱之中成立，而于耻辱之中又加进了令人惭愧的因素。提起清华便不能不令人想起七十余年前的这一段惨痛历史。

美国退还赔款给我们办教育，当然是善意的。事实上晚清列强侵略中国声中，美国是比较对我们最为友好的。虽然我们也知道鸦片贸易不仅是英国一国的奸商作孽，不仅是英国一国的政府贪婪的纵容，美国人也插上了一脚。至今美国波士顿附近还有一个当年贩卖鸦片致富的船主所捐建的一个小小博物馆，里面陈列着不少鸦片烟枪烟斗。不过美国对我们没有领土野心，不曾对我们动辄开炮。就是八国联军占领北京那一段期间，也是美国分据的那一区域比较文明。这是众所周知的事实。所以中国人对美国人的友谊一向是比较密切。

但是我也要指陈，美国退还赔款的动机并不简单。偶读一九七七年三月出版的《自由谈》三十卷三期，戴良先生辑《中美传统友谊大事记》，内有这样一段：

> 光绪三十四年五月国会通过退还庚款。史密斯致老罗斯福的备忘录："哪一个国家能做到教育这一代的青年中国人，那个国家就将由于这方面所支付的努力，而在精神的和商业的影响上，取回最大可能的收获。如果美国在三十一年前已经做到把中国学生的潮流引向这一个国家来，并能使这个潮流继续扩大，那么，我们现在一定能够使用最圆满最巧妙的方式而控制中国的发展——这就是说，使用那知识与精神上的支配中国的领袖的方式！"

罗斯福大概是接受了这个意见。以教育的方式造就出一批亲美的人才，从而控制中国的发展。这几句话，我们听起来，能不警惕、心寒、惭愧？所以我说：清华是于耻辱的状况和惭愧的心情中建立的。

在庆祝清华建校七十周年声中，也许不该提起往日的一些不愉快的事情。其实我们不能回到水木清华的旧址去欢呼庆祝，而在此地为文纪念，这件事情本身也就够令人心伤了。

海啸[①]

民国十二年八月清华癸亥级学生六十余人在上海浦东登上“杰克孙总统”号放洋。有好多同学有亲友送行，其中有些只眼睛是红肿的，船上五个人组成的小乐队奏起了凄伤的曲调，愈发增加了黯然销魂的情趣。给我送行的只有创造社的几位，下船之后也就走了。我抚着船栏，看行人把千万纸条抛向码头，送行的人拉着纸条的另一端，好像是牵着这一万二千吨的船不肯放行的样子。等到船离开了码头，纸条断了，送行的人群渐渐模糊，我们人人脸上都露出了木然的神情。

---

① 选自《秋室杂忆》。

天连水，水连天，不住的波声澎湃。好多只海鸥绕着船尾飞，倦了就浮在水上。一群群的文鳐偶然飞近船舷，一闪而没。我们一天天的看日出日落，看月升月沉。

船上除了我们清华一批人外，有三位燕京大学毕业的学生，一个是许地山（落华生），一个是谢婉莹（冰心），一个是一位“陶大姐”。许地山是福建龙溪人，生于一八九三年，出国这一年该是三十岁，比我们年长几岁。他是生长在台湾的彰化，随后到大陆求学的。说来惭愧，我那时候对台湾一无所知，倒是在读英文绥夫特[①]《一个小小建议》中的时候看到萨曼那泽的记述，据说台湾有吃活人的习惯，虽明知那是杜撰胡说，总觉得海陬荒岛是个可怖的地方。所以我看见许地山就有奇异的联想。而许先生的仪表又颇不平凡，蓬松着头发，凸出的大眼睛，一小撮山羊胡子，八字脚，未开言先格格的笑。和他接近之后，发觉他为人敦厚，富热情与想象，是极有风趣的，许多小动作特别令人发噱。他对于印度宗教，后来对于我国道教，都有深入的研究。他的文学作品，如《无法投递的邮件》《缀网劳蛛》《空山灵雨》，无不具有特殊的格调与感人的力量。谢冰心，福建闽侯人，一九〇一年生，受过良好的家庭与教会学校的教育，待人温和而有分寸，谈吐不俗。她的《超人》《繁星》《春水》，当时早已脍炙人口。

除了一上船就一头栽倒床上尝天旋地转晕船滋味的人以外，能在颠簸之中言笑自若的人总要想一些营生。于是爱好文学的人

① 即英国作家斯威夫特（1667—1745），著有长篇小说《格列佛游记》、政论《一个温和的建议》（即文中所提及的《一个小小建议》）等。

就自然的聚集在一起，三五个人在客厅里围绕着壁炉中那堆人工制造的熊熊炉火，海阔天空的闲聊起来。不知是谁提议，要出一份壁报，张贴在客厅入口处的旁边，三天一换，内容是创作与翻译并蓄，篇幅以十张稿纸为限，密密麻麻的用小字誊录。报名定为《海啸》，刊头是我仿张海若的"手摹拓片体"涂成隶书"海啸"二字，下面剪贴"杰克孙总统"号专用信笺角上的轮船图形。出力最多的是一樵，他负起大部分抄写的责任。出了若干期之后，我们挑捡了十四篇，卷了起来，后来寄交《小说月报》发表，见该杂志第十四卷第十一号（十二一月出版），作为一个专栏，目录如下：

海啸	梁实秋
乡愁	冰心女士
海世间	落华生
海鸟	梁实秋
别泪	一樵
梦	梁实秋
海角底孤星	落华生
惆怅	冰心女士
醍醐天女	落华生
纸船	冰心女士
女人我很爱你	落华生
约翰我对不起你	C.Rossetti 梁实秋译
你说你爱	Keats CHL 译
什么是爱	K.Hamsun 一樵译

在船上张贴壁报，还要寄回国内发表，是青年的创作欲还是发表欲，我也不很清楚。我只觉得在海中漂泊，心里有说不出的滋味，一吐为快。《海啸》一诗中最后六行是这样的：

对月出神的骚士！你想些什么？
可是眷念着锦绣河山的祖国？
若是怀想着远道相思的情侣，
明月有圆有缺，海潮有涨有落。
请在这海上的月夜，把你的诗心捧出来，
投入这水晶般的通彻玲珑的无边天海！

使用“海啸”两个字的时候，至少当时的我是不求甚解的。“海啸”用英文讲是 tidal wave 或 tidal bore，是由地震而引起的汹涌的大浪。与“龙吟虎啸”的“啸”迥异其趣，与“琴酒啸咏”之“啸”更大相径庭。风平浪静的在大海上航行，根本没有地震，哪里来的海啸？但是，不。就是在我们抵达彼岸的那一天，九月一日，早餐桌上摆着一张电讯新闻，赫然写着“日本东京大地震”，并且警告海上航行的船只注意提防海啸！东京这次地震很剧烈，死亡有十四万三千人之多，我们路过东京参观过的地方大部分夷为平地了。船驶近西雅图的时候，果然有相当强烈的风浪，像是海啸。

《琵琶记》的演出[①]

一九二四年秋我到了麻州[②]剑桥进哈佛大学研究院，先是和顾一樵先生赁居奥斯丁园五号，半年后我们约同时昭涵、徐宗涑几位同学迁入汉考克街一五九号之五，那是一所公寓。这公寓房子相当寒伧，号称有家具设备，除了床铺和几具破烂桌椅之外别无长物，但是租价低廉，几个学生合住不但负担较轻，而且轮流负责炊事，或担任采购，或在灶前掌勺，或专管洗碗洗盘，吵吵闹闹，颇不寂寞。最妙的是地点适中，往东去是麻省理工学院，

① 选自《秋室杂忆》。

② 即美国马萨诸塞州。

往西去是哈佛大学，所以大家都感满意。在剑桥的中国学生，不是在哈佛，就是在麻省理工。中国学生在外国喜欢麇居在一起，一部分是由于生活习惯的关系，一部分是因为和有优越感的白种人攀交，通常不是容易事，也不是愉快事。中国人走到哪里都有强烈的团体精神，实在是形势使然。我们的公寓，事实上是剑桥中国学生活动的中心之一。来往过客也常在我们这里下榻，帆布床随时供应。有一天我正在厨房做炸酱面，锅里的酱正在噗哧噗哧地冒泡，潘光旦带着另外三个人闯了进来，他一进门就闻到炸酱的香味，死乞白赖地要讨一顿面吃，我慨然应允，我在小碗炸酱里加进四勺盐，吃得大家狞眉皱眼，饭后拼命喝水。

平时大家读书都很忙，课外活动还是有的。剑桥中国学生会那一年主持人是沈宗濂，一九二五年春天不知怎的心血来潮，要演一出英语的中国戏，招待外国师友，筹划的责任落到一樵和我身上。讲到演戏，我们是有兴趣的。我和一樵平素省吃俭用，时常舍得用钱去看戏，波斯顿[①]的 Copley Theater 是由一个剧团驻院经常演出的，我们是长期的座上客，细心观摩他们的湛深的演技。我悟得一点诀窍，也就是哈姆雷特奉劝演员的那些意见，演出时要轻松自然，不要过于剑拔弩张，不要张牙舞爪，到了紧要关头方可用出全副力量，把真情灌注进去。我们有一次看了谢立敦[②]的《情敌》，又有一次看了品奈罗[③]的《谭克雷续弦夫人》，

---

① 今译“波士顿”。

② 即英国剧作家谢里丹（1751—1816），著有《情敌》《造谣学校》等。

③ 即英国剧作家皮奈罗（1855—1934），著有《谭格瑞的续弦夫人》（即文中所提及的《谭克雷续弦夫人》）、《威尔斯剧院的女明星》等。

看到表演精彩之处真如醍醐灌顶。我们对于戏剧如此热心，所以学生会筹划演戏之议我们就没有推辞。

一樵真是多才多艺，他学的是电机工程，念念不忘文学。诗词、小说、戏剧无一不插上一手。他负起编剧责任，选定了《琵琶记》。蔡伯喈的故事，流传已久，各地地方剧常常把它搬上舞台，把蔡伯喈形容成一个典型的不孝不义的人物。南宋诗人刘后村的“斜阳古道柳家庄，负鼓盲翁正作场，死后是非谁管得，满村听唱蔡中郎”是大家都熟知的一首诗。明初高则诚写《琵琶记》，就是根据这个古老的民间故事编的，不过在高则诚的笔下蔡中郎好像是一个比较可以令人同情的读书人了。全剧共二十四出，词藻丰赡。一樵只是撷取其故事骨干，就中郎一生，由高堂称庆到南浦嘱别，由奉旨招婿到再报佳期，由强就鸾凰到书馆悲逢，这三大段落正好编成三幕，用语体写出。编成之后由我译成英文。《琵琶记》的原文，非常精彩，号称为南曲之祖，其中唱词尤为典丽，我怎能翻译？但是改成语体，编成话剧，便容易措手了。于是很快地译好，送到哈佛合作社代为复印多份，脚本告成。波斯顿音乐学院里一位先生（英籍）帮我们制作布景，看到剧本，问我：“这是谁译的？”我佯为不知，他说译文中有些美国人惯用的俗语羼杂在内，例如，“Go ahead”一语就不宜由一位文士对一位淑女来讲。我觉得他说得对，就悄悄地改了。

演员问题，大费周章。女主角赵五娘，大家一致认为在波斯顿附近的威尔斯莱女子学院的谢文秋女士最适宜于担任。谢小姐是上海人，风度好，活泼，而且口齿伶俐。她的性格未必适于这一角色，但是当时没有其他的选择。她慷慨地答应了。男主角蔡伯喈成了问题，不是找不到人，是跃跃欲试的人大有人在。某一位男士才高志大，又一位男士风流倜傥，都觉得扮蔡伯喈胜任愉快。在争来争去的情形之下，一樵和我商量，要我出马。我提出一项要求，那就是先去征询谢小姐的意见，看她要不要这样的一个搭档。她没有异议。

我们的演员表大致是这样：

蔡中郎	梁实秋
赵五娘	谢文秋
丞相之女	谢冰心
牛丞相	顾一樵
丞相夫人	王国秀
邻人	徐宗涑
疯子	沈宗濂

此外还有曾昭抡、高长庚，波斯顿大学的两位华侨女生，都记不得担任的是什么角色了。我们是一群乌合之众，谁也没有多少经验，也没有专人导演，就凭一股热心，课余之暇自动地排演起来。

服装布景怎么办？事有凑巧，前此不久纽约的中国同学会很成功地演出了一出古装话剧《杨贵妃》，事实上我们的《琵琶记》也是受了《杨贵妃》的影响。主持《杨贵妃》上演的都是我们的朋友，如余上沅、闻一多、赵太侔等，所以我们就驰函求助。杨剧服装大部分是缝制之后由闻一多用水彩画不透明颜料画上图案，在灯光照耀之下华丽无比，其中一部分借给我们了。杨贵妃是唐朝人，蔡伯喈是汉朝人，服装式样有无差别，我们也顾不了许多。关于布景，一多有信给一樵：

> 一樵：
>
> 舞台用品……布景也许用不着我亲身来波城。只要把剧本同舞台的尺寸寄来，我便可以画出一套图案，注明用什么材料怎样的制造。反正舞台上不宜用平面的绘画，例如一个窗子最好用木头或厚纸制一个能开能阖的窗子，不当在墙上画一个窗子的模样，因为这样会引起错误的幻觉。总之，我把图案制就了，看他的构造是简单或复杂。如果不能不复杂，一定要我来，我是乐于从命的。再者也请告诉我你们在布景和服饰上能花多少的钱。
>
> 一多问好。

事实上一多在布景的绘图上尽了力，但是他没有到波斯顿来。来的是余上沅和赵太侔。余上沅是熟人，他是我们同船到美国来的，他的身分是教务处职员奉派随船照料我们的，他来到美国进入匹次堡[①]戏院艺术学院，翌年到了纽约。赵太侔则闻其名而尚未谋面，一多特函介绍他给我们，特别强调一点，太侔这个人是真正的“a man of few words”，一个不大讲话的人，千万别起误会，以为他心有所愠。果然，太侔一到，不声不响，揎袖攘臂，抓起一

① 即今匹茨堡。

把短锯，就锯木头制造门窗。经过他们二位几天努力，灯光、布景、道具完全就绪。

我们为了慎重起见，上演之前作一次预演，特请波斯顿音乐学院专任导演的一位教授前来指点。他很认真负责，遇到他认为不对的地方就大声喊停，予以解说。对演员的部位尤其注意，改正我们很多的缺点。演到蔡伯喈和赵五娘团圆的时候，这位导演先生大叫："走过去，和她亲吻，和她亲吻！"谢文秋站在那里微笑，我无论如何鼓不起这一点勇气，我告诉他我们中国自古以来没有这个规矩，他摇头不已。预演完毕，他把我拉到一边，正经的劝我说："你下次演戏最好选一出喜剧，因为据我看你不适于演悲剧。"话是很委婉，意思是很明显的。我心里想，《琵琶记》不就是喜剧么？我又在想，这一次真是逢场作戏，难道还有下次？

上演的那天早晨，麻省理工学院的一位丁绪宝先生红头涨脸地跑来说："你们今晚要演出《琵琶记》，你们知道你们做的是什么事么？蔡伯喈家有贤妻，而负义糟糠，停妻再娶，是一位道地的多妻主义者。你们把他的故事搬上舞台，岂不要遭外人耻笑，误以为我们中国人都是多妻主义者？此事有关国家名誉，我不能坐视，特来警告，赶快罢手，否则我今晚不能不有适当手段对付你们。"我们向他解释，我把剧本一份送给他请他过目，并且特别声明我们的剧本是根据高明（则诚）的名著改编的。相传"有王四者，明与之友善，劝之应试，果登第，王即弃其妻而赘于不花太师家，明恶之，因作《琵琶记》以寓讽刺"。这样说来，《琵琶记》是讽刺。而且历史上的蔡中郎是怎样一个人姑不具论，单看高明写的蔡伯喈有怎样的谈吐：

"闲藤野蔓休缠也，俺自有正兔丝，亲瓜葛。"

"纵有花容月貌，怎如我自家骨血？"

"漫说道姻缘事果谐凤卜，细思之，此事岂吾意欲？有人在高堂孤独，可惜新人笑语喧，不知我旧人哭，兀的东床难教我坦腹！"

"几回梦里，忽闻鸡唱，忙惊觉，错呼旧妇，同问寝堂上。待朦胧觉来，依然新人鸳帏凤衾和象床。怎不怨香愁玉无心绪？更思想，被他拦当，教我怎不悲伤？俺这里欢娱夜宿芙蓉帐，他那里寂寞偏嫌更漏长！"

像这样的句子都可以证明高则诚没有把蔡伯喈形容成为负心人。我最后声明，我是国家主义者，我的爱国心决不后人。丁先生将信将疑，悻悻然去，临走时说："我们走着瞧！晚上见！"这一整天我们心情很不安。

这一天是三月二十八日，晚间在波斯顿美术剧院正式演出。观众大部分是美国人士，包括大学教授及文化界人士，我国的学生及侨胞来捧场的亦不少，黑压压一片，座无虚席，估计在千人左右。先由在波斯顿音乐学院读书的王倩鸿女士致开会词，中国同学会主席沈宗濂致欢迎词，郭秉文先生演说，奏乐。都说了些什么，已不复记忆。上演之前还有这么多的繁文缛节，不愧为学生演戏。一声锣响，幕起。一幕，二幕，三幕，进行得很顺利，台上的人没有忘掉戏词，也没有添加戏词，台下的人也没有开闹，也没有往台上抛掷鸡蛋番茄。最后幕落，掌声雷动，几乎把屋顶震塌下来。千万不要误会，不要以为演出精彩，赢得观众的欣赏，要知道外国人看中国人演戏，不管是谁来演，不管演的是什么，他们大都只是由于好奇。剧本如何，剧情如何，演技如何，舞台艺术如何，都不是最重要的，最重要的是那红红绿绿的服装，几根朱红色的大圆柱，正冠搬须甩袖迈步等等奇怪的姿态……。《琵琶记》有几个人懂得，包括我们自己在内？剧中原有插曲一阕，由赵五娘抱着琵琶自弹自唱，唱词阙，意思是由演员自己选择。结果是赵五娘用“四季相思小调”唱：“少小离家老大回，乡音无改鬓毛衰，儿童相见不相识，笑问客从何处来。”诗是唐朝的贺知章作的，唱的人赵五娘是东汉时人，这是多么显著的时代错误！事后也没有人讲话。

曲终人散，我们轻松愉快地到杏花楼去宵夜。楼梯咚咚响，跑上了一个人，又是丁绪宝先生，又是红头涨脸的，大家为之一怔。他走到我们面前，勉强地一笑，说：“你们演得很好，没有伤害国家的名誉，是我误会了，我道歉！”随后就和我们握手而退。这一握手，使我觉得十分快慰，丁先生不但热爱国家，而且勇于认错。翌日《基督教箴言报》为文报道此一演出，并且刊出了我的照片，我当然也很快慰，但是快慰之情尚不及丁先生的那一握手。

闻一多事后写信给我，附诗一首：

实秋饰蔡中郎演琵琶记戏作柬之

一代风流薄倖哉！钟情何处不优俳？

琵琶要作诛心论，骂死他年蔡伯喈！

忆《新月》[①]

《新月》杂志是民国十六年出版的，距今已有三十多年，我对它的记忆已有些模糊不清。前些时在友人处居然看到了十几本《新月》，虽然纸张有些焦黄，脊背有些虫蚀，却好像是旧友重逢，觉得非常亲切，不知这几本杂志看到了我如今这老丑的样子是否也有一点伤感。

办杂志是稀松平常的事。哪个喜欢摇摇笔杆的人不想办个杂志？起初是人办杂志，后来是杂志办人，其中甘苦谁都晓得。《新月》不过是近数十年来无数刊物中之一，在三四年的销行之后便

① 选自《秋室杂忆》。

停刊了，并没有什么特别值得称述的。不过办这杂志的一伙人，常被人称做为“新月派”，好像是一个有组织的团体，好像是有什么共同的主张，其实这不是事实。我有时候也被人称为“新月派”之一员，我觉得啼笑皆非。如果我永久地缄默，不加以辩白，恐怕这一段事实将不会被人知道。这是我写这一段回忆的主要动机。胡适之先生曾不止一次地述说：“狮子老虎永远是独来独往的，只有狐狸和狗才成群结队！”办《新月》杂志的一伙人，不屑于变狐变狗。“新月派”这一顶帽子是自命为左派的人所制造的，后来也就常被其他的人所使用。当然，在使用这顶帽子的时候，恶意的时候比较多，以为一顶帽子即可以把人压个半死。其实一个人，如果他真是一个人，帽子是压不倒他的。

民国十六年春，国民革命军北伐到了南京近郊，当时局势很乱。我和余上沅都在东南大学教书，同住在学校对门蓁巷四号，我们听到炮声隆隆，看到街上兵荒马乱，成群的散兵游勇在到处拉夫抓车，我们便商量应变的方策，决定携眷到上海再说。于是把衣物书籍装箱存在学校图书馆里，我们闯到下关搭船到了上海。学校一时无法开学，后来开学之后我们也不在被续聘之列，我们只好留在上海。我们到上海，是受了内战之赐。

这时节北方还在所谓“军阀”的统治之下，北平的国立八校经常在闹“索薪”风潮，教员的薪俸积欠经年，在请愿、坐索、呼吁之下每个月也只能领到三几成薪水，一般人生活非常狼狈，学校情形亦不正常，有些人开始逃荒，其中一部分逃到上海。徐志摩、丁西林、叶公超、闻一多、饶子离等都在这时候先后到了上海。胡适之先生也是这时候到了上海居住。

同时有一批批的留学生自海外归来。那时候留学生在海外受几年洋罪之后很少有不回来的，很少人在外国久长居留作学术研究，也很少人耽于物质享受而留连忘返。潘光旦、刘英士、张禹九等都在这时候卜居沪滨。

上海是热闹的地方，究竟是个弹丸之地，我和上沅到了上海之后立刻就找到了我们所熟识的朋友们。我起先住旅馆，随后住到潘光旦家里，终于在爱文义路租到了房子。有一天遇到余上沅，他告诉我他也有了住处，可是地点尚未确定，这话说得有些蹊跷，原来是徐志摩、胡适之几位想要在上海办一个杂志并且开一爿书店，约他去代为经营，想物色一幢小小的房屋，楼下作为办事处，楼上由他居住。后来选中了法租界环龙路环龙别墅四号。

两个人办不了一个杂志，于是徐志摩四出访友，约集了潘光旦、闻一多、饶子离、刘英士和我。那时候杂志还没有名称。热心奔走此事的是志摩和上沅，一个负责编辑，一个负责经理。此外我们几个人对于此事并无成见，以潘光旦寓所为中心，我们经常聚首，与其群居终日言不及义，倒不如大家拼拼凑凑来办一个刊物，所以我们同意了参加这个刊物的编辑。上沅传出了消息，杂志定名为“新月”，显然这是志摩的意思，因为在北平原有一个“新月社”，“新月”二字是套自印度太戈尔的一部诗《新月集》，太戈尔访华时梁启超出面招待，由志摩任翻译，所以他对“新月”二字特感兴趣，后来就在北平成立了一个“新月社”，像是俱乐部的性质，其中分子包括了一些文人和开明的政客与银行家。我没有参加过北平的新月社，那时候我尚在海外；一多是参加过的，但是他的印象不大好，因为一多是比较的富于“拉丁区”

趣味的文人，而新月社的绅士趣味重些。不过我们还是接受了这个名称，因为这名称，至少在上海还是新鲜的，并不带有任何色彩。后来上沅又传出了消息，说是刊物决定由胡适之任社长、徐志摩任编辑，我们在光旦家里集议提出了异议，觉得事情不应该这样的由一二人独断独行，应该更民主化，由大家商定，我们把这意见告诉了上沅。志摩是何等明达的人，他立刻接受了我们的意见。《新月》创刊时，编辑人是由五个人共同负责，胡先生不列名。志摩是一团热心，不大讲究什么办事手续，可是他一团和气，没有人能对他发脾气。胡先生事实上是领袖人物，但是他从不以领袖自居。

《新月》出版了，它给人的印象是很清新。从外貌上看就特别，版型是方方的，蓝面贴黄签，签上横书古宋体“新月”二字。面上浮贴一张白纸条，上面印着要目。方的版型大概是袭取英国的十九世纪末的著名文艺杂志 *Yellow Book* 的形式。这所谓的“黄皮书”是一种季刊，刊于一八九四至九七年，内有诗、小说、散文，作者包括 Henry James，Edmund Gosse，Max Beerbohm，Earnest Dawson，W.H.Davis 等，最引人注意的是多幅的 Aubrey Beardsley 的画，古怪夸张而又极富颓废的意味，志摩、一多都很喜欢它。《新月》模仿了黄皮书的形式，却很少人注意到，因为国内很少人看到过这黄皮书。假使左派仁兄们也知道有所谓黄皮书者，恐怕他们绝不会放过这一个可以大肆抨击的题目。

《新月》一伙人，除了共同愿意办一个刊物之外，并没有多少相同的地方，相反的，各有各的思想路数，各有各的研究范围，各有各的生活方式，各有各的职业技能。彼此不需标榜，更没有依赖，办刊物不为谋利，更没有别的用心，只是一时兴之所至。《我们的态度》一文，是志摩的手笔，好像是包括了我们的共同信仰，但是也很笼统，只举出了“健康与尊严”二义。以我个人而论，我当时的文艺思想是趋向于传统的稳健的一派，我接受五四运动的革新的主张，但是我也颇受哈佛大学教授白璧德的影响，并不同情过度的浪漫的倾向。同时我对于当时上海叫嚣最力的“普罗文学运动”也不以为然。我自己觉得我是处于左右两面之间。我批评普罗文学运动，我也批评了鲁迅，这些文字发表在《新月》上，但是这只是我个人的意见，我并不代表《新月》。我是独力作战，《新月》的朋友并没有一个人挺身出来支持我，《新月》杂志上除了我写的文字之外没有一篇文字接触到普罗文学。

提起普罗文学运动，需略加解释。一切的文学运动都是对于原来的文学传统加以修正的，总是针对当时文学之弊而加以改进。就是介绍外国的文艺思潮，也无非是供作借镜，以为参考之用。而且文学运动总是以文学为主体，文学范围之内的运动。惟普罗文学则异于是，它突如其来，把传统文学的价值观念一笔抹煞，生吞活剥地把一些似是而非的哲学、政治、经济的理论硬塞进去，好像文学除了当作某些人的武器使用之外便无价值可言。这一运动还不是本国土生土长的，更不是自发自止的，乃是奉命开锣奉命收台的，而且是奉的苏俄共产党之命！Max Eastman 有一本书，名《穿制服的艺术家》（*Artists in Uniform*）记述苏俄共党中央如何发号施令、如何策动操纵各地的这一普罗文学运动甚为详尽，可惜此书出版在稍后几年，否则真可以令当时在上海搞普罗文学运动的人们当场出采。普罗文学运动不出几年的工夫便奉命收场，烟销火灭，这足以说明当初运动火炽的时候是多么言不由衷！我在《新月》上一连发表了几篇文字，如《文学与革命》《文学是有阶级性的吗？》《所谓文艺政策者》……我的主旨在说明文学的性质在于普遍的永久的人性之描写，并无所谓“阶级性”（见我的《偏见集》，正中二十三年版）。这几篇文字触怒了左派的人士，于是对我发起围剿。最先挺身出马的不是别位，正是以写杂感著名的鲁迅。鲁迅的文章实在是写得好，所谓“辣手著文章”庶几近之，但是距“铁肩担道义”则甚远。讲道理他是不能服人的，他避免正面辩论，他采用迂回战术，绕着圈子旁敲侧击，作人身攻击。不过他文章写得好，遂赢得许多人欣赏，老实讲，在左派阵营中还很难再找出第二个像他这样的人才。左派先生们是不大择手段的，像鲁迅的文字还算是比较光明的，像“叶灵凤”其人者便给我捏造故事编为小说（见《现代小说》第二期），还有小报（自称为工人所办的小报）登些不堪入目的猥亵文字来污辱我，较比鲁迅当年的两颗黄色大门牙之被人奚落，其雅俗之分又不可以道里计。最可恼的是居然有人半夜三更打电话到我寓所，说有急事对我谈话，于问清我的身分之后便破口大骂一声而把电话挂断。像这一类的困扰，倒是颇有一点普罗滋味。

普罗文学运动，像其他的许多运动一样，只是空嚷嚷一阵，既未开花，亦未结果，因为根本没有生根。所以我提出“拿货色来！”的要求之后，连鲁迅也无可奈何地承认这是无法抵拒的要求。没有货色，嚷嚷什么运动？而货色又绝不是嚷嚷就出得来的。老实讲，文人对于劳苦的大众总是同情的，中外古今并无二致。

“朱门酒肉臭，路有冻死骨”，是杜甫的名句，好在里面有深厚的热情，对高官贵人豪商富贾的奢侈生活表示鄙夷讽刺，对饥饿的人民表示同情。但是杜甫上三大礼赋前前后后之卑躬屈节的希求仕进，就不能赢得后人的尊敬。过去的文学家，靠了阿谀当道而青云直上跻身庙堂者比比皆是，而他们的作品之流芳百世者大概都是人世酸辛的写照。我们中国的近代社会，尤其是自从所谓帝国主义势力侵入以后，大多数的人民确是水深火热，真是民不聊生，而在上者又确实肉食者鄙。文学家尽可口诛笔伐扶弱济倾一吐其胸中不平之气，又何必乞灵于苏俄的文艺政策，借助于唯物史观？我在《新月》上批评了普罗文学运动，但是也没有忘记抨击浪漫的颓废的倾向。我的一篇《文人有行》便使得许多人感觉得不好受，以为我是在指责他。郁达夫便是其中的一个。郁达夫原是属于浪漫颓废一类型，但是很奇怪的他在《北新》半月刊里连载翻译辛克莱的《拜金艺术》为左派推波助澜！《拜金艺术》是一本肤浅而荒谬的东西，但是写得火辣辣的，颇有刺激性，所以很时髦，合于左倾分子的口胃与程度。

《新月》杂志在文化思想以及争取民主自由方面也出了一点力。最初是胡适之先生写了一篇《知难行亦不易》、一篇《新文化运动与国民党》。这两篇文章，我们现在看来，大致是平实的，至少在态度方面是“善意的批评”，在文字方面也是温和的，可是那时候有一股凌厉的政风，不知什么人撰了“党外无党，党内无派”的口号，只许信仰，不许批评。胡先生说：“上帝都可以批评，为什么不可以批评一个人？”所以虽然他的许多朋友如丁瞉音、熊克武、但懋辛都力劝他不可发表这些文章，并且进一步要当时作编辑的我来临时把稿径行抽出，胡先生还是坚决要发表。发表之后果然有了反响。我们感到切肤之痛的《新月》被邮局扣留不得外寄，这一措施延长到相当久的时候才撤销。胡先生写信给胡展堂先生抗议，所得的回答是："奉胡委员谕：拟请台端于○月○日来京到……一谈。特此奉陈，即希查照，此致胡适之先生。胡委员秘书处谨启。"这一封信，我们都看到了，都觉得这封信气派很大，相当吓人。胡先生没有去，可是此后也没有再继续发表这一类的文字，这两篇文章也不见于现行远东版《胡适文存》中。我写了一篇《论思想统一》也是主张思想自由的。这时节罗隆基自海外归来，一连串写了好几篇论人权的文章，鼓吹自由思想与个人主义，使得《新月》有了更浓厚的政治色彩，引起了更大的风波。先是以胡先生为校长的中国公学，平静的校园里起了涟漪，由本校学生组成的党的区分部行文给本校校长指责他应在礼堂里悬挂总理遗像，应在纪念周宣读总理遗嘱。后来中央通令全国大专学校设党义研究室，大学教职员必须研究党义。各大学都遵命成立党义研究室，里面陈列着应该陈列的书刊，有多少人进去研究虽不可考，我们几个人确是受益不少，利用这难得的机会更进一步研读了一些不应该不读的书刊。胡先生对于人权的观念是很简单的，他的出发点只是法治精神与人道主义，并没有任何党派主张或政治意味。我记得最初触起他的有关人权问题的注意者乃是报载华北唐山某一老百姓被地方官吏殴辱的故事，他认为这不是偶发事件，这是全国到处皆然的，他认为这种"一朝权在手，便把令来行"的态度是要不得的。我又记得，胡先生编了一本《宋人话本八种》由亚东出版，里面有一篇《海陵王无道荒淫》，巡捕房认为有伤风化，径予没收，胡先生很不谓然，特去请教在英国学过法律的郑天锡先生，知道“没收”是附带处分，如果被告没有罪刑，便不应该发生附带处分的可能，可见胡先生是非常注意法律程序的。

有关人权问题的文字一共有十几篇，后来印成了一个小册子，名为《人权论集》，由新月书店出版，现已绝版。

说到新月书店，也是很有趣的。我们一伙人如何会经营商店？起初是余上沅负责，由他约请了一位谢先生主持店务，谢先生是书业内行，他包办一切，后来上沅离沪，仍然实际上由谢先生主管，名义上由张禹九当经理，只是遥领，盖盖图章而已。书店设在闹区之望平街，独开间，进去是黑黝黝的一间屋子，可是生意不恶。这书店的成本只有四千元，一百元一股，五十元半股，每人最多不能超过两股，固然收了“节制资本”之效，可是大家谁也不愿多负责了。我只认了半股。虽然我是书店的总编辑，我不清楚书店的盈亏情形，只是在股东会议听取报告。《新月》月刊每期实销多少我也从来不知道。不过我们出了不少书，有些书留下很清晰的印象。

胡先生的《白话文学史》是新月书店出的第一本书，也是最畅销的一本书。像他的《中国哲学史》一样，只有上卷。《白话文学史》写到唐朝为止。他的主要目的是在说明白话文学是古已有之的，是中国文学里的传统之一。后来他又出版了他的《四十自述》，其中一部分是《新月》月刊上发表过的，他现身说法提倡传记文学。我们遗憾的是他写到四十为止，以后没有续写下去。但是这个遗憾是可以弥补的。胡先生有一部伟大的日记。他的留学日记是大家所熟悉的，一个人在学生时代能有那样丰富的日记，是很不寻常的，他的头脑之成熟比一般人要早一二十年以上。胡先生于这部留学日记之后，一直从不间断的在记日记。有一天，我和徐志摩到他家里去（上海极司菲尔路），他不在家而楼下适有他客，胡太太吩咐我们到楼上书房里去坐，志摩是闲不住的，进屋便东看西看，一眼看到书架上有一大堆稿子，翻开一看，原来是日记，写在新月稿纸上（这种稿纸其实原是胡先生私人用的稿纸，每页二百五十字，空白特多，甚为合用）写得整整齐齐，记载着每日的活动感想等等，还剪贴了不少的报纸资料，不仅是个人的日记，还是社会史料。我们偷看了一部份（分）之后，实在佩服他的精力过人、毅力亦过人。胡先生说："这是我留给我的儿子们的唯一的遗产，要等我死后才能发表。"我们希望能在不太久的将来看见这一部伟大的日记出版。胡先生还有一本《庐山游记》，这小册子被常燕先生评为"玩物丧志"，胡先生很不服气，他说："我为了一个塔写八十字的考证是为了提供一个研究的方法。"是的，胡先生后来写了几百万字考证《水经注》，据说也是为了提供一个研究方法。

徐志摩的作品在新月出版的有《翡冷翠的一夜》《巴黎的鳞爪》《自剖》《卞昆冈》等。闻一多的《死水》也是新月出版的，这一本诗集曾发生很大的影响。志摩和一多的诗，有人称为新月派，也有人谥为"豆腐干式"，他们是比较注重"形式"，尤其是学绘画的闻一多，他不知道除了形式还有什么美。他们都有意模仿外国诗体，当时是新诗的一大进步。有人常把朱湘也列入新月派，事实上朱湘与新月毫无关系。年青一辈的陈梦家、方玮德在

《新月》月刊上初露头角，后来在《诗刊》里占比较重要的地位，《诗刊》是月刊，志摩主编，记得只出了三四期。

潘光旦在新月出了好几本书，如《小青之分析》《家庭问题论丛》《人文生物学论丛》。[1] 光旦是社会学的一位杰出人才，治优生学，头脑清楚，有独立的见解，国文根柢好。

我在新月出版的书有：《浪漫的与古典的》《文学的纪律》《阿伯拉与哀绿绮思的情书》《潘彼德》《织工马南传》《白璧德与人文主义》等。

此外新月出版的书之我留有印象的，如：陈西滢著《西滢闲话》，凌叔华著《花之寺》，陈衡哲著《小雨点》，邢鹏举译《欧卡珊与尼珂莱》，徐志摩、沈性仁译《玛丽玛丽》，余上沅等著《国剧运动》，余上沅译《可敬的克莱登》，伍光建译《造谣学校》《诡姻缘》，顾仲彝译《威尼斯商人》，刘英士译《欧洲的向外发展》，费鉴照著《现代诗人》，陈西滢译《少年歌德之创造》，陈楚淮著《金丝雀》，赵少侯译《迷眼的沙子》等。沈从文常给新月写小说。我不记得有没有单行本。

到了民国十九年，新月的一伙人差不多都离开上海了。闻一多本来不在上海，十九年夏他到上海来，我们两个应杨金甫邀赴青岛参加正在筹备中的国立青岛大学。胡先生和志摩都到北大去了，上沅也早就到了北平。《新月》杂志在罗隆基编辑之下逐渐变了质，文艺学术的成分少了，政治讨论的成分多了，这是我们

---

① 潘光旦所写的《小青之分析》后来改名为《冯小青》，《家庭问题论丛》后来改名为《中国之家庭问题》。

始料所不及的事。书店在光旦的长兄潘孟翘先生强勉支撑中也不见起色。所以胡先生有一次途经青岛时便对我们说起结束新月的事，我们当然也赞成，后来便由胡先生出面与商务印书馆王云五先生商洽，由商务出一笔钱（大约是七八千元）给新月书店，有这一笔款弥补亏空新月才关得上门，新月所出的书籍一律转移到商务继续出版，所有存书一律送给商务，新月宣布解散。

这便是新月的源源本本。一伙人萍踪偶聚，合力办一个杂志开一个书店，过三四年劳燕分飞，顿成陈迹，只是回忆的资料而已。有多少成绩，有什么影响，自己也不知道。胡先生最喜欢引佛书上的一句话："功不唐捐。"意思是"努力必不白费"，有耕耘即有收获。这收获究竟在哪里呢？回忆之际，觉得惶惑不已。

新月一伙人现在台湾者，除我之外还有刘英士先生和叶公超先生。

回忆抗战时期[①]

民国二十六年七月二十八日，日寇攻占北平。数日后北大同事张忠绂先生匆匆来告："有熟人在侦缉队里，据称你我二人均在黑名单中。走为上策。"遂约定翌日早班火车上见面，并通知了叶公超先生同行。公超提议在火车上不可交谈，佯为不识。在车上我和忠绂坐在一起，公超则远远的坐在一隅，真个的若不相识。在车上不期而遇的还有樊逵羽先生、胡适之太太，和另外几位北大同事。火车早晨开行，平常三小时左右可到天津，这一天兵车拥挤，傍晚天黑才到天津老站。大家都又饿又累。杂在人群

① 选自台湾九歌出版社1985年出版的《雅舍散文》。

中步行到最近的帝国饭店，暂时安歇一夜，第二天大家各奔前程。我们是第一批从北平逃出来的学界中人。

我从帝国饭店搬到皇宫饭店，随后搬到友人罗努生、王右家的寓所。努生有一幅详细的大地图，他用大头针和纸片制作好多面小旗，白的代表日寇，红的代表我军，我们每天晚上一面听无线电广播，一面按照当时战况将红旗白旗插在地图上面。令人丧气的是津浦线上白旗咄咄逼人，红旗步步后退。我们紧张极了，干着急。

每天下午努生和我到意租界《益世报》馆，努生是《益世报》总编辑，每天要去照料，事实上报馆的一切都由总经理生宝堂先生负责。平津陷落以后报馆只是暂时维持出版，随时有被查禁之虞，因为我们过去一向主张抗日。到报馆去要经过一座桥，桥上有日寇哨检查行人，但不扣查私人汽车。有一天上午生宝堂先生坐车过桥去上班，被日兵拦截，押往日军司令部，司机逃回报馆报告，报馆当即以电话通知努生勿再冒险过桥，报馆业务暂时停顿。生宝堂夫人是法籍，由法人出面营救亦无下文。从此生宝堂先生即不知下落。不知下落便是被害的意思。抗战期间多少爱国志士惨遭敌手而没没无闻未得表彰，在我的朋友中生宝堂先生是第一个被害的。

情势日急，努生、右家和我当即商定，右家留津暂待，努生和我立即绕青岛到济南遄赴南京向政府报到，我们愿意共赴国难。离开北平的时候我是写下遗嘱才走的，因为我不知道我此后命运如何。我将尽我一分力量为国家做一点事。

到了南京我很失望，因为经过几次轰炸，各方面的情形很乱。有人告诉我们到中研院的一个招待所去，可以会到我们想见的人。努生和我去到那里，屋里挤满了人，忽警报之声大作，大家面面相觑，要躲也无处躲，我记得傅孟真先生独自搬了一把椅子放在楼梯底下，面色凝重的坐在那里。在南京周旋了两天，教育部发给我二百圆另“岳阳丸”头等船票一张，教我急速离开南京，在长沙待命。于是我和努生分手，到长沙待命去了。

说起“岳阳丸”，原是日本的商船之一，航行于长江一带。汉奸黄秋岳（行政院参事）走漏消息，日本船舰逃出了江阴要塞，“岳阳丸”是极少数没能逃出的商轮之一，被我扣留。下关难民拥挤万状，好不容易我挤上了船，船上居然还有熟人，杨金甫、俞珊、叶公超、张彭春等，而且船上居然每日开出三餐“大菜”。国难日殷，再看着船上满坑满谷的难民，如何能够下咽。

三天后，舟泊岳阳城下。想起杜工部的诗句：“留滞才难尽，艰危气益增。图南未可料，变化有鲲鹏。”乱世羁旅，千古同嗟。抵长沙后，公超与我下榻青年会。我偷闲到湘潭访友，信宿而返。时樊逵羽先生也到了长沙，在韭菜园赁屋为北大办事处，我与公超遂迁入其中。长沙待命日久，无事可作，北大同人亦渐多南下。我与樊先生先后相继北上，盖受同人之托前去接眷。我不幸搭乘顺天轮，到威海卫附近船上发现霍乱，遂在大沽口外被禁二十一天之后方得上岸。

一

二十七年七月，国民参政会在汉口成立。我被推选为参政员，于是搭船到香港飞到汉口。从此我加了参政会连续四届，直到胜利后参政会结束为止。参政会是战地全国团结一致对外的象征，并无实权。其成员包括各方面的人，毛泽东、周恩来、林祖涵、董必武、邓颖超、秦邦宪、陈绍禹等人也在内。我在参政会里只作了一件比较有意义的事，那便是二十九年一月我奉派参加华北慰劳视察团，由重庆出发，而成都，而凤翔，而西安，而洛阳，而郑州，而襄樊，而宜昌，遵水路返重庆，历时两个月，访问了七个集团军司令部。时值寒冬，交通不便，柴油破车随时抛锚。原订行程中有延安一站。我们到达西安后，毛泽东电参政会，谓慰劳团中有余家菊、梁实秋二人，本处不表欢迎，余家菊为国家主义派，梁实秋则拥汪主和与本党参政员发生激烈冲突，如必欲前来，当飨以高粱酒玉米面。参政会接获此电，当即通知我们取消延安之行。汪之叛国出走，事出突然，出走之前并无主和之说，更没有任何人拥汪之可能。但是我因此而没有去瞻仰延安的机会，当时倒是觉得很可惜的。延安去不成，我们拟赴太原一行，阎锡山先生复电谓道路遥远，且沿途不靖，坚决请辞，我们也只好遵命。我们临时决定，团员六人分为两组，一组留在洛阳，一组渡黄河深入中条山。我自告奋勇渡河，上山下山骑马四天，亲身体验了最前线将士抗战之艰苦。

我对抗战没有贡献，抗战反倒增长了我的经验和见识。我看到了敌人的残酷、士兵的辛劳，同时也看到了平民尤其是华北乡下的平民的贫困与愚暗。至于将来抗战结束之后会发生什么样的局面，没有人不抱隐忧的。

二

我在汉口的时候，张道藩先生（时任教育部次长）对我说，政府不久就要迁到重庆，参政会除了开会没有多少事做，他要我参加教育部的“中小学教科用书编辑委员会”。委员会分四组：总务、中小学教科书、青年读物、民众读物，以中小学教科书为最繁重。道藩先生要我担任教科书组主任，其任务是编印一套教科书，包括国文、史、地、公民四科，供应战时后方急需。因为前后方交通梗塞，后方急需适合抗战情势的教科用书，非立即赶编不可。我以缺乏经验未敢应命，道藩亦颇体谅，他说已聘李清悚先生为副主任，李先生为南京中学校长，不但有行政经验，而且学识丰富，可资臂助。我以既到后方，理宜积极参加与抗战有关之工作，故亦未固辞。委员会设在重庆两路口附近山坡上，方在开办，李先生独任艰巨，我仅每周上班一天，后因疏散到北碚，我亦随同前去，就每天上班工作了。事实上，工作全赖清悚先生一人擘画，我在学习。中小学教科书的编辑很需要技巧，不是任何学者都可以率尔操觚的。因为编教科书，一方面需要学识，一方面也要通教育心理，在编排取舍之间才能合用。越是低级的教科书，越难编写。

教科书组前后罗致的人才，国文国语方面有朱锦江、徐文珊、崔纫秋，公民方面有夏贯中、徐悫、汪经宪，史地方面有蒋子奇、汪绍修、聂家裕、徐世璜、桑继芬等数十位。有专门绘图的人员配合工作。全套好几十本书分批克期完稿付印校对，然后供应后方各地学校使用，工作人员紧张无比，幸而大致说来未辱使命。首功应属李清悚先生。时间匆促，间或偶有小疵，我记得某君在参政会小组会议中大放厥词，认为这套教科书误人子弟，举一个宋朝皇帝的名字有误为例。我当即挺身辩护，事后查明原稿不错，仅是手民之误，校对疏忽而已。抗战期间我有机会参加了这一项工作，私心窃慰，因为这是特为抗战时期需要而作的。在抗战之前数年，国防会议曾拨款由王世杰先生负责主编一套中学教科书，国文由杨振声、沈从文二先生主编，历史由吴晗先生主编，公民由陈之迈先生主编，仅完成一部分，交教育部酌量采用。国文历史部分稿件，我曾与清悚先生共同看过，佥以为非常高明，但不适于抗战时期，决定建议不予采用，而重新编写，对于此事甚感遗憾。清悚对于吴晗先生之历史尤为倾服，因为其中甚多创见，可供教师参考。陈之迈先生之公民则未曾拜读。

委员会后来与设在白沙之国立编译馆合并，我因事忙辞去教科书组主任。这时候抗战已渐近胜利。有一天王云五先生约我到重庆白象街商务印书馆晤谈，我应邀往。云五先生的办公室只是小屋一间，四壁萧然，一桌二椅两张帆布床。一张是他自己睡觉用的，另一张是他的儿子王学哲先生的。抗战时期办公处所差不多都是这样简陋，而云五先生尤其是书生本色，我甚为钦佩。他邀我为商务印书馆主编一套中小学教科书。他说他看了我主编的教科书，他认为我有了必要的经验。据他揣想，胜利之后一定有新的局面展开，中小学教科书大概可以开放民营，所以他要事先准备一套稿件，随时付印应市。他很爽快，言明报酬若干，两年完成。我们没有任何手续，一言为定。我于是又开始约集友人编纂再一套教科书。这一套书与抗战无关，较少限制，进行十分顺利，如期完成。不料抗战胜利之后，大局陡变，教科书仍由政府办理。我主编的一大箱书稿只好束之高阁了。

抗战八年，我主编了两套中小学教科书，其中辛苦一言难尽。兹举一例。小学国语之国定本，是由崔纫秋女士执笔的，她比我年长，曾任山东模范国小教师数十年。国语第一册第一课是“来，来，来上学”。有人批评，这几个字笔画太多，不便初学。这批评也有道理，我们只好虚心检讨。等我为商务印书馆主编教科书的时候，我就邀请一位批评我相当严厉的朋友来执笔，这位朋友是著名的文学家，没想到一个月后把预支稿酬退回，据说第一册第一课实在编不出来。于是我又请李长之先生编写，几经磋商。第一册第一课定为“去，去，去上学”，是否稍有进步，我也不知道。正说明编教科书实在不易，不亲自尝试不知其难。

三

国立编译馆迁到北碚与教科用书编委会合并，由教育部部长自兼馆长，原馆长陈可忠先生改为副馆长。合并后的组织是：总务组、人文组、自然组、社会组、教科书组、教育组，另设大学用书编委会、翻译委员会，全部人员及眷属约三百人。我任社会组主任兼翻译委员会主任。这两部分的职务也不轻。

社会组主管的是编写民众读物及剧本的编作。所谓民众读物就是通俗的小册子，包括鼓词、歌谣、相声、小说之类，以宣扬中国文化及鼓励爱国打击日寇为主旨。在这方面，我们完成了二百多种，大量印发各地民众教育机构。不知道这算不算“抗战文艺”，大概宣传价值大于文艺价值，现在事过境迁，没有人再肯过问这种作品了。主持民众读物计划的是王向辰先生，笔名老向，河北保定人，在定县平教会做过事，深知民间疾苦，笔下也好。在一起编写民众读物的有萧柏青、席征庸、王愚、解方等几位先生。在戏剧方面，除了阎金锷写了一本《中国戏剧史》之外，我们的主要工作是修订平剧[①]剧本，把不合理的情节及字句大加修订，而不害于原剧的趣味与结构，这工作看似容易，实则牵涉很多，大费手脚。参加此项工作的有姜作栋、林柏年、陈长年、匡直、吴伯威、张景苍等几位。共完成了七十余种，由正中出版者计四十四种，名为《修订平剧选》。我们也注意到场面，所以有“锣鼓经”之制作，请了专家师傅于大家下班之后敲敲打打起来，一面用较进步的方法作成纪录。大家学习的兴致很高，事后也有了实验的机会。

编译馆为了劳军演了两次戏，一是话剧，陈绵译的法国名剧《天网》，演出于露天的北碚民众会场，由国立剧专毕业的张石流

---

① 即京剧。

先生导演，演员包括王向辰、萧柏青、沈蔚德、龚业雅和我。演出效果自觉不佳，可是观众踊跃。又一次是平剧，我们有现成的场面，只外约了一位打鼓佬。行头难得，在后方只有王泊生先生山东实验剧院有完整的衣箱，时王先生不在北碚，我出面向王夫人吴瑞燕女士商借，这衣箱是从不外借的，吴瑞燕女士竟一口答应，无条件的借给我们了。演戏两出，一是《九更天》，陈长年主演，他是剧校出身，功夫扎实。一是《刺虎》，由姜作栋演一只虎，他的脸谱得自钱金福亲授，气势非凡，特烦国立礼乐馆的张充和女士演费贞娥，唱作俱佳，两位表演大为成功。两剧之间由老舍和我表演了两段相声，也引起观众的欣赏。这些活动勉强算是与抗战有关。

翻译委员会虽然人手有限，也作了一点事。一项繁重的工作是英译《资治通鉴》。和人文组主任郑鹤声先生往复商酌，想译一部中国历史，不知译那一部好，最后决定译这编年体的《资治通鉴》。由杨宪益、戴乃迭夫妇二人负责翻译，杨先生是牛津留学生，戴女士是著名汉学家之女，二人合作，相得益彰。戴不需上班，在家工作。这在编译馆是唯一例外的安排。《资治通鉴》难译的地方很多，例如历代官职的名称就不易作恰当的翻译。工作缓缓进行，到抗战胜利时完成三分之一弱，以后是否继续，就不得而知了。此外如李味农先生译毛姆孙的《罗马史》，孙培良先生译亚里士多德的《诗学》，王思曾先生译萨克莱[①]的《纽康氏

---

① 即英国小说家萨克雷（1811—1863），代表作有长篇小说《名利场》。文中所提及的《纽康氏家传》是一部长篇小说，今通译为《纽可谟一家》。

家传》，都是有分量的工作，虽与抗战无关，却是古典名著。

讲到抗战时期的生活，除了贪官奸商之外，没有不贫苦的，尤以薪水阶级的公教人员为然。有人感慨的说：“一个人在抗战时期不能发财，便一辈子不能发财了。”在物质缺乏、通货膨胀之际，发财易如反掌。有人囤积螺丝钉，有人囤积颜料，都发了财。跑国际路线带些洋货也发了财。就是公教人员没有办法，中等阶级所受打击最大。

各公共机构都奉命设立消费合作社。编译馆同人公推我为理事会主席，龚业雅为经理，舒傅俪、朱心泉、何万全为办事员。我们五个人通力合作，抱定涓滴归公的宗旨为三百左右社员谋取福利。我们的业务繁杂，主要工作之一是办理政府颁发的配给物资。米最重要，每口每月二斗。米由船运到北碚江边，要我们自己去领取运到馆址分发，其间颇有耗损。运到之后，一袋袋的米堆在场上成一小丘，由请来的一位师傅高高的蹲坐在斤巅之上，以他的特殊技巧为大家分米。尽管他的技术再高，分配下来总还差一点，后来者就要向隅。为避免这现象，我决定每人于应领之分取出一小碗，以备不足。有时因为分配完毕之后又多出一些，我便把剩余部分卖掉，以所得之钱分给大家。如此大家都没有异议。每次看到大家领米，有持洗脸盆的，有拿铁桶的，有用枕头套的，分别负米而去，景象非常热闹。为五斗米折腰，不得不尔。米多稗及碎石，也未便深责了。

油也是配给的。人只有在缺油的时候才知道油的重要。我小时候，听说乡下人吃“钱儿油”，以木签穿钱孔，伸入油钵中提取油，以为是笑话。现在才知道油是不容耗费的物资。领油的人自备容器，大小形状各异，挹注之间偶有出入势所难免，以致引起纷争，我们绝对容忍只求息事宁人。油不仅供食用，点灯也要用它。灯草油灯是我小时最普通的照明用具，如今乃又见之。两根灯草，一灯如豆，只有在读书写作或打麻将的时候才肯加上几根灯草。

重庆有物资局，供应平价物品，局长先是何浩若先生，后为熊祖同先生，都是我的同学。最重要的物品之一是布匹。公教人员入川，没有多少行装，几年下来最先磨破的是西装裤。臀部打的补丁到处可见。后方最普通的衣料是芝麻呢，乃粗糙的黑白点的布料。我们从物资局大量购入布匹，以及牙刷、毛巾、肥皂之类的日用品，运到之日我书写物品价单，门前若市。对我们中国人，糖不是必需品，何况四川也产糖，只是运输不便。我们派专人到内江大量采购，搭小船运来，大为人所艳羡。

合作社不以牟利为目的，可是年终还有红利可分。平夙收支分明，但是月底盘货清账，有时常有亏空，帐目难以平衡。算盘打到深夜，无法结帐，我乃在帐簿上大书“本月亏空若干元”，作为了结。这是不合法的，但是合作事业管理局派员前来查账，竟以此为“不做假账”之明证，特予褒扬，列为办理最优。我们办合作社，都没有任何报酬，唯一安慰是得到了社员的绝对信任。

“前方吃紧，后方紧吃”，事诚有之，但这是以某些特殊阶级为限，一般公教人员和老百姓在物资缺乏、物价高涨的压力之下，糊口不易，遑言紧吃？后方的生活清苦是普遍的事实，私下里嗟叹当然不免，公开的怨怼则绝对没有。

四

遇到敌机空袭采取避难措施，一般人称之为“跑警报”。

北碚不是重要的地方，但是经过好几次空袭。第一次空袭出于意外，机枪扫射伤了正在体育场上忙碌的郝更生先生。那时我正在新村的一小楼上瞭望，数着敌机编队共有几架，猛听得嗞嗞的几声划空而下，紧接着就是嘭嘭的几声响，原来是几颗燃烧弹落下了，没有造成什么损失，我在楼前还拾得几块炸弹残片。又有一次轰炸北碚对岸黄桷树的复旦大学，当时何浩若先生正和复旦文学院长孙寒冰先生在室内下象棋，一声爆炸，何浩若钻到桌下，孙寒冰往屋外跑，才出门就被一块飞起的巨石砸死！经过几次轰炸，大家渐有经验，同时防空洞的挖掘也到处进行。编译馆有两个防空洞，可容数百人。紧急警报一响，大家陆续入洞，有人带着小竹凳，有人携着水瓶，有人提着饭盒，有些人手里还少不得一把芭蕉叶。有人入洞前先要果腹，也有人入洞前必须如厕。如果敌机分批来袭，形成疲劳轰炸，情况便很严重。初，记不得是那一年，大概是二十八九年吧，五月三日重庆在轰炸中死伤了一些人，翌日我乘船去探望住在戴家巷二号的一位好友。到达重庆之后，我先在临江门夫子庙一带巡视，看见街上有一列盖着草席的死尸，每人两只光脚都露在外面。在戴家巷二号坐了不久，警报又呜呜响，我们没有躲避，在客厅里坐以待弹。果然一声巨响屋角塌了下来，尘埃弥漫，我们不约而同的钻在一张大硬木桌底下。随后看见火光四起，乃相偕逃出门外，只见街上人潮汹涌，宪兵大声吼叫："到江边去，到江边去！"我们不由自主的随着人潮前进，天已黑了下来，只有火光照耀，下陡坡看不见台阶，只好大家手牵着手摸索下坡，汗如雨下，狼狈之极。摸索到了海棠溪沙洲之上，时已午夜，山城高耸，一片火海。竹筑的房屋烧得噼噼啪啪响，有如爆竹。希腊荷马史诗描写脱爱城[①]破时的景象不知是不是这个样子。看着火势渐杀，才相率爬坡回去。戴家巷二号无恙，我在临江门中国旅行社招待所保留的一间房子则已门窗洞开，全被消防水浸。这便是有名的五四大轰炸。

经此一炸，大家才认真空防。我既已疏散到北碚，没事便不再到重庆。重庆有一个大隧道，可容一两千人避难。有一次敌机肆虐，日夜不停，警宪为维持秩序在洞口大门上锁。里面人多，时间一久，氧气渐不敷用，起先是油灯一个个的熄灭，随后有人不支，最后大家鼓噪，群起外涌，自相践踏，出路壅塞，活活窒息而死者千人左右。警报解除后，有人在某部大楼上俯瞰，见有大车数十辆装运光溜溜的尸体像死鱼一样。这一惨案责任好像未加深究，市长记大过一次。

对于"抗战文艺"，我愧无贡献，我既不会写，也不需要我写。就是与抗战无关的文学作品，我也没有什么成绩可言。本来我在致力于莎士比亚的翻译，一年译两出，入川后没有任何参考书籍可得，仅完成《亨利四世上篇》一种，从广告上看到《亨利四世下篇》之新集注本出版，我千方百计的恳求有机会出国的至亲好友给我购买一册，他们各自带回不少洋货分赠给我，但是不

① 即神话中的特洛伊城。

及买书一事。抗战时期想要一本书，其难如此！在偶然的情形之下，我译了《咆哮山庄》[①]小说一册，又译了伊利奥特的一个中篇《吉尔菲先生的情史》。此外便是给刘英士先生主编的《星期评论》写了一些短文，以后辑成《雅舍小品》。抗战八年之中我究竟做了些什么事，就记忆所及，略如本文所述。惭愧惭愧。

① 即英国女作家艾米莉·勃朗特的代表作《呼啸山庄》。

北碚旧游[1]

我在一九三八年夏由汉口只身随着机关乘船到了重庆。

船在临江门码头靠岸。重庆，第一眼看上去，印象实在很深。是一座山城，在长江与嘉陵江的汇合处，抬头仰视，重庆城高高在上，傍着山坡有无数的由竹竿支撑着的破房子。熙来攘往的人几乎全是赤脚，几乎全是穿长袍而底襟塞在腰带上，不少人头上缠着一块布，令人立即兴起“异俗吁可怪”之感。

我一下船，就有友人剧专校长余上沅先生派人来接，为我雇了一台滑竿，我便躺在上面被抬了上去。我初落脚在两路口附近

① 选自《白猫王子及其他》。

一个中学的宿舍里，因为时值暑假，里面是空荡荡的，几十张木板床任我选择，夜间颇不寂寞，有千万蚊虫在头上乱飞。过了一夜，我搬到上清寺街上沅的寓所，他一家只租赁了三间房子，我设榻在他的阳台上，敞快通风，比屋里凉爽得多，不过就怕下雨，夜里常有雨星飘到脸上。不久在上沅楼下租得一室，室甚湫隘，小窗外芭蕉三两棵遮得屋里密不透风，白昼也要开灯，而且屋门外经常有恶犬狺狺，令人不得安居。我于是又搬到了临江门中国旅行社招待所赁屋长住。我的朋友吴景超、龚业雅夫妇住在戴家巷二号，相距咫尺，我经常到他们家里晚餐。吴府设备简陋，只有藤椅三把、方桌一张，而主人好客，招待殷勤，友人徐宗涑和顾一泉、华姗夫妇及牙科韩文信大夫等都是那里的常客。饭后八圈，只计筹码，卫生之至，我则作壁上观。

我到重庆，名义上的职务是国民参政会参政员。第一届在汉口，第二、二届在重庆，第四届在南京，我始终参预其事。这是抗战期间一个象征性的表示民意的机关。其中成员一部分代表各党派团体，一部分代表地方。我是代表团体的，但是第三届又改为代表地方（河北省），其中经过我不明白，也不想明白。参政员除了定期开会无所事事，所以我接受了教育部次长张道藩先生之邀，担任教育部教科用书编辑委员会中小学教科书组主任之职。抗战期间，后方的中小学不能停顿，但教科书的供应成了问题，而且旧有的教科书的内容亦有不合时代要求之处，所以一套新的中小学教科书之编辑与印行是绝对有其必要的。道藩知道对于教科书编辑之技术方面我不是内行，特别聘请了李清悚先生为副主任担任实际的行政工作，我只要每星期到上清寺该委员会去办公两次。这个编辑委员会，除了中小学教科书组之外，附带着还有青年读物组，主任是陈之迈先生，蒋碧微、方令孺二位女士等隶属于这一组。另外还有一个民众读物组，王向辰先生主其事，又有戏剧组，由赵太侔为主任。道藩自兼委员会的主任委员。武汉失守之后，敌机开始骚扰重庆。政府机构分别疏散。教育部迁到青木关，那是成渝公路上的一大站。由青木关北去有一支线，直达嘉陵江边的北碚。我一面保留重庆的招待所的房间，一面随同下乡疏散。这是我和北碚发生八年关系的开始。

北碚的“碚”字，不见经传。本地人读若倍，去声，一般人读若培，平声。其意义大概是指江水中矗立的石头。由北碚沿嘉陵江北去到温泉，如果乘小舟，便在中途遇一个险滩，许多大块的石头横阻江心，水流沸涌，其势甚急。石头上有许多洞孔累累如蜂窝，那是多少年来船夫用篙竿撑船戳出来的痕迹。大些的船须有纤手沿岸爬行拉船上滩，同时也要船夫撑篙。有一回我的弟弟治明海外归来，到北碚看我，我和业雅陪他乘舟游温泉，路过险滩，舟子力弱，船在水中滴溜转，我们的衣履尽湿，船被急流冲下，直到黄桷镇而后止，鼓勇再度上行过滩，真是险象环生。这大概就是北碚得名之由来。

我到北碚，最初住在委员会的三楼上一室，分内外两间，外间配给赵太侔，他从未来住过，内间我住，一床一几一椅而已。邻室为方令孺所住，令孺安徽桐城人，中年离婚，曾在青岛大学教国文，是闻一多所戏称的“酒中八仙”之一，所以是我早已稔识的朋友。我在她书架上发现了一册英文本的《咆哮山庄》，闲来无事一口气读完，大为欣赏，后来我便于晚间油灯照明之下一点点的译了出来。

北碚是一个自治实验区，在行政系统上是独立的，区主任卢子英先生，乃川中实业巨子卢作孚先生之介弟。他年富力强，剃光头，穿布衣，赤足穿着草鞋，说话做事十足的朴实无华。我到北碚伊始，即由李清悚、杨家骆两位陪同到办事处去见主任，适逢假期，未值。他的家是一个三合房的小院落，院里堆着粮草，晒着干菜。北碚有两三条市街，黄土道，相当清洁整齐，有一所兼善中学在半山上，有一家干净的旅舍兼善公寓，有一支百数十人的自卫队，有一片运动场，有一处民众图书馆，有一个公园，其中红的白的辛夷特别茂盛。抗战军兴，迁来北碚的机关很多，如胡定安先生主持的江苏省立医学院暨附属医院，马客谈先生主持南京师范学校，黄国璋先生主持的地理研究所，国立礼乐馆，国立编译馆，余上沅先生主持的国立戏剧专科学校，顾一泉先生主持的经济部工业研究所，王泊生先生主持的山东省立戏剧实际学院，等等。

北碚的名胜是北温泉公园，乘船沿嘉陵江北行，或乘滑竿沿江岸北行，均可于一小时内到达。其地有温泉寺，相当古老，建于南朝刘宋景平元年。虽经历代修葺，殿宇所存无几。大门内有桥梁渠水，水是温热的，但其中也有游鱼历历可数。寺内后面有两座大楼，一为花好楼，一为数帆楼，杨家骆先生一家就住在其中的一座楼上。有一天我和李清悚游到该处，承杨家骆先生招待，他呼人从图书馆取出一个古色斑斓的汉铜洗，像一个洗脸盆，只是有两耳，洗中有两条浮雕鱼纹。洗中注满水，命人用手掌摩擦

两耳，旋即见水喷涌上升可达尺许。这是一件罕见的古董，听说现在台湾，我也不知其名。温泉的水清澈而温度适当，不像华清池那样的烫。泉喷口处如小小的水帘洞，人可以钻到水帘洞后面二人并坐于一块平坦的石上，颇有奇趣。水汇成一池，约宽两丈、长三丈。有一次我陪同业雅、衡粹、姗嫂游温泉，换上游泳装在池里载沉载浮了一下午，当晚宿于农庄，四个卧房全被我们分别占用。农庄是招待所性质，其位置是公园中之最胜处。我夜晚不能成眠，步出走廊，是夜没有月色，只有星光，俯瞰嘉陵江在深黑的峡谷中只是一条蜿蜒的银带，三点两点渔火不断的霎亮，偶然还可以听见舟人吆喝的声音。对面是高山矗立黑茫茫的一片。我凭栏伫立了很久，露湿了我的衣裳。

北碚的交通尚称便利，公路直达青木关，转到重庆，惟公共汽车实在破旧不堪，烧的是柴油，一路冒黑烟，随时随地抛锚，而且车少人多，拥挤不堪名状。车站买票，持票登车，都需要勇气与体力才能顺利的杀出杀进。持有特约证者得优先买票，身份特殊者未买票亦可先登车，大家都为之侧目。

一九三九年五月三日敌机轰炸重庆市区，平民略有伤亡。翌日我在北碚闻讯，乘船赴重庆探视景超、业雅夫妇，在船上遇到方令孺，她也是去探望朋友的，我们立在船甲板上一路欣赏小三峡的风光。一到重庆我先到被炸地区巡视，看见夫子庙墙外有尸数具，盖着草席，尚未装殓，都是赤脚的。随后到戴家巷二号，景超上班未归，傍晚我与业雅正在闲谈，警报大作。房东国货公司经理陈叔敬先生上班未归，其夫人惊骇万状，于是我们三个人聚集在房东大客厅中屏息待变。忽然一声巨响，房檐一角坍下，灰尘漫空，炸弹爆炸声接连而至。抬头一看，四处火起。我们躲在硬木大桌下面，赶快爬出来预备逃走。业雅拾起一只皮箱，房东太太提着小包袱，业雅还有两个稚子，我们仓皇出门。只见到处是人，往东去，有人喊东边起火，去不得，往西走，有人喊西边起火，去不得，我们随着人潮前进，过了夫子庙，有宪兵狂喊："下坡到江边去！"拾级下坡不是容易事，坡陡，天黑，人挤，根本看不见脚底下的石阶，只能摸索下降。业雅拉着两个孩子，我替她扛着皮箱，房东太太挽着我的胳膊。我们怕走散，不停地互相呼唤着，像叫魂一般。事后房东太太告诉我，我头上有冷汗滴在她的臂上。我们走到江边海棠溪，倒在沙滩上，疲不能兴。有人拿着生蔗兜售，我们买了几截解渴。仰视重庆山城火光烛天，噼噼啪啪乱响，因为房子都是竹子造的。过了午夜火势渐弱，我们才一步步的走上归程。戴家巷二号依然存在，我下榻的旅行社招待所则门户洞开，水洒了满室。第二天，景超向资委会借到一部汽车，我同他一家狼狈的去到北碚。这就是大家所熟知的五四大轰炸。一九四〇年一月，阴历庚辰腊八，我三十九岁生日，景超送给我一本精裱的册页，弁首题了字，提到这一段事。

因为要在北碚定居，我和业雅、景超便在江苏省立医院斜对面的山坡上合买了一栋新建的房子。六间房，可以分为三个单位，各有房门对外出入。是标准的四川乡下的低级茅舍。窗户要糊纸，墙是竹篾糊泥刷灰，地板颤悠悠的吱吱作响。烽火连天之时，有此亦可栖迟。没有门牌，邮递不便，因此我们商量，要给房屋起个名字。我建议用业雅的名字，名之为"雅舍"。于是取一木牌，我横写“雅舍”二字，竖在土坡下面，往来行人一眼即可望到。木牌不久被窃，大概是拿去当做柴火烧掉了。雅舍命名之由来不过如此，后来我写的《雅舍小品》颇有一些读者，或以为我是自命风雅，那就不是事实了。

雅舍六间房，我占有两间，业雅和两个孩子占有两间，其余两间租给许心武与尹石公两先生。许先生代张道藩为教科用书编委会主任委员，家眷在歇马厂，独来北碚上任。并且约了他的知交尹石公来任秘书，石老年近六十，只身在川。我们的这两位近邻都不是平凡的人。两位都是扬州人，一口的扬州腔。许公是专攻水利的学者，担任过水利方面的行政职务，但是文章之事亦甚高明。他长年穿一套破旧的蓝哔叽的学生装（不是中山装），口袋里插两支笔。石老则长年一袭布袍，头顶濯濯，稀疏的髭须如戟，雅善辞章，不愧为名士。许公办事认真，一丝不苟，生活之俭朴到惊人的地步，据石老告诉我，许公一餐常是白饭一盂，一小碟盐巴，上面洒几滴麻油，用筷头蘸盐下饭。石老不堪其苦，实行分爨。有一天石老欣然走告，谓读笠翁偶寄，有“面在汤中不如汤在面内”之说，乃市蹄髈一个煮烂，取其汤煨面，至汤尽入面中为止。试烹成功，与我分尝。许公态度严肃，道貌岸然，和我们言不及私，石老则颇为风趣。有一次我游高坑岩，其地距北碚不远，在歇马厂附近，有一瀑布甚为著名。我游罢归来，试画观瀑图一纸，为石公所见，认为情景逼真，坚索以去。一日偶然谈起扬州人士，我说在北平有位陈大镫（止）先生是我小时暑假为我补授国文的老师，还有一位于啸轩（硕）先生乃是我的父执，而其哲嗣则是我的学生，石公大惊，因为大镫居士、啸轩先生都是他的好友，因此对我益为关切。我三十九岁生日，石老赠我一首诗，这首诗是苦吟竟夜而成，我半夜醒来还听到他在隔壁咿唔朗育，初不知他是在作诗给我。诗曰：

赠梁实秋参政兼简醇士仲子清悚锦江

梁侯磊落人，功名非所骛；
卅六跻参知，飞腾未为暮。
遭地实累卵，士气成党锢，
四郊况多垒，中仍费调护。
邂逅两大间，左右苦无具。
后生杂老革，张口坐云雾，
从容出一言，四座诧如铸。
世方掉清谈，艰梗孰云谕，
司空城旦书，视若刘兰塑。
何来对书巢，渊源漫相溯，
纵谈及畴昔，谬与私心附。
啸轩我故人，大镫非异趣，
文字饮旧京，不索红裙赋。
只须媚学子，饭袋足无误。
新月兴旧月，何者色常住？
语录代文言，是非殉好恶，
论学固有真，岂云此先务？
搅搅抵死争，未解坐何故？
侯独挥五弦，宫商逗文句，

莎氏抵但丁，译笔一双炷，
偶然出小品，购者百金赂。
何意成比邻，忘言时一遇。
觥觥彭高安，三长妙独步，
造辞太阿锋，高论薄盘互，
能诗自有声，不假散原树，
余事擅鹿床，漏天吮笔补，
赠侯一轴山，我实中心妒。
金陵陈仲子，人书静如鹭，
七截赞黑头，快意乃自吐。
有味俱吾党，朱李导先路，
双鸾曜二离，天行绝骐异，
共侯几席间，校艺无拂忤。
我虽署戳民，何尝厌观渡？
睹侯匡济才，俯仰有余慕。
奋笔踵群贤，匪言独寐寤。

庚辰十有二月弟尹石公同客北泉

诗多溢美，但有纪念价值。诗中提到的彭高安是立法委员彭醇士先生，先生江西高安人，五短身材，而风神萧散，声若洪钟，诗书画三绝不让郑虔。由于尹石公之介得识其人，生日欢宴，邀之同饮，事后他作一诗，并裱成横幅见赠，淡墨行书参差有致，诗曰：

寿实秋参政

吾闻实秋早，识面固未久，
诗人尹石公，誉之不绝口。
石公端雅士，平生严取友，
以知实秋贤，当世或无有。
君才比骐骥，千里一驰骤，
群驽苦骅足，踣者十八九。
君年未四十，声名湖海旧，
世儿徒纷纭，失笑真培塿。
纤纤新月上，冉冉度窗牖，
遥空一痕画，光芒夺珠斗。
今夕复何夕，执盏为君寿，
坐客皆美髦，议论脱窠臼。
人生贵适意，会合良非偶，
不醉且毋归，泻此如渑酒。

在另一次雅舍宴集中，醇士乘兴画《雅舍图》一幅。他作画喜欢吮笔，以控制笔头的水量，一画作成，往往舌面尽黑。他的水墨山水，遒劲之中含有秀润之气，我尝戏谓：“彭醇士、戴醇士（熙），何以如此之酷肖也？”他笑而不答，寻曰：“我是特别喜爱戴醇士的！”雅舍本来不雅，经他一加渲染，土坡变成了冈峦，疏木变成了茂林，几楹茅舍高踞山巅，浮云掩映，俨然仙境。画毕，陈仲子先生立题一绝于其上，我记得是：

彭侯落落丹青手，写却青山荦确姿。

茅屋数楹梯山路，只今兵火好栖迟。

醇士在我的生日册页上画了一帧松竹，寥寥数笔，潇洒有致。后来他避地来台，卜居台中，遂十余年未得晤对，仅有一次我途中偶值，匆匆一握而别。后于一九五二年，我在台北度五十一岁生日时，先生见到张北海赠我的一首歌，便次韵一首，序云“余与实秋不见久矣，因思曩岁游宴之乐今不可复得，而当时朋旧零落殆尽”，不胜其感慨。今则先生已归道山矣！

陈仲子（延杰）先生，南京人，由于石公之介而参加编委会，国学邃深，温文儒者，清癯如不胜衣，蓄长发及领，虽修剪整齐，与常人异。曾为孟郊、贾岛、张籍诗作注，有名于时。他送我一首诗：

戎火相逢三峡区，霜天腊八寿清壶。

黑头参政曾书策，为问苍生苏息无？

书法瘦逸，类黄山谷。

中小学教科书的编辑，我只居其名，实际上是由副主任李清悚先生负责。教科书要编两套，初中、高中各一套，包括国文国语、公民、历史、地理四科。清悚南京人，东南大学毕业，少年中国学会会员，曾任南京中学校长，成绩卓著。与我年相若，丰额广颐，蔼然敦厚，而才华内蕴，诗书画俱佳，尹石老批评他，说他诗胜于书，书胜于画。我尝推崇他，琴棋书画无一不长，他则自嘲曰："你说琴棋书画吗？琴弹得奇（棋），棋总是输（书），书有如画（涂鸦），画只是勤（琴）而已矣！"他曾邀我到他家便饭，家在温泉山上，桑扉茅舍，清爽宜人，如入图画中，其夫人馈事亦精，有一盆"涨蛋"泡松而有味，至今不能忘。他赠我两首诗：

醇士仲子石公锦江诸君子见示

赠实秋参政诗喜成二律

累卵中原系一匏，南船入蜀共西郊，
三年接席酬青眼，四座推君解白嘲。
奉使长安问斗鼠，再生新月照函崤，
归来十万平边策，莫使先生卧峡坳。
雅舍喜旁官道冷，青山晨夕抱秋来，
梨雕留诉三分雨，纸贵悭渲一抹梅。
鬓发催人惊岁月，文章小技挟风雷，
公卿不肯低头拾，议座生春动阁台。

壬午年夏我患盲肠炎，入江苏省医院割治，外科主任是刘宣三医师，内科主任是綦建镒医师，悉心为我医疗，上自胡定安院长，下至护士工友，无不特别照拂。不幸的是新兴的消炎药物无法获得，经人辗转请托始得 Prontonsil 药针一管，肠内化脓，两度开刀，卧床经月，几濒于危。清悚在我转危为安的时候，送来雏鸡一只，并附以诗：

十年世变看应老，底事秋郎独断肠？
岂为莎翁扮肉券，几教多士学心丧。
不妨肝腑洗千下，算是人生又一场。
莫笑黄雏供齿颊，鸡虫得失固茫茫。

清涑的得力助手是朱锦江（浚）先生，也是南京人。比我长几岁，老成持重，不苟言笑。工诗善画，曾画一幅花鸟贻我，枯荷败叶，干破的莲房上面伫立着一只羽毛戟立的怪鸟，题曰“临风哽咽不能言”，萧瑟之气满纸，有八大风味，悬我壁上久之，今不知何在。现只保留了一小幅藤萝，其运笔用墨之妙犹可观也。我庚辰生日他的赠诗是：

蓟门梁实秋，并世能有几？
谈笑绝冠缨，大义微言里。
举杯空回筵，落笔惊龙虺。
玉尺悬胸中，斧斤存腕底。
讲学酌古今，文坛权生死。
写实浪漫篇，汇绳严律纪。
新月飞天角，朗朗耀青史。
潇洒布春风，一卷存知己。
杜陵落落人，白也不随喜。
千山劫火来，豺虎借乡里。
才难不其然，蒲轮征君起。

文章与政事，理一而已矣。

庭梅寒作花，暗风吹窗纸。

兀兀鸡声号，谔谔此一士。

胜利后，同人俱还都。清悚以后无消息，锦江则闻脊椎开刀遂作九泉之客。

编委会到北碚后约二年，奉命与国立编译馆合并，设在白沙的编译馆迁来北碚。教育部部长自兼馆长，原有馆长陈可忠先生改为副馆长，却派张北海先生为总务组主任。许心武、尹石公二位皆引去。

张北海先生是部里的一位干员，任何地方学校有纠纷，总是派他去大刀阔斧的彻底解决，而能不辱使命。他来到北碚之初，在雅舍住了一段时间。先生广东人，北大哲学系出身，师事熊十力、黄晦闻诸宿儒，故国学根柢非常深厚。身材高大，南人北相，而性情磊落，一似燕赵慷慨悲歌之士。嗜酒，酒酣耳热则议论激昂。好棋，能连对数局以消永昼。事务经营，文书鞅掌，固非其所好，故任职不久，即辞去。到台湾，我们又共几席，在我五十一岁时他赠我一首长诗，意气风发，如见其人：

十二月八日实秋五十一生日，召饮，

前一日适余初度

白曰昨日之日不可留，抽刀断水弄扁舟。

甫曰今日何夕不可孤，咸阳客舍为欢娱。

昨日腊七今腊八，上树寒鸡下水鸭。

物情冻死何足论，休牵众眼惊以怯。（谚："腊七腊八，冻死寒鸦。"《禅宗语录》："鸡寒上树，鸭寒下水。"杜甫《花鸭》："羽毛知独立，黑白太分明。不觉群心妒，休牵众眼惊。"）

一梦百年真过半，炊灶依然枕窍洽。（《异闻集》："道者吕翁，经邯郸道上，邸舍中有少年卢生，自叹其贫困。言讫，即思寐。时主人方蒸黄粱为馔，翁乃探囊中枕以授之。生梦自枕窍入其家，见其身富贵五十年，老病至卒。欠伸而寤，吕翁在旁，主人炊黄粱尚未熟。"陈后山八月十日二首："一梦人间四十年，只应炊灶固依然。"）

侔天有子一畸人，（《庄子》："畸人者，畸于人，而侔于天。"）

肝胆轮囷龙出匣。（《拾遗记》："帝颛顼有曳影之剑，腾空而舒。若四方有兵，此剑即飞起，指其方则克伐。未用之时常于匣里如龙虎之吟。"孟郊诗："匣龙期犀。"）

春秋志事在攘夷，莎翁译笔其余业。

极权专政心不忍，自由民主空喋喋。

铁肠妙语天下无，（皮日休《桃花赋》序："宋广平为相，贞姿劲质，刚态毅状，疑其铁肠石心，不解吐婉媚辞，然观其文，而有梅花赋，清便富丽，得南朝庾徐体，殊不类其为人。"《汉书·贾捐元传》："君房言语巧天下。”）忆同雅舍羁三峡。

投老相看涨海隅，敢辞一翳沧千劫。（《传灯录》：“一翳横空，孰为剪之？”）

人生识字忧患多，（杜甫诗：“子云识字终投阁。”苏轼语：“人生识字忧患始。”）臧谷亡羊悲笑。（庄子：“臧与谷二人相与牧羊而俱亡其羊。臧则挟荚读书，谷则博塞以游。”苏轼诗：“臧谷虽殊竟两亡。”）

未应再作秋虫声，（苏轼诗：“吟诗莫作秋虫声，天公怪汝钩物情，使汝未老华发生。”）且共淋漓倾百榼。

愿献菊潭之水千万缸，（《风俗通》：“南阳郦县有甘谷，谷中水甘美。云其山有大菊，水从山上流下，得其滋液。谷中有三十余家，不复穿井，悉饮此水，上寿百二三十，中寿百余，下寿七八十者名之大夭。”按菊水亦名菊潭，苏轼诗“菊潭饮约始”。）人间罪瘴可洗子可呷。（《荆楚岁时记》：“十二月八日沐浴，转除罪瘴。”）

北海能诗，然病懒，惜墨如金。胜利后，督导华南党务，颇著辛劳，来台湾后意气消沉，虽仍加入编译馆工作，终快快有不遇之感。两年前以中风溘然而逝。

馆长陈可忠先生是我的同学，长余三岁，福州人，专攻化学，早在南京即为编译馆长，自谓半生精力尽在于此。可忠在北碚为副馆长，旋改任馆长，由部派叶溯中先生为副馆长，每逢举行馆务会议，可忠主席，溯中先生则俯首执笔作记录，不发一言。编译馆业务重要，而性质单纯，需长期稳定方有功绩可言，惟有时政府人事波动，亦不能不影响及于此一近于学术性质之机关，可忠独任艰巨，多方肆应。部派总务主任某君，尤为桀骜，令人难堪。而可忠能忍人之所不能忍，其度量之宽宏，以我所知当世无其右。编译馆早年之擘画经营，可忠实为首功。厥后可忠历任中山大学、清华大学校长，以至退休，现寓居美洲。北碚旧游，凋零殆尽，现在自由世界者，唯君与我二三人耳。

编译馆工作分为若干部分，我掌管教科书组、社会组及翻译委员会三个单位。教科书组之工作于编委会即已开始。实际工作之同事至今记忆较深刻者有下述诸位。小学国语最为重要，越是低级的教科书越需要技巧，教学法占很重要的地位，第一课"来，来，来，来上学"，是经过千锤百炼的，不是率尔操觚。担任主稿的是崔纫秋女士（刘次萧夫人），她在济南任小学教员、校长数十年，经验宏富。书出版后外界偶有微辞，甚至有些作家也不无訾议。其实，事非经过不知难。后来王云五先生约我为商务印书馆主编一套中小学教科书，预备将来胜利后使用，小学国语一科我请某作家执笔，匝月后即打退堂鼓，云："第一课编不出来！"

中学国文由朱锦江、吴伯威、桑继芬、徐世璜几位担任。公民则由夏贯中、徐悫、徐咏平、王经宪几位先生负责。历史方面有蒋子奇、程虚白等，地理方面有汪绍修、聂家裕等。以上诸先生不仅学有专长，而且各有风趣。蒋子奇，浙江定海人，东南大学毕业，嗜弈棋，因有胃疾弈时常怀饼干，喜谈相术，对我的批语是"一身傲骨，仕途无望"，皆引为知言。尝与余约，战后将邀我共游普陀礼大士，并下榻于其家舍，如今此约不能践矣。汪绍修，湖南湘潭人，中大毕业，亦嗜棋如命。与子奇每日必弈，一日空袭警报来，大家都避入洞中，这两位在室内布棋如故，弹轰然下，棋子在盘上跳荡，二人力按棋盘不使乱。第二颗弹下，瓦砾纷飞，子奇欲走避，绍修一把将他拉住：“你走？你须先要认输！”胜利后绍修走东北，在沈阳晤我时赠我一副棋子。夏贯中先生，湖北人，比较年长，曾任某县长，老成持重，疾恶刚肠，乃廉正有为之士，足当大任，而竟长守笔砚。他在编译馆任最后一任的总务主任，策划还都事宜，不免开罪于人，为群小所嫉。徐壵先生，字景宗，浙江人，机警而和平正直，为许心武所倚重。徐咏平先生，浙江人，政大出身，学识出众，复有干才。皆一时之选。教科书组的工作，我因不堪外界干扰，不久辞去，改由部派陆殿扬先生继任。几年的工夫，我学习了不少，体会了教科书编事之难，给我助益最多者是李清悚先生。

社会组是由原来的民众读物组与戏剧组合并成立的。这一组人才济济。在民众读物方面首先应推王向辰先生，笔名老向，河北保定人。他告诉我：“保定府，三宗宝，铁球（老人手中玩铁球），酱菜，春不老。”胜利还乡，他从保定带给我两小篓酱菜，咸死人！向辰曾在定县平教会工作，对于劳苦民众的生活极为熟悉，他具有热忱，撰写民众读物总是全力以赴。编译馆出版民众读物，分门别类，或激发爱国情绪，或阐述一般常识，或叙说名人轶事，或介绍科学新知，达数百小册，向辰策划之功不可没。协力撰写的同人有萧从方先生，字柏青，山东人，北大国文系毕业，学殖深厚而深自韬晦，不求人知。席徵庸先生，四川人，忠厚谦抑，熟谙本地民俗。王愚先生，山西人，于工艺机械方面具有特长。萧毅武先生（字亦五），山东人，退伍军人，断一腿，曾手刃日寇夺获其长刀，为人爽直激烈不脱军人本色，撰写抗战故事为其专长。在戏剧方面也有不少人才，如姜作栋先生，工花脸，曾受业于钱金福；林柏年先生，唱小生；匡直先生，四川人，善地方戏。还有一位马立元先生，河北人，精大鼓，能自弹自唱。我们曾修订平剧数十出，由正中书局印行。阎金谔先生，山东人，撰有一本《中国戏剧史》。编译馆人文组隋树森先生对于元曲深有研究，为海内外知名之士。

翻译委员会也颇作了一点事。如李味农先生，湖南人，译毛姆孙之《罗马史》，皇皇巨著，迻译多年，完成泰半。王思曾先生，河北人，译萨克莱之《纽康氏家传》，译笔精致，不可多得。孙培良先生，不详其籍贯，才学很高，而好使气，译亚里士多德《诗学》，甚见功夫，最后一年因年终考绩时无译稿，未获加薪，乃大恚，扬言欲不利于馆长，馆长适有病，床头藏巨梃以待，卒亦无事。有某博士者，据称获有某国之国家博士学位，大大到馆办公，泡清茶一杯，数年不见其只字之翻译，人莫测其高深。李长之先生，山东人，清华毕业，从杨丙辰先生习德文，发愿翻译《康德批判三书》，朝夕伏案全力以赴，每有得意之笔辄举以示我。翻译委员会野心最大的工作为《资治通鉴》之英译。缘尹石公先生一日语余，他有新交杨宪益先生自黔来渝，正在寻觅工作，并以其英译《离骚》译稿一份见示。我读后大为叹服，不但英文流利可诵，对原文亦颇忠实，诚译界不可多得之人才，遂由编译馆争先延聘。宪益慨然允。惟言明需与其夫人合作，乃一并延聘，实为无前例之美谈。夫人戴乃迭女士，英籍，其父为著名汉学家，牛津出身，文笔优美。我与可忠馆长及人文组主任郑鹤声先生一再商量，决定翻译一部中国史，并选定编年的《资治通鉴》。这是一部大书，都二百九十四卷，宋司马光主撰，上自战国，下至五代，计一千三百六十二年，历时十九年始成书。其中不无可待商榷之事，例如关于屈原一字未提，即曾引人訾议，然大致可谓体大思精之不朽的著作。其文字固少困难，但所牵涉到典章文物有时亦甚难理解，而译者非理解透彻即不能下笔。杨先生夫妇黾勉从事，到胜利时约成三分之一，实在是一大盛举。胜利后情形如何则非我所知。

北碚除了编译馆之外还有一个国立礼乐馆。许多人（包括我在内）以为这是笑谈，军马倥偬的时候还要制礼作乐！礼乐馆馆长是戴季陶先生，副馆长是顾毓琇先生，分礼乐二组，礼组主任为卢冀野先生（前），乐组主任为杨仲子先生，总务主任为杨荫浏先生。事变后戴季陶先生自杀殉国，大义凛然，以知先生当年所以要制礼作乐，也自有其一贯的思想与抱负，我不禁又肃然起敬。

礼乐馆一时没有什么成绩可言，是意料中事。有楼一座，楼下办公，楼上宿舍三间，杨仲子与杨荫浏二先生各占一间，礼乐馆与编译馆俨然姐妹机关，编译馆的杨宪益先生经关说后也搬到楼上去住，三位姓杨的共居一楼，自称是三羊开泰。仲子先生除音乐外精于篆刻，所治之印遵守汉印章法，有时亦采钟鼎古文，格调高雅。业雅在北平时曾受教于仲子先生，故曾烦请为我治印两方，一方阳文“雅舍小品”，一方阴文“雅兴”。我曾由朱锦江之介由当代另一刻印家商承祚教授为我刻一印章，亦古朴可喜。杨荫浏先生，无锡人，善操笛唱昆曲，于古代乐器无所不能。卢冀野先生，南京人，东南大学毕业，为吴瞿安（梅）先生弟子，对于元曲致力甚深，而且才思敏捷，下笔成章，有江南才子之称。体胖过人，人皆呼为卢胖，先生亦恬然受之。滑稽诙谐，一肚子的笑话，常令人联想到莎士比亚中之孚斯塔夫。复不修边幅，长袍一袭，破袜布鞋，十足的名士作风。雄于酒，饕餮恣肆，旁若无人。川中少鲜鱼，饮宴时偶得大鱼一尾，尝肃立拱手曰："久违了！"取鱼头而大嚼。参政会组团视察华北前线，我与冀野俱，道出西安，我宴之于厚德福饭庄，二人对饮，烧鱼烤鸭，一扫而空。过茅津渡上中条山，冀野初次骑马，骑马如乘船，惊呼而马惊，乃跌落于尘埃之上。幸于堕马之前，倩人拍一小照，得以保留其马上之雄姿。沿途投宿，睡前必写日记，详记其行程，并系以纪行之词曲一两首，多属自度曲。一路上与团长李元鼎先生争讲笑话，荤素兼备，同人无不粲然。

冀野于制礼作乐之事甚为自得，额其斋曰"求诸室"，寓"礼失而求诸野"之意。实际上他在北碚的工作是兼任编译馆大学用书委员会的编纂。他主持《全元曲》的工作，以为隋树森先生主编《全宋词》之姊妹篇。冀野集木刻匠人二名，每日可成两三页，假以时日竟存积木版堆累如山，刷印样本则古色古香，保持旧有刻板技术，有足多者。惜未见其能竟全功。冀野为于右老之诗酒交，胜利还都后遂任监察委员，同时兼差甚多，甚至里长一职亦乐之不疲，尝对我拈须呵呵笑曰："事关基层自治，其中奥妙无穷。"事变后横遭屈辱，抑郁以终。

礼乐馆还有一位张充和女士，才女之称当之无愧，她的行书娟秀飘逸，一如其人。又善古琴，并喜昆曲。有一次在福利区大礼堂我们为劳军举行游艺会，公演平剧一出，邀张充和女士演《刺虎》，张饰费贞娥，姜作栋饰一只虎，唱作俱佳，淋漓尽致，叹为得未曾有。那次演戏，我实主持其事，由老舍与我合作说了一段相声，作为压轴，从前我已记过其事，兹不赘。演剧需要行头，在川中恐怕只有王泊生先生拥有一完整的衣箱，适藏在北碚从不外借，我径访其夫人，慨然允借，无二辞。有一天，古琴名家郑颖荪先生偕荷兰汉学家高乐佩先生来北碚访张充和女士，高先生通汉语，能写汉文，能作古文，能弹古琴，实为难得的一位中国通。礼乐馆招待午膳后高先生挥其粗壮的手指，拨弄琴弦，高山流水，我虽非知音，亦不能不叹服其艺。后来张女士曾至台北，蒙她有来存问，并录音一卷而去，现居纽约，想安善也。

雅舍生涯，因为不时地有高轩莅止诗酒联欢，好像是俯仰之间亦足以快意生平。其实战时乡居，无不清苦。

雅舍的设备，简陋到无以复加。床是四只竹凳横放，架上一只棕绷，睡上去吱吱响，摇摇晃。日久棕绷要晒，要放在水池里泡，否则臭虫繁殖之速令人难以置信。我曾在重庆一个旅舍过夜，无法成眠，秉烛观看，臭虫出来吃人，不是散兵突袭，是以成行纵队进攻。我一夜没有睡觉，靠在沙发上，沙发亦同样的不靖。雅舍的床没有臭虫，要归功于我们的两位工友之勤快。一位是五十左右的黄嫂，一位是二十左右的小陈。黄嫂的任务是买菜、做饭、洗衣、打杂，小陈的工作是以挑水、担柴为主。先说水。雅舍附近无河无井，水要到嘉陵江去取，中间路途不近而木桶所容有限，一天要来回跑上十次八次。小陈的两条小腿上全是青筋暴露，累累然成为静脉肿瘤。小陈很机智，买两大瓦缸，一缸高高架起，凿一小孔，插一竹管，缸内平铺一层沙一层石一层炭。水注缸内，经过过滤，由竹管注入下面一缸，再用矾搅，水乃澈清，可供饮用。另一大缸，则仅用矾搅，作洗衣、洗澡之用。夏季蚊蝇乱舞，则窗上糊了冷布，桌上放了胶纸，床上挂了纱帐，亦可勉强应付。疟疾人人有份，痢疾时时提防。黄嫂是五十左右的乡妇，忠实可靠，所有家事她一手承当。她的丈夫是一位石匠，膀大腰圆而背微驼，遥望之如周口店的北京人。有一回他来，黄嫂与之发生口角，家里适有人送来的一只黄毛母鸡，险些演出一场“斩鸡头”的活剧。黄嫂天性极厚，视雅舍为自己的家。她坚持要养猪，一个家若是没有猪便不成为家。我们拗她不过，造起一个猪圈，她买来一窝小猪。每日收集馊水，煮菜喂猪，羼豆催肥，成了她的主要工作，人的三餐反成为次要。冬天晴暖之日，她在檐下缝补衣袜，小猪几只就偎在她的脚边呼呼大睡，那是一幅动人的图画。年终杀猪又是一景。闻其声不忍食其肉，何况不止是闻其声？杀猪所得，尽犒工友。

雅舍的饮食也是很俭的。我们吃的是平价米，因为平价，其中若是含有小的砂石或稗秕之类，没有人敢于怨诉。我患盲肠炎，有人说是我在空袭警报时匆匆进膳，稗子落进盲肠所致，果如其说，那就怪我自己咀嚼欠细了。人本非纯粹肉食动物，我们家贫市远，桌上大概尽是白菜豆腐的天下。景超所最爱吃的一道菜是肉丝炒干丝。孩子们在菜里挑肉丝拣肉屑，父母看在眼里痛在心里。南开中学算是办理最善的，学生伙食之每日必备的佐膳之资其中一项是一大碗木鱼豆腐！萧毅武先生经常口中念念有词：

“莱阳海带，寤寐求之！”询以何谓“莱阳海带”，则狮子头之英语译音也。先生不知肉味久矣。

抗战期间，川中无高级纸烟供应，英美洋烟难得一见，有办法的人方能以三五、炮台、加立克或毛利斯享客，而且顾盼自豪。自制纸烟，双喜牌已是上品，中下人士常吸一种以爱神邱比得为招牌的纸烟，烟粗纸劣，吸食时常噗噗的爆出火花，有人戏称之为“狗屁牌”，盖邱比得一音之转。曩昔“烟酒不分家”，谁也不吝请人吸一支，但在后方时几乎每人都把一包烟藏在衣袋里，吸时则伸手入袋摸索一支取出点燃之，绝不敬客，绝不取纸烟一包放在桌上，这是我不久就发现了的一个怪现象。酒在川中并不缺乏，像大曲、绿豆烧之类产量甚丰，质亦不恶。茅台酒亦是佳制，我有时独酌，一瓶茅台一斤花生，颓然而睡不知东方之既白，上沅戏谓我为吃花酒。方令孺有一回请我吃她在宿舍里炭盆上焖的肉，一大块肉置甑中，仅加调味料而不加水，严扃锅盖不令透气，炭火上焖数小时，风味绝佳，盖亦东坡肉一类的作法。天府之国，有酒有肉，战时得此，无复他求矣。

要想穿破一套西服，不是容易事。西服破，先从裤子的后部破起。我常看到有人穿着一身西装，从后面望去，裤子后面有一块大圆补丁，用机器密密缝缀，一圈圈一圈圈的，像是箭靶。袜子上前后加补丁的就更不必说了。穿芝麻呢中山装的最多。两条裤腿都是像麻袋，谁也不能保持两条笔直的褶痕。我到华北，路过郑州，那是各方面的走单帮的大本营，物资充斥，当地驻军司令官送我一块草绿卡其布，一块黑色直贡呢，我带回来立即做了两套中山装，神气活现，黑色的一套我一直穿着到了台湾。

雅舍虽然简陋，却是常常胜友如云。有一回牙科韩文信大夫有事来北碚，意欲留宿雅舍，雅舍实无长物可以留待嘉宾，韩大夫说：“打个通宵麻将如何?”于是约了卢冀野，凑上业雅和我正好一桌。两盏油灯，十几根灯草，熊熊然如火炬，战到酣处，业雅仰天大笑。椅仰人翻，灯倒牌乱。鸡报晓时，始兴阑人散。又有一次，谢冰心来，时值寒冬，我们围着炭盆谈到夜深，冰心那一天兴致特高，自动用闽语唱了一段福建戏词，词旨颇雅。她和业雅挤在一个小榻上过了一夜。

雅舍有围棋一副，喜好手谈之士常聚于此。陈可忠、张北海是一对，伯仲之间难分高下。立法委员祁志厚先生技高一筹，祁绥远人，人皆称之为“蒙古人”，乡音甚重，不事修饰，而饶有见识，迥异庸流。有时偕一位半个黑脸的友人同来，我们背后称之为“黑脸人”，其人棋艺更高，每杀得蒙古人溃不成军，旁观者无不称快。业雅见纸板做的棋盘破烂不堪，乃裂白布一方，用黑线缝织棋路，黑白鲜明，浆洗

之后熨平，高明之至。北海尝大声叱喝：“这是大汉文物，蒙古人，你见过吗？”蒙古人不答，仍旧凝视枰上，以其浓厚之乡音微吟：“翁章枪古似，得失葱兴知。”另一对是蒋子奇、汪绍修，嗜棋如命，也常是雅舍的座上客。一日，一局甫罢，孙培良来，和绍修对弈，孙已胜算在握，绍修则寻疵捣隙不肯放松，结果反败为胜，孙大怒，斥之为无理取闹，拂袖而去。

雅舍门前有一丈见方的平地一块，春秋佳日，月明风清之夕，徐景宗、萧柏青、席徵庸三位辄联翩而至，搬藤椅出来，清茶一壶，便放言高论无所不谈。有时看到下面稻田之间一行白鹭上青天；有时看到远处半山腰呜的一声响冒出阵阵的白烟，那是天府煤矿所拥有的川省唯一的运煤小火车；有一次看到对面山顶上起火烧房子，清晰地听到竹竿爆裂声。如果不太晚，还可以听到下面路上小孩子卖报的呼声：“今天的报，今天的报！”

敌机空袭是一件性命交关的大事，不过也有人等闲视之，以为未必就能中彩，而且深信在劫难逃。我来北碚之始，编委会即凿了防空洞，可容三五十人。起初均以为乡村小邑必无轰炸价值，不意连续被袭数次。第一次是操场上开运动会时敌机来袭，郝更生先生腿部中机枪弹，隔江黄桷树复旦大学孙寒冰教授被炸弹震飞的一块巨石砸死。第二次轰炸，我适在新村中国银行宿舍楼上，凭窗计数敌机架数，呼啸声震耳，弹轰轰下，房屋动摇，乃匆匆逃到屋外。在门前拾得燃烧弹壳一大片。编译馆编委会合并后，工作人数骤增，乃开辟新防空洞，可容二三百人左右，在尚未竣工时警报忽传，我仓皇入避，弹下时有狂风飕入。每次空袭警报发出，各人反应不一样，有人立即紧张，非立即排泄不可，也有人要立即进食。事实上疲劳轰炸动辄若干小时不得解除，防空洞里的生活确是难堪。不过比起重庆，北碚情形就不算严重了。景超告诉我，重庆大隧道发生惨案之日，他正在经济部大楼，俯视督邮街上数十辆大货车运尸，全裸的与半裸的尸身堆满车上，如同新宰的猪羊，有时从车上滑落一二具，一时亦无人照管。一车装若干具，若干车共装若干具，可推算而得其梗概。事后我们知道，重庆市行政当局被记过一次，没有人引咎。经过这次教训，我们学得了一个简便应急的方法，洞内之人各备大扇一把，向同一方向扇风，可有助于空气流通，我们行之颇效。

抗战期间对外交通困难，故物资供应当然短绌。政府乃控制物资以为调剂，并鼓励公教机关兴办合作社。编委会一到北碚，即设消费合作社。依法成立后，公推业雅为经理，我为理事会主席。这合作社之主要业务为经办平价米之运配，此事颇不简单。米为主要食物，每口每月可领两斗，需要按期派员赴粮政机关洽领，然后装船押运，然后卸船雇人搬运到所，请专门师傅配发。这一切需要一位忠实可靠的干员才能胜任。我们请到了一位朱心泉先生，本地人，绝对忠实，他不分寒暑任劳任怨，长年在外奔波。米运到之后，在平地上堆积成一小丘，专门师傅坐在小丘之上吸旱烟，同人闻讯前来领米，或携洗脸盆，或提枕头套，或用包袱，手持米证，依次领取。师傅走下小丘，用一畚箕取米倒入斗内，这一举动颇有考究，其举高下注之势、其动作疾徐之间，可能影响斗内米量之多少，如不善为控制，可能不敷分配，短差甚巨。所以师傅注米于斗，然后用木板刮平，砉然一声，不多不少，恰是一斗，而且手法利落。每次分配完毕，要请他吃酒。他指点我们，在每斗之中还要舀出一小杯，以补贴耗损之用。同人都很认真，我必亲临监视。全部分完之后有时还能剩下一斗半斗的米，我就把它出售，以出售所得之钱平均分还同人，有时钱数太少，则购买橘柑每人一枚。每月经办一次，每次皆大欢喜。

食油也是配给的，手续更为麻烦。好像是每人十四两。同人领油自备容器。执事者用固定容量之长柄勺入桶舀油，倒入器内，分量难得十分准确。有一位富有科学头脑的同人，在他的玻璃瓶上预作暗记，油不足量即斤斤计较，致生龃龉。管理合作社业务最负责的是舒傅俪先生，她奉公守法，认真负责，是业雅得力的助手，她的夫君舒蔚青先生收藏话剧剧本甚夥，为张道藩先生所器重，惜以肺疾去世，所藏剧本悉归于编译馆。傅俪先生现居台湾。另外一位工作人员是何万全先生，年轻热心。

糖虽非必需，亦不可少。市上往往不易购得，且价亦昂。乃请朱心泉先生遄赴内江，糖厂厂长为我故人，大量采购砂糖而归，低价分售同人，每人可得四五斤，终年食糖无缺，其他机关无不啧啧称羡。其他日用必需品，如布料、鞋袜、毛巾、牙刷之类，则可自物资局购进，物资局局长前为何浩若先生，后为熊祖同先生，皆我同学，依法批购在手续上得到不少便利。我们的合作社始终是物资充足，门庭若市。每有新货运到，我手写布告通知大家，朱墨斑斓，引以为乐。朱心泉先生每次运货，常自己在途中将毛巾一打或牙刷数支举以赠人，我们起初还责怪他不该公私不分，事后才晓得这是江湖陋规，非如此无法达成任务。

白沙编译馆同人初迁北碚，百余人的伙食是一问题，合作社奉命成立膳食部，供应此百余人的每日两餐。我们雇用了一名厨师、两名伙夫，每天晚上我们商酌第二天的食谱，要营养、价廉、简便，这不是容易事。但是大家努力，我们达成了任务，一个月后同人等均各有定居，自理炊事，膳食部随即撤销。

合作社营业每晚结账，每月底总结账目，清点底存，计算盈亏。我们不懂会计，没有什么复式账簿，只是据实的一笔一笔的地记载。时常月底结账，账面上的数字和实际的数字不能完全吻合，总是多多少少有一点偏差。算盘打到深夜，不能资债平衡，这时候我就作一决定，在账面数字清算完毕之后，我在账上加注，言明本月实际收支数目较账面数目溢出若干或亏损若干，然后我签上名字，表示由我负责，并且据以公布，细账公开欢迎查阅。同人等信任我们，从没有人发生异议。合作社办理的情形，政府主管机关每年派员督察考核一次，编译馆合作社总是名列最优，有一次督导人员告诉我们，他从没有见过一个合作社把数字不符的情形公然记在账上，这足以证明这个账是真的。所以我们的账他不要细看，匆匆一翻，满意而去，我们对他的招待是一杯茶一支烟。合作社的业务，涉及金钱与物资，欲求办理成功，必须经办人员清廉自守，公私分明，而且肯积极服务。其实，这点道理又岂止于合作社为然?

北碚旧游不止仅如上述，但是事隔四十年，记忆模糊了。其中不少人已归道山，大多数当亦齿迫迟暮。涉笔至此，废然兴叹。

华北视察散记①

一、我们六个人

民国二十九年一月，我在四川北碚，接到国民参政会秘书处通知，要我参加“国民参政会华北慰劳视察团”。这一视察团的组织是根据国民参政会第一届第四次会议的一个决议案，其任务为：“宣达中央意旨，慰问军民，并视察军民状况，及其他文化、宣传、交通、经济等事项。”并赋权议长组织之。当时的议长就是现总统蒋先生。议长核定该团组织规则九条，并于二十九年一

---

① 选自《秋室杂忆》。

月指派李元鼎、邓飞黄、梁实秋、卢前、于明洲、余家菊六人为团员，以李元鼎为团长，邓飞黄为副团长。我接到这通知之后，犹豫了一阵，复函婉辞，秘书长王雪艇先生来书劝促。我自抗战以来，只身南下，辗转入川，所谓共赴国难只是虚有其名，实际上是蛰居后方徒耗食粮，真正的是无补时艰，如今有机会到华北前线巡视一遭，至少可以看看华北一带军民的实际状况，可以增长见闻，总是有益之事，所以我终于接受了这一指派。

我们预定行程，是由重庆到成都，经宝鸡到西安，赴延安，入山西，访郑州，而经洛阳、南阳以至宜昌，遵水路返回陪都。这一行程包括了整个的华北前线在内。预定需时两月。现在我先介绍我们六个人。

团长李元鼎先生，这时候适在陕西原籍，我们到了西安才看到他。他是年逾古稀的一位老者，貌清癯，留着稀疏的几根胡须，手持着一根旱烟管，风度潇洒而和蔼近人。我记得他自我介绍说："我是陕西人，我的家乡和于右任先生故里是邻近的，俗语说'十陕九不通，一通就成龙'，哈哈，我们陕西没有人才。"几句话说得又诙谐，又自负。我们在西安勾留数日，每晚都有机会听李先生讲荤素笑话。李先生是审计部长，一点官僚习气都没有，具备陕西人特有的古朴傲岸的作风。

副团长邓飞黄先生，字子航，是湖南桂东人，此人短小精悍，为人厚重。他从前曾在冯玉祥幕中，故与旧西北系军人颇多相识。他幼时清苦，在北师大读书，后赴英国深造，有新式的政治头脑。旅中朝夕同处，上下古今无所不谈，深知他是一个开明的人，对于时事诸多不满。他喜太极拳，清晨脱衣练拳，无间寒暑，有一天雪后风寒，他打完拳回来，头上热气上升，汗涔涔下，他对我说：“身体是最重要的本钱，无论要作什么事，先要保住这一笔本钱。”我至今服膺他这一句话。团中诸事实际上是由他主持，任劳任怨，而气度恢宏，故能使全体合作无间。

卢前先生，号冀野，南京人，他在南京东南大学读书时我就和他相识。他胖，很胖，能诗能文，能曲能唱，而又滑稽突梯，而又健谈，而又广交游，而又喜欢狂吃狂饮。在川时难得吃到活鱼，饮宴遇到烹鲜，辄除其小帽起立鞠躬，对着鱼头轻呼：“久违了！”于是动手取食，如风卷残云，几根山羊胡子都沾上了鱼汁鱼刺。遇到烤鸭则下手扭断鸭颈，连头带颈而大嚼。黄酒三五斤，能立罄，无醉意。谈笑自若，旁若无人。席上有冀野，则无不欢乐。他是吴梅教授的弟子，善度曲，对于词曲一道之爱好无以复加，曾为国立编译馆编刻《全元曲》，雇刻工监督刻版，成若干种，不幸于胜利后停顿未竟全功，但已有《饮虹簃》刻曲六十一种行世。在华北途中，每至一处，不免登临古迹，晚间回到旅舍就看到冀野摇首吟哦，撰小令一首以纪其事。他才思敏捷，能出口成章，而词意稳切。朋友们半开玩笑的送他一个绰号曰“江南才子”。在我的朋友当中，没有一个人比他更像莎士比亚剧中的孚斯塔夫（Falstaff）。抗战时他任职于国立编译馆，和我同事，时相过从，兼任国立礼乐馆的礼仪组主任，尝自谓“礼失而求诸野”，因自额其书斋为“求诸室”。冀野风流自赏，实在他是一个忠厚善良的人，像他这样类型的文人，如今已不可多得。他参加本团工作，为我们的寂寞旅途平添无限情趣。

余家菊先生，字景陶，湖北人，是教育学专家，早年著有

《国家主义的教育》一书，为青年党领导人之一。余先生勤于治学，著作丰富，特立独行，不肯俯仰随人，外圆内方，君子人也。患目疾甚剧，常策杖而行，咫尺之外常不能辨识人物。善医，常自处方煎药。我在途中看到他不只一次的开药方。冀野常揶揄他说："公医，公疾，公自医，公薨。"他也不以为忤，一笑置之。他经常长袍一袭，自奉甚俭，不失书生本色。

于明洲先生，东北人，我不知道他的经历，听人说他是在东北办党务的人员。最奇怪的是，我们长途行旅共同起居几有两月之久，我们没有变得更熟一些。于先生有晚睡晚起的习惯，好几次大家登车待发，于先生尚在盥洗未毕。在这次行旅中他显得最孤独。

最后是我自己。我是在都市中生长大的人，虽然也曾奔走四方，但是从未深入民间，没有体验过民间疾苦，在人生经验上可能我是比较最贫弱的一个。所以我这次踏上征途之后遇有比较吃苦的任务，总是自告奋勇的参加，未敢自逸，无非是想多得一点阅历。对政治我一向有兴趣，可是自从抗战军兴我就不曾继续写过政治批评的文字，理由很简单，现在是一致对外的时候。国民参政会之成立也正是基于这个理由。我这次视察归来，参政会副秘书长雷儆寰先生对我说："没想到你们清华毕业留学生出身的人也能有如此的表现！"是夸奖的话，但是想到清华毕业留学生出身的人平时给人家以什么样的印象，真是不胜惶悚。

除团长李元鼎先生外，我们五个人于一月三十日自重庆出发，一辆破烂的大汽车停在秘书处门口，照料我们上车的是雷儆寰先生，他的高大的身躯和爽朗的声音好像是给我们不少的鼓舞的力量。我们除了六个团员之外，还有秘书刘仰山，干事余策源、王有家、张微星，书记于振翮。而最不可以忘记的是工友卢水山，他是从前在军中跟随过邓子航先生的一名马弁，他是途中照料我们的极得力的一个人，别的不提，单说他的打铺盖卷儿的本领就令人叹服，我们每夜要摊开铺盖卷儿，早晨要捆绑起来，他的手脚利落，一刹那就整理得井井有条，我至今不能忘记他的姓名和他那修长结棍的身躯。我们为什么要带这样多的随从人员，我也不晓得，大概官方组织非如此声势浩大不可。

我们搭乘的这辆汽车，也是不能令人忘怀的，是标准的抗战汽车，烧的是酒精，也许是柴油，走起来噗噗的响，阵阵的喷黑烟，车身唏里哗啦的乱颤。每人一个铺盖卷儿，一只手提皮箱，高高的堆在车中间，人分两旁坐下。司机旁边的座位是唯一的雅座，当然是副团长的宝座。这辆车随时随地可以抛锚，所以预计两天到成都，可是谁也没有把握。

一声令下，我们上了征途。像奇迹一般，整天没有抛锚，当晚到达内江，下榻中国银行。经理是我的老学长孙祖瑞先生，他请我们出去吃饭，盛情可感。所谓下榻，实际上并没有榻，是大家集体睡地板，不过地板确是很平稳的，所以也很舒服，尤其是在车里摇滚了一天之后。一夜无话——不，也还有一点穿插，余景陶先生夜半如厕，归来时找不到房门，绕室三匝，不得其门而入，最后入得门来又钻错了被窝。

由重庆到成都这一条公路很特别，路基特别高，原来是预备修铁路用的路基，因军阀割据之故弃置不用，改成了公路。国家不统一，一切建设不易成功，此为一例。

车过内江，开始抛锚，到达成都附近已是夜晚。由山陵地带俯瞰成都平原，一片灯火，蔚为壮观。成都有“小北平”之称，不但地势平坦，房屋街市亦略有北平规模。在成都我们休息两天，拜会地方长官，主要的是为接洽车辆。行营主任贺国光将军以盛筵招待，宴后招瞽者唱道情，所谓道情原是散曲之一种，我只看过郑板桥作的道情，却未听人唱过。瞽者敲着竹筒，声调激亢，虽然听不出词句的意义，看他唱得有声有色，亦不觉为之击节动容，而且负鼓盲人的风致，也古朴得可爱。有一晚李幼椿先生设宴招待，用名厨“哥哥传”，是“姑姑筵”的嫡传，当然菜色甚精，主客尽欢，不过细察其烹调方法，精细则有之，特殊则未必，大抵仍是淮扬一派作风，一般川菜莫不皆然。成都小吃夙负盛名，如吴抄手、赖汤圆之类，则皆因时间关系过门而不入。武侯祠我们去瞻仰过，远望胜过近观，“丞相祠堂何处寻，锦城郊外柏森森”，浓密的一片柏树林确是气象不凡，内部规模平平，和大名垂宇宙的诸葛并不相称。其他如浣花溪的草堂寺以及薛涛井，我都是亟想一观的，但因团体活动，时间有限，失之交臂。为同人所泥，在少城公园倒盘桓了半天之久，不能不说是憾事。

二、闻道长安似弈棋

我们从成都匆匆出发，目的地是西安。我们乘的是一部军用大卡车，当然是上了年纪的，而且是什么世面也都见过的，唏里哗啦的向东北绝尘而去。

颠簸了一天，夜宿绵阳。绵阳古称绵州，在涪江西岸。我们读杜诗，记得杜工部送严武入朝曾在此地的江楼饮宴唱和，现有杜公祠堂在此，可是我们没有功夫去参观。绵州的大曲也是有名的，我们也没有兴致就地品尝。一觉睡到天明，听到鸡鸣，我披衣外出如厕，这时候残月在天，寒霜满地，走在小桥上可以听到一层薄霜咯吱咯吱的响，我登时想起了温飞卿的名句“鸡鸣茅店月，人迹板桥霜”，无意中在此得到了印证。“古今胜语，多由直寻”，这样的句子必是由实际体验而得。当时那一派荒凉清苦的景象，使我久久不能忘，是艺术模仿自然，还是自然模仿艺术，似乎不易分辨出来。

从绵阳前进，山势渐陡，渐入佳境。在梓潼一带，有参天松柏夹道矗立，有人指点说这是“张飞柏”，是谁种的无法考证，看那苍龙蜿蜒的姿势，总该是几百年前旧物。树的大小和北平中山公园的柏树林不相上下，但是因为生在大山旷野，饱受风雨摧残，枝干显得更欹斜古怪一些。迫近剑阁的时候，汽车开始了我们想象中的正常的表现，三步一停，五步一歇，到达剑阁时干脆抛锚，本想一气到广元，结果是一天的途程分两天走，但是我们沿途有了比较充分的流连风景的时间。到剑阁时已薄暮，剑阁县城外只有一条狭窄的街，崎岖难行，是县城最热闹的所在了，经警察指点，要住得舒适些只有进城去借住国民学校的教室，这不是我们所愿的，于是就在城外找了比较大的一家小店，门前有“未晚先投宿，鸡鸣早看天”字样，这一联是《西游记》里的句子，在四川普遍使用，词虽鄙陋，但是朴素得可爱。我们确实是“未晚先投宿”了，司机趁此大修车机。我们走进小店，我和邓飞黄分得一室，进得屋来第一桩事是派卢水山去买纸，糊窗户，因为窗户有棂而无纸，在这“壁立千仞”的地方，凉风飕飕，油灯无法点燃。倦极而寐，忽被床下鼾声惊醒，我唤起我的同伴，他也茫茫然，于是点起灯来一照，原来是一头大肥猪在床下酣睡，我们对店家说好说歹才算把猪请了出去。

“惟天有设险，剑门天下壮”，这剑门关就在剑阁北三十里。所谓“一人荷戟，万夫趑趄”，确是很好的形容。其实不仅剑门一处如此，我们横越巴山山脉，所见削壁叠嶂，目不暇给，其险其壮似乎只有在山水画中的“蜀道图”约略见之。看了这一带的风景之后，可以体会到一部分中国山水画的布局以及皴法都是相当写实的，并非全是臆想虚构。这一条道路，已经不像李白《蜀道难》所说的“朝避猛虎，夕避长蛇”，但亦不像方孝孺《蜀道易》所说的“操舟秣马，夕往而朝还”。我们的汽车一路服服贴贴，穷一日之力而达广元，再一日而抵汉中。

由汉中到宝鸡，要翻过另一座大山——秦岭。《史记》说：“秦岭，天下之大阻也。”韩退之吟得“云横秦岭家何在，雪拥蓝关马不前”的时际大概也还视为畏途。山的气势是雄伟的，但不峻险。我们到达宝鸡的时候是将近午夜，而且又值阴年除夕，很不容易的找到一家澡堂下榻。在北方内地旅行，住在澡堂里算是比较舒适的享受。听澡堂主人说只能供给我们清汤挂面，我便独自溜到街上，黑茫茫中在铁路边遥见一灯如豆，就在一间草棚里和一群铁路工人同桌吃了三十个热腾腾的韭菜馅水饺，这是我生平最快意的一次年夜饭。第二天一清早搭乘火车前往西安。突然间坐上火车，别是一番滋味。

在西安我们住进西安招待所，我和邓飞黄住谁都不愿住的第一号房间，因为那是邵元冲先生遇难处。北地苦寒，所以第一桩事就是置冬装。我定做了一件灰布棉外套，其厚无比，又买了一顶飞机驾驶员用的带毛的皮帽子，有了这样的装束我就可以心安理得的在前线出出进进了。西安是好多朝代的都城，气象自然不凡，城墙很整齐，街道也很宽阔，就是人少，有一股说不出的荒寒之气。有一次赴彭昭贤先生宴，乌鸦晚噪，声大无比，院里几株大树上黑压压的一片全是乌鸦，真是一幅《古木寒鸦图》。又有一次赴张伯英先生宴，院子里廊檐下全是一些古碑断碣。这都给人以萧瑟之感。

我们到达西安之后，团长李元鼎先生也来了，开始展开工作。我们先向蒋鼎文将军献旗，再向胡宗南将军献旗，我们遗憾的是胡将军称病未能亲自接见我们。听说胡的部队是中央军队最精锐的一部分，装备也特别精良，我们很想能瞻仰他的丰采。我从他的左右及部下的口里听说，胡将军很有办法，“只要中央令下，几日内即可收复陕北”。对于这样的豪语，我们自然只有钦佩。最近有人告诉我，胡将军当时并未生病，只是不喜接见宾客。

献旗是例行工作，我最感兴趣的是我们预定的延安之行。延安是个神秘的地方，有人视为不堪一击的一个窟穴，也有人视为“圣地”，更有些多事的外国记者为之渲染。中共的军队改编为八路军，至少在名义上是国军的一部分，我们视察慰劳华北军民自然不能把延安遗漏。我个人更想亲自看看共产党控制下的地方究竟是什么样子。有一次，我在重庆和刚自延安访问归来的左舜生先生谈起，他告诉我一件小事，他说延安没有官僚气，任何衙门没有岗卫，老百姓可以昂然直入和官员谈话。左先生是反共的人，由他口里说出的这样的话是很能引起我的兴趣的。现在我有机会访问延安，当然高兴。于是我们拜访驻西安的八路军办事处。办事处的一位副处长是不久以前在北大毕业的，他认识我。我从北碚来时还携带了俞珊女士托我设法转交给她弟弟俞启威（后改名黄敬）的一封私信，这位副处长告诉我俞启威在河北打游击，信可以设法代转，于是我把信交给了他。我们的谈话很融洽，他答应转报延安为我们洽商行期。我们在旅寓等候了好几天，接到重庆转来毛泽东致参政会电，电文大概是这样的：

> 国民参政会华北慰劳视察团前来访问延安，甚表欢迎，惟该团有青年党之余家菊及拥汪主和在参政会与共产党参政员发生激烈冲突之梁实秋，本处不表欢迎。如果必欲前来，当飨以本地特产之高粱酒与小米饭。

我们研究电文，颇感困惑。我和余家菊是不受欢迎的，但是又答应给我们高粱酒与小米饭吃，不知是什么意思。我不知道延安为什么欢迎青年党的左舜生不欢迎余家菊。至于我，在参政会和共产党参政员发生激辩的事是有的，至于“拥汪主和”则真不知从何谈起，这只是文人笔下只顾行文便利不惜随便给人乱戴帽子之又一例证而已。于接到重庆的指示之后，我们集议决定放弃延安之行。对于我个人来说，是很大的损失，因为我不得亲眼看看那一边的实在情况。

我们到西安西边的咸阳去参观“劳动营”。咸阳是有名的地方，秦始皇的陵寝在那里，阿房宫的遗址也在那里，但是我们没有功夫去凭吊，只遥远的展望了一下埋葬秦始皇的一座大土丘！咸阳在渭水北岸，一片沙砾黄土，景象荒凉。劳动营就是集中营，主持人是蒋坚忍将军。据说里面集中受训的人有两种，一种是各地知识青年奔往陕北在半途中被截留来的，一种是从陕北出来准备到各处工作的知识青年在半途中被截留来的，数目我已不记得，大约是以千计的。营里面实施军事管理，整齐清洁，尚无虐待情事，设备当然是谈不到，我看他们睡觉的地方就是在地上铺块席子，泥砖作枕头，我心里还是很难过。我们被安排与几位学员代表谈话，当然未能深谈，但已可发现他们精神是愉快的，他们有笑脸。这样多的青年被关闭在一个营地里，是一件不寻常的事，而且是一件悲惨的事。我是一直在学校里教书的人，经常与青年接触，“不满于现状”的情绪到处弥漫，其中有很大一部向往陕北，这一危险的信号谁都看得见，但是现状越来越令人不满，危险越来越大，而朝野上下没有根本解决的办法，咸阳劳动营能收多大的围堵的效用呢？胡宗南将军几日之内即可收复陕北的豪语，以及咸阳劳动营的设立，使我对于未来华北的阴影深抱隐忧。谁都感觉到山雨欲来，谁都知道这不是单纯武力所能解决的问题。

华清池不能不去巡礼一番。池在临潼，在西安之东不远，风景无足观，但泉水极佳，清莹透底，热得有一点烫。后山坡上一块岩石刻着“浩然正气”四字，一行人等都忙着在那下面拍照，不知大家是否都曾想过西安事变之前因后果。华清池的庭园布置颇为俗恶，一点也没有保存我们中国的园林之曲折掩映的妙趣。倒是途经灞桥，虽然一片荒凉，可是那座七十二孔的破桥，岸上那株衰柳，还依稀留着一点情调，令人生出思古之幽情。西安城南之终南山，我们并未深入，所以没能发现其中有什么“钟灵毓秀，宏丽瑰奇”之处。半路上探视武家坡传说中之王宝钏的窑洞，洞在西安东南十二里的曲江池畔，只是土坡上掘成的几个破窑，窑门口有一付对联：“十八年古井无波，为从来烈妇贞媛，别开生面。千余载寒窑向日，看此处曲江流水，想见冰心。”里面四通八达，面积倒也不小，供着王宝钏、薛平贵的泥塑像，香火缭绕，俗不可耐。慈恩寺之大小雁塔是唐玄奘建，据说从建筑学的眼光看，此塔有独到之处。后来进士们于杏园宴后到此题名，说起来是儒林佳话，其实是可嗤的陋行。碑林是大可观赏的地方，可惜这时候大部分石碑上都糊了泥土，为防敌机轰炸之故，我们空走一遭，精品全没有看到，但是看到了于右任先生早年书翰数通摹勒上石，字大不逾寸，豪放之中有妩媚，我觉得比他的大字还好看。碑林外面卖拓片的很多，价奇昂，对于这种“黑老虎”我未敢问津。

在西安盘旋一周，陕北之行既作罢，我们打算派代表进入山西会见阎锡山先生，经连络之后，知道路途难行，阎先生亦来电劝阻，我们便决定东发，一部分过黄河进入中条山，一部分先到洛阳守候，就这样我们结束了西安的七日之旅。

三、跃马中条

我们在西安遇到李兴中将军，他刚从中条山下来，从他口中我们得知中条山形势的大概，所谓“九沟十八坡”，大起大落，山势颇为险峻，除骑马外别无其他交通工具，我听了之后惶惶然，因为我只骑过驴，没骑过马。但是我已经自告奋勇要参加中条之行，只得前进，不能退缩。

从西安乘火车至华阴，改乘军用大卡车至阌底，绕过潼关，因为敌人自风陵渡隔河炮轰潼关，火车不易闯过。这一段路好生难行，既非山路，亦非平原，说它是山路则根本不见一块岩石，说它是平原则明明高岗深谷令人目眩，只有一片黄土，两辆卡车过处，黄尘滚滚，不辨咫尺。这种黄土断崖只有黄河沿岸见之，没有一株树，没有一棵草，全是黄土泥。一天走下来，鼻口耳眼全都灌进了黄土，最大的享受是一盆热洗脸水。但是最令人难忘的景象是匍匐在黄土道上的零零落落的伤兵，我们匆匆一瞥，随后他们就消逝在黄尘弥漫之中。我们清楚的看见，伤兵脸上的颜色是白蜡一样，胳膊腿细得像直棍，衣裳当然是又脏又破。这些伤兵显然没有受到照顾，实在令人惊讶，后来听到一些军中人员讲起，抬一个伤兵到后方，需要四个人的力量，所以比较轻伤而有痊愈希望者便设法抢救回去，伤重而无生望者便顾不得了！不知所说有多大的真实性，无论如何，总是很惨。

从阌底又搭上火车，到陕县，邓飞黄、卢冀野和我三个人下车准备进入中条，其余的几位直赴洛阳等候我们。陕县是个小地方，我们在专员公署休息片刻之后便徒步走向河边。途中经过一个小镇，有一家门口贴着红纸招贴，我好奇的走过去一看，只见上面写道：“捷报恭喜贵府大少爷高中本县第一中学第八名及第……”像这样的捷报我看见有好几张。时在民国三十年，居然还能看到类似《儒林外史》里所描写的景象！

我们走到黄河边，横在前面的滚滚浊流声势浩大，焦黄的泥水拍在焦黄的泥岸上，发出不断的澎湃之声。这时候天是阴沉沉的，大风过处又挟带着黄沙，可见度不高，曚昧叆叇之中显着异常的凄凉。我不禁想起古诗《箜篌引》：

“公无渡河！公竟渡河！堕河而死——当奈公何！”

寥寥十六字活画出一出渡河的悲剧。不身临黄河边，便不易体会出这首诗的气氛。正指顾间，一声欸乃，一艘木船不知从哪里窜了出来，船夫一面摇橹一面呼唤，那呼声很细弱但是很凄厉。这时候，岸上遥遥出现一队人，担着大筐小篓络绎而来，原来是一些伙夫，担着的是鸡鱼蔬菜，其中有一个说了：“今天为什么买这么多东西？”另一个说：“司令部又来了什么客人？”另一个说：“中央来的！”事后证明这些东西就是给我们吃的，慰劳前方者反被前方慰劳！中条山上没有什么出产，“伯夷叔齐饿死于首阳之下”，首阳山即雷首山亦即中条山，可见自古以来就是挨饿的地方，到如今一切补给还要从河南送去。这艘木船是长方形的，齐头齐尾，宽宽大大的，所以斜岔里向上游行驶，再斜岔里向下游漂送，很稳的到达了对岸上自古有名的茅津渡。

登岸后就看见一簇人马在迎接我们。我们每人分得一匹马，都是些矮小的战马，鬃毛粗乱，浑身泥土，但是都精神抖擞，大有“哀鸣思战关，回首向苍苍”的气魄。冀野踏蹬上马稍为费一点事，一个马夫很难把他推上马背。大家都骑上了马，有人开始拍照，合拍分拍，然后才前呼后拥的结队前进。起先由马夫牵着马走，随后就由自己掣着缰绳。我骑的一匹马很好，踯躅嘶鸣，意气骏逸，我觉得很是愉快。走着走着到了一片池沼，水不深，所以马涉水而过，但是马夫要绕路而行。冀野离了马夫便六神无主，他的那匹马可怜负载过重，气喘汗流，一见水便低头饮水，冀野向前一扑抱住了马头怪声大叫。这一叫，不打紧，他的马惊了。一马惊逸，所有的马跟着飞奔。我只觉得耳畔风声呼呼，好像是要腾骧于四极之外。这时节冀野早已滚鞍落马。我两腿夹紧马腹，手里握紧缰绳，风驰电掣一般向前冲去。邓飞黄在后面高呼：“不要紧，放松缰绳！”我放松缰绳，无效。他在军队里工作过很久，骑马是常事，应该有些经验，但是不大功夫，扑通一声他也从马上滚了下来，后来据他说是自动放弃座骑的。我一马当先，越跑越快，当时心想辜鸿铭所译的那篇《疯汉骑马歌》，其实那汉不疯，是马使得他狼狈不堪而已。使我格外着慌的是前面的一片酸枣林，密密丛丛，在里面驰骤需要不时的俯在鞍上躲避那多刺的树枝。最后遇到一条沟堑，马一跃而过，而我却飘飘摇摇的落在沟里了，头一昏，眼一黑，什么都不知道了。醒来时只见大家围绕着我，我浑身疼痛，一瘸一拐的随着大家步行前进。那几匹惊逸的但是识途的马早已返还了营部，营部的人一看这几匹背上无人鞍辔不整的马飞奔而至，心知不妙，派人出来营救，把我们迎到营部。

在营部睡了一夜，浑身骨骼好像是散了一般。这是在中条山

之麓。头一天在平地就出师不利，我们颇为丧气，不知入山之后又当如何。翌晨出发，营部官长特别体贴，给冀野预备了一匹骡子，据说这骡子脾气最好，力气又大，脚步又稳，任重道远，非它不可。不料这骡子又高又大，无论如何冀野爬不上去，后来爬上路边巨石，站在石头上才一步跨上鞍。他块头太大，踞在鞍上格外显着头重脚轻，走起来摇摇晃晃。入山后不久，他就面色铁青，大汗淋漓，两腿抖颤得像肉冻，随行人员发现后喊停，我们三个人席地会商，一致决议，派两名卫兵护送冀野返还营部，然后单独渡河先去洛阳，我和飞黄继续前行。冀野舍了骡马，徒步走了回去，五步一歇，十步一停，好容易走到营部，原来招待我们过夜的房屋是暂借来的，此际早已还给乡民了。

“九沟十八坡”毕竟名不虚传。山与山不同。有的山是层峦叠嶂，有的山则深岩邃谷，有的多嶙峋怪石，有的擅林泉之胜，中条山全不是这样。中条山是一座包着黄土泥的大山，偶然看见一些岩石，不大看见树。我们上坡骑马，一步一步的向前拽，下坡就要揪着马尾巴一步一步的往下溜。沿途看见不少失足坠涧的死马。这时候是隆冬天气，北风怒号，砭人肌肤，戴上皮帽子就汗流如注，摘下皮帽子就汗滴成冰。路边偶然有一片枯黄的半截的草茎，大风吹上去发出尖锐的啸声，所谓“急风劲草”大概就是这个景象。

骑行一天，筋疲力竭，好容易挨到了师部所在地的郭原，这是一个小小的村庄。师长姓张，忘其名，福建人，面削瘦黝黑，久历戎行，经验甚丰。他的司令部设在一个窑洞里，这窑洞与武家坡的那个不同，这个是在山壁上挖出来的，从外面看门窗户壁俱全，完全像是普通房屋，里面甚为深邃，当然黑暗一些，但是据说冬暖夏凉。时值新春，山中乡民嬉戏，有锣鼓声，数十人在广场上列队游行，有二人执国旗前导，不是青天白日旗，而是红、黄、蓝、白、黑的五色旗，真是“不知有汉遑论魏晋”！

过一天继续前进，山势愈陡。两腿在鞍上摩擦过久，皮肤淤血，后来血涔涔下。舍骑步行，则膝盖如针刺。沿途休憩，耽误不少时间，眼看着日暮崦嵫，而前途茫茫。大家鼓勇趱路，翻过一坡又一坡，几次下坡时连人带马一齐滑溜，幸喜及时稳住，一失足便不堪设想。暮霭苍茫中迎面忽然人影幢幢，一队人马之中还有两部很特殊的轿子，是把硬木制的太师椅捆绑在两根大木棍上，由四人肩抬着，是集团军司令部派来迎接我们的。我由马上移到太师椅上，那份舒适真不可以形容，但是我心里又难受起来，太师椅本身很重，木棍又粗，抬的人实在吃力，昏黑中一脚高一脚低的奋步疾走，叶声喘声和踏枯叶声织成一片，走不远就换一回班。一轮明月在松树林后升起，松干像是铁栅栏。忽听得几只喇叭吹出了欢迎的调子，俄而两排士兵夹道举枪，原来我们已抵达了集团军司令部所在地的望原。

总司令孙蔚如将军，陕西人，原隶杨虎城麾下，身躯魁梧，而谈吐儒雅。席间把酒畅谈，感慨万千。据他相告，当局有令，重武器一概不准过河，孤军远戍，不能发生什么作用。天气清朗时，从望原即可遥望运城附近敌人建筑的飞机场，有时还可以看到飞机起降，但是无可奈何他。我们既不能出击，又未必能固守，一切给养全要由河南接济，形势自然令人苦闷。我看士兵用膳，全是干饭，没有喝稀饭的，这是差堪欣慰的一件事。

由望原前进可抵曾万钟部所在地，因时间不许，翌日循另一小径下山，直趋另一渡口，过河至会兴镇上火车赴洛阳。在过河之际得睹一奇景，在木舟上观看砥柱山。据《水经注》说："昔禹治洪水，山陵当水者凿之，故破山通河，河水分流包山而过，山见水中若柱然，故曰砥柱。"像是矗立在水中央的几根大石笋，在那里兀立不动。从前只知道"砥柱中流"四个字，现在看见了实景。

四、郑洛道上

洛阳自古是帝王都，所以古迹甚多，但大都芜没，也就显着十分敝坏，兵马倥偬之际益发荒凉。市区狭隘，站在城中四下一瞥，全城景色尽收眼底。《世说新语》所说潘岳"少时挟弹出洛阳道"，那情景简直不可想象。倒是西工一带地势宽敞，当年吴佩孚开府洛阳驻节于此，鹰扬虎视，气象不凡。我们抵达洛阳之后第一件事就是向当地最高军事长官卫立煌将军赠旗。地点就是西工。

卫立煌将军是战区司令，面团团，短小精悍，留着一撮短髭，穿着一双马靴，脸仰着的时候多，但偶然也有笑容，——这是我所有的全部印象。在赠旗的那一天，西工大操场上搭起一座高台，悬挂着布帷，大风吹得布帷噗噜噗噜的响，台上是受旗的卫将军和我们团员，台下是密集的队伍。一切进行如仪，但是中间也有小小的纰漏。主席邓飞黄不知为了什么缘故读《总理遗嘱》时突然忘词，我在旁提词三数次才得勉强完成这一节目。此行赠旗十余次，以这一次为最尴尬。

赠旗任务达成之后，另一任务就是到郑州一行，自告奋勇的仍然是邓飞黄、卢冀野和我三个人。三月三日，大雪初霁，我们率领随员侍卫分乘两辆军用卡车东行。起初是一路观赏风景，颇不寂寞，尤其是遥望北邙山，虽然未能“陟彼北邙”，但也不免心伤，不禁想起沈佺期的诗句：“北邙山上列坟茔，万古千秋对洛城。城中日夕歌钟起，山上惟闻松柏声。”生死存亡成一鲜明对照，真可令人发一深省。石崇金谷园的遗址未能凭吊，但是在白马寺却停留了一下。汉明帝时摩腾竺法兰自西域以白马驮经而来，舍于此，故名白马寺，这是中国最早的僧寺，现在只剩下几块地基石在荆棘丛生中约略可辨而已。过偃师时，望见嵩山。车过巩县，渐形崎岖，路上积雪甚厚，上坡下坡时汽车不住的吼哮颤动，有时候需要我们下车推送。猛然间车轮陷在一条充满雪泥的辙道里，车轮空转而车身不动，大家束手无策。遥见山岗上有一茅屋，我踱了过去，里面有一老者，屋里有锅灶之类，像是卖饭所在。我正饥肠辘辘，问他有什么东西可以充饥，他说：“挂面。”挂面之外就只有盐。盐水煮挂面也很不错，但见老者拾起脸盆就往外跑，因为此地无水，他需要跑到一个比较雪深未融的地方去取雪，把雪煮成水之后才能煮面。雪液烹茗，文人雅事，雪水下面，闻所未闻。雪水是混浊的，煮出面来可想，但是饥者易为食，也很满意。食毕，但见汽车旁边挤满了人，原来侍从的人们已找到了当地的保甲长，征调了几十个老百姓牵着他们的耕牛而来。一头头的耕牛用皮带子系在车轴上，一个人高高站在汽车顶上。一声吆喝，长鞭一挥噼啪作响，几十头牛连同几十头牛的主人一齐往前拽，汽车于撼顿颠踬之中居然前进无阻。这样行了一程，才算脱险，苦了那群乡人，在保甲长的逼迫之下毫无报

酬的每人流一身臭汗踏两脚烂泥！原来计划当天就可以到达郑州，抵汜水时即已天黑，觅得一家澡堂勉强过了一宿。

郑州可以说是当时最前线的一个据点。驻守郑州的是集团军司令孙桐萱将军。他本是旧西北军韩复榘的部下。郑州的形势很特殊，按理应该是最紧张的一个地方，但是相反的，由于种种微妙的关系，那地方成为走私的孔道之一，市面相当繁荣。走私的人有不寻常的身分，横行无阻。饭馆、戏班、妓娼、鸦片烟，整套的呈现在我们眼前。是什么力量屏障着这畸形的繁荣？主要是我们的那一条黄河。在敌人长驱西进的时候，我们在花园口炸开了黄河的堤防，这一个决口使得黄河在豫东泛滥，淹没了好几县，一向为患的黄河这一回建立了殊功，阻止了敌人的侵略。在战略上讲这是绝对正确的措施。在执行的时候，是否尽了最大的努力以期减少这一地区人民的生命财产的损失，是否尽了最大的努力以安抚流亡，那是另一问题。黄河水挡住了敌人的铁骑，却挡不住无孔不入的走私客。走私货的大宗是外国香烟。我们到了郑州之后就被招待去参观花园口的黄河口处，吉普车行一小时余而达，只见一片汪洋，浩浩荡荡，横无际涯，看不见一个屋顶，看不见一株树头，徘徊无语，愀然久之。

我们在郑州受到最豪华的招待，下榻处是铁路饭店，每人分配到一栋独立的小洋房，彼此不得交谈，反倒觉得寂寞。据招待人员说，和我们同时到达郑州的有一位声势炫赫的主管水利的大员，司令部打算为我们合并举行一次欢迎晚会，我们期期以为不可，婉言谢绝。其实对于这位大员，我们素昧生平毫无恩怨，只是听说此公从前治黄时曾捉得一条水蛇当做龙王供奉，腾笑朝野，在其他方面也没有好的口碑，所以我们觉得其人可嗤，羞与为伍。晚会虽未合并举行，但是我们还是接受了单独的一场盛大招待，主要的是一场河南梆子戏。戏唱得很好，不过偌大的戏院里主客各据一张八仙方桌，此外便全是席地而坐的士兵，我们有如坐针毡之感。而且有些耳目声色之娱，放在一个理应“刁斗昼夜惊”的地方，也令人心里不安。

在郑州盘桓两三日，只遇到一次空袭警报，我们步入了很单薄的掩蔽体，结果是空中发现一架侦察机，虚惊一场。临去时孙桐萱将军送给我一顶俘获的日军钢盔，戴在头上分量很重，里面还染有血渍，这是抗战期中我所有的一项最有意义的纪念品。这一顶钢盔后来我在一次义卖中捐献劳军了。

从郑州回到洛阳之后，我们还有几天闲暇，正好游览名胜。

洛阳之南有洛水伊水。横跨在洛水之上的是有名的天津桥，汉唐以来代有修缮，我所看到的则是近年补葺的，桥面上铺着木板，桥栏也是一副寒伧相，但是想起邵康节天津桥上散步闻杜鹃，还是不禁神往。再南行至伊阙，伊水过处，两崖对峙如阙，故名。此地形势甚佳，庙宇亦多，有所谓龙门十寺，游观之盛以香山为冠。我们在西崖遥望可以看到香山寺，那是白居易与僧如满结香火社处，据说上面有香山居士墓，可惜我们未能攀跻。西崖是龙门龛，大小洞窟不计其数，伟大庄严不及云冈，但是玲瑰透剔为云冈之所不及，而且到处有文字刻石。云冈没有碑刻，直到后来日本学者搜查窟顶才略有发现；龙门石刻早已天下闻名。我小时候的习字帖就有“龙门二十品”在内，号称魏碑，全是些北魏时代的造象记述文字，如杨大眼、魏灵藏之类，或则沉着劲重，或则端方峻整，我总嫌其刀斧痕太重，不喜临摹。现在我到了龙门，所有精品均早已被人挖去，劫余残迹，一片凄凉。

五、从卧龙冈到长坂坡

从洛阳南行，经叶县，这虽是个小县分，但东通漯河，是华北沦陷区与后方之间的交通大道，所以相当繁华，沿途所见尽是满载旅客的柴油车在黄尘滚滚中吼哮着行进。我们下车打尖，眉发皆黄。薄暮时抵南阳。

南阳这一区域，号称宛属，在河南是世外桃源，据说这地方做到了路不拾遗、夜不闭户的地步，没有土匪骚扰，百姓乐业，人户丰瞻（赡），至少我亲眼看到各地的路途非常整洁，绿树成荫，路面平坦，路旁很少荒地，人民脸上也较少菜色。这治绩应归功于一位传奇性人物别廷芳。我们到南阳的时候别廷芳早已故世，他的儿子在继续着作宛属的事实上的统治者，他的名义是别动队司令。这样一个民团组织的领袖人物竟发挥出无比的影响力量，远不是一般的正式的地方军政长官所能梦想得到的！这道理在哪里，是颇值得深思的。听说别廷芳有一句口号："人不离枪，枪不离乡。"这就是保境安民的思想，也就是在恶劣环境中逼出来的一种无可奈何的思想。

南阳是汤恩伯将军驻节的地方，我们到达的时候据说正值公出。招待我们的是警备司令孔繁 × 将军，他送了我们每人一份岳飞书诸葛武侯前后出师表的拓片，《后出师表》是否武侯所作，字是否武穆所写，都没有关系，总是有意义的纪念品，而且字迹龙飞蛇舞，亦颇不俗。在等候汤恩伯将军的时候，我和邓飞黄又有唐河之行。

唐河在南阳东南，在颠簸的路上走了半日始达，访孙仿鲁(连仲)将军于其司令部。所谓司令部就是几间租用的农村的民房，简单朴素之至。可是我们很高兴，因为这才像是一个在前线作战的将官所应有的指挥所。勇敢善战的孙将军有北方人的高大体格和朴实的性格，而且保持了西北军的优良传统——不扰民。他麾下的伤兵没有被遗弃在战场上的，但是从不动员民众来做抬架的工作，都由士兵们自己担任，这一件事值得大书特书。孙将军的司令部有一项极出色的设备，那就是浴室。他有洗澡的癖好，无论走到哪里都设法布置洗浴的方便。唐河没有自来水，于是在室外高高装起两只木桶，内储冷水热水，室内水龙头扭动即有冷热水汩汩而出。室内裱糊一新，四白到地。手巾完全消毒，用纸包好。尤奇者是有两名河北定兴县的工人专司搓澡修脚，手艺之精无以复加。这一大奢侈，司令部中高级官员均可享受。我们抵达后，浑身灰尘，孙将军就要我们入浴，我起初谦逊不遑，实际上也是在乡村中不敢轻易尝试。经一再敦促，才敢从命，竟得到出发以来所未曾有过的舒适的洗浴，至今不忘。西安的珍珠泉（澡堂），临潼的华清池，都不能给我以更深刻的印象。

我们翌日回到南阳，只剩下游览可作了。先是逛街，无足观，驰名的南阳玉，都是些乌黑墨绿的货色，而且珞珞如石，既无玢豳文理，复少莹拂之功，我国手工艺之江河日下，此其一例。卧龙冈在城西南七里，相传是诸葛亮结庐隐居之处，我们当然是要去一看，虽然我们明知诸葛高卧隆中应该是在襄阳而不是南阳。所谓卧龙冈，气势确是不凡，一片平原突然隆起一条土冈，长约百丈，高三两丈，不懂风水的人也会觉得此地钟灵毓秀饶有奇气。不过按照清一统志所说的什么发脉于嵩山蜿蜒数百里至此而蟠结的话，我一点也看不出来。因为明明的是一条土冈，根本谈不到脉。冈上有庙，入口处有石坊，牓书“千古人龙”四个大字。是一个道士庙，庭院湫溢，烧香的、求签的以及卖饮食的小贩都应有尽有。道士出来奉茶，语言无味，俗不可耐。最令人忍俊不住的是旁院的刘备三顾茅庐的塑像，完全是按照皮黄戏里的模样塑造，羽扇纶巾的孔明坐在小小的茅庐里，刘备长揖不起，恼煞了外面的张飞满面愠怒之色！塑像还涂了鲜明的油彩，更增加了庸俗的气氛。一个大名垂宇宙的人物，其相传结庐之处竟变成这样的情况，没有一点肃穆清高的情趣。祠内有几副楹联，颇有趣。

一云："一心在先帝后帝。何必问襄阳南阳？"又云："巾扇任逍遥，试看抱膝长吟，高卧尚留名士迹。井庐空眷恋，可惜鞠躬尽瘁，归耕未遂老臣心。"再一联云："立品于莘野渭滨之间，表读出师，两朝伟业惊司马。结庐在紫峰白水之侧，曲吟梁父，十载风云起卧龙。"不知何人手笔。

由南阳南行，入湖北境到老河口。老河口据汉水之滨，是一商旅重镇，李宗仁将军坐镇于此。我们为了赠旗得有数面之雅，他在应对之间显得是近于木讷敦厚的类型，没有给我们特殊的印象。

再南行到襄阳。在此我们不曾歇宿，可是我看到了一个奇景。黄昏时候，在城外步行，听得江水呜咽，半涸的河床之中仍有激湍，两岸全是沙砾，落日欲没，斜晖照着对岸樊城的城垣，那城垣上的雉堞并未圮毁，清清楚楚的衬映在一片绚烂的夕阳之下，这一幅又鲜明又冷漠的图画永远不能在我心头磨灭。襄阳城是冷清清的，真像是一个"鬼城"。不知道这城里的人都到哪里去了？"襄王云雨今何在，江水东流猿夜声"，可怜如今猿也没有了。偶在道边见有农人发掘，有甚多铜器出土，青绿斑烂，不似赝制。我以二元代价购得铜镜一，径三寸许，有螭虎蟠腾的图案，翻制甚精，是明宋间物。这是我华北视察之余，行囊中唯一购置之物。

再往南行到快活铺，是张自忠将军驻防处。他的司令部设在一间民房内，是真正的"茅茨不剪，采椽不斫"的民房。他请我们吃了一餐最简单而又招待最殷勤的饭，四碗菜一个火锅，或以青菜为主，或以豆腐为主，其中亦有肉片肉丸之类点缀其间，尤其豪华的是每人加一枚生鸡蛋放在火锅里煮。我们吃得满头冒汗，宾主尽欢。这是我们出发以来所受到的最真诚最朴素的招待。张将军有一个高高大大的身躯，微胖，推光头，脸上刮得光净，面色略带苍白，一套灰布棉军服，没有任何装饰。他不善应酬，可是眉宇之间自有一股沉着坚毅之气，不是英才勃发，是温恭蕴藉。当晚我被引进一间民房睡觉，一盏油灯照耀之下，只见屋角有一大堆稻草，我知道那就是我的睡铺，而且是既暖和又松软的睡铺。夜里听见炮声响，是敌人隔河放炮，怕我军月夜偷袭之故。第二天冰霰纷纷，寒风刺骨，我们在一个扩大了的打谷场上召集千把名士兵，行赠旗礼，没有乐队，只有四只喇叭，我还奉命讲了几句话，我很激动，力竭声嘶。礼毕，张将军率队肃立道旁送我们登车而去。

从快活铺西南行，途经荆门，遥遥看到群峰插天。李元鼎先生在车上低声诵起“群山万壑赴荆门”之句。其实那是指荆门山，不是荆门县。在荆门县还体会不到“群山万壑赴荆门”的意境。车到当阳县东北，地形陡变，土色是黄红色，冈陵起伏，坡度不高而坡幅甚大，下坡时汽车关上油门，长驱直下，有一泻千里之势。这样的坡不知经过了几个，路旁有亭翼然，我们停车休息，看见亭内有碑一座，上面有四个大字：“长坂雄风”。我们才知道这就是历史上著名的长坂坡。不禁想起当年张翼德“拒水断桥，瞋目横矛”的景况。车过当阳，不久就抵达宜昌，陆上行程至此到达最后一站。三月十七日乘船西上归返重庆。

溯江西上，在我是第二次，这一次船大人少，得以饱览三峡景色，尤其是经过滟滪堆瞿唐峡的时候，断崖蔽日，激濑奔腾，迎面下驶的木船摇旗鸣锣，生恐浪沉，真是险象环生。我们在船上的几天虽然舒适，亦甚忙碌，忙写报告。我们从各地带回的资料甚为丰富，爬梳整理颇费斟酌，大部分撰写工作是由邓飞黄和我分任之。其中最重要一部分关于八路军问题是由我执笔的，我们共同认定各地摩擦情形，非常严重，来日大难，不容讳言，于几经商讨之后作成结论如下：

华北各地纠纷事件

胜利必属于我，要当全国团结以争求之。当前华北各地纠纷，日演愈烈，实使人感觉忧危。吾人虽确信大难未息，决不至有阋墙之事，然而问题严重而庞杂，欲得妥当之解决，需要充分之诚意与充分之容忍。兹谨就所见，从国家之大局着想，提出意见三点：

一、陕甘宁边区之性质与地位，应由中央明白确定。如无设置必要，应即严令克日撤销；如认有必要，亦应从速明定其区域与职权，以免纠纷而遏乱萌。

二、八路军之组织与行动，应完全听从上级军事机关与长官之决定与指挥，不得自由行动，致启争端。

三、各地党政人员，间有操切褊急不识大体之处，宜由党政最高机关重行检讨其过去政策，并通令各级工作人员一致奉行以求贯彻。

这段话说得含蓄，并且像是老生常谈，但是这是我们长途跋涉，间关险难，虚心考察之后，心所谓危，不能不郑重道出的肺腑之言。我有一位朋友赠诗，有句云：“黑头参政曾书策，为问苍生苏息无？”我们只有惭悚的分！

想我的母亲[①]

父母对子女的爱，子女对父母的爱，是神圣的。我写过一些杂忆的文字，不曾写过我的父母，因为关于这个题目我不敢轻易下笔。小民女士逼我写几句话，辞不获已，谨先略述二三小事以应，然已临文不胜风木之悲。

我的母亲姓沈，杭州人。世居城内上羊市街。我在幼时曾侍母归宁，时外祖母尚在，年近八十。外祖父入学后，没有更进一步的功名，但是课子女读书甚严。我的母亲教导我们读书启蒙，尝说起她小时苦读的情形。她同我的两位舅父一起冬夜读书，

---

① 选自台湾正中书局1983年3月出版的《雅舍杂文》。

冷得腿脚僵冻，取大竹篓一，实以败絮，三个人伸足其中以取暖。我当时听得惕然心惊，遂不敢荒嬉。我的母亲来我家时年甫十八九，以后操持家务尽瘁终身，不复有暇进修。

我同胞兄弟姊妹十一人，母亲的煦育之劳可想而知。我记得我母亲常于百忙之中抽空给我们几个较小的孩子洗澡。我怕肥皂水流到眼里，我怕痒，总是躲躲闪闪，总是格格的笑个不住，母亲没有工夫和我们纠缠，随手一巴掌打在身上，边洗边打边笑。

北方的冬天冷，屋里虽然有火炉，睡时被褥还是凉似铁。尤其是钻进被窝之后，脖子后面透风，冷气顺着脊背吹了进来。我们几个孩子睡一个大炕，头朝外，一排四个被窝。母亲每晚看到我们钻进了被窝，叽叽喳喳的笑语不停，便走过来把油灯吹熄，然后给我们一个个的把脖子后面的棉被塞紧，被窝立刻暖和起来，不知不觉的就睡着了。我不知道母亲用的是什么手法，只知道她塞棉被带给我无可言说的温暖舒适，我至今想起来还是快乐的，可是那个感受不可复得了。

我从小不喜欢喧闹。祖父母生日照例院里搭台唱傀儡戏或滦州影。一过八点我便掉头而去进屋睡觉。母亲得暇便取出一个大簸箩，里面装的是针线剪尺一类的缝纫器材，她要做一些缝缝连连的工作，这时候我总是一声不响的偎在她的身旁，她赶我走我也不走，有时候竟睡着了。母亲说我乖，也说我孤僻。如今想想，一个人能有多少时间可以偎在母亲身旁？

在我的儿时记忆中，我母亲好像是没有时间睡觉。天亮就要起来，给我们梳小辫是一桩大事，一根一根的梳个没完。她自己要梳头，我记得她用一把篦子醮着刨花水，把头发弄得铿光大亮。然后她就要一听上房有动静便急忙前去当差。盖碗茶、燕窝、莲子、点心，都有人预备好了，但是需要她去双手捧着送到祖父母跟前，否则要儿媳妇做什么？在公婆面前，儿媳妇是永远站着，没有座位的。足足的站几个钟头下来，不是缠足的女人怕也受不了！最苦的是，公婆年纪大，不过午夜不安歇，儿媳妇要跟着熬夜在一旁侍候。她困极了，有时候回到房里来不及脱衣服倒下便睡着了。虽然如此，母亲从来没有说过一句怨言。到了民元前几年，祖父母相继去世，我母亲才稍得清闲，然而主持家政教养儿女也够她劳苦的了。她抽暇隔几年返回杭州老家去度夏，有好几次都是由我随侍。

母亲爱她的家乡。在北京住了几十年，乡音不能完全改掉。我们常取笑她，例如北京的“京”，她说成“金”，她有时也跟我们学，总是学不好，她自己也觉得好笑。我有时学着说杭州话，她说难听死了，像是门口儿卖笋尖的小贩说的话。

我想一般人都会同意，凡是自己母亲做的菜永远是最好吃的。我的母亲平常不下厨房，但是她高兴的时候，尤其是父亲亲自到市场买回鱼鲜或其他南货的时候，在父亲特烦之下，她也欣然操起刀俎。这时候我们就有福了。我十四岁离家到清华，每星期回家一天，母亲就特别疼爱我，几乎很少例外的要亲自给我炒一盘冬笋木耳韭菜黄肉丝，起锅时浇一勺花雕酒，这是我最喜欢的一道菜。但是这一盘菜一定要母亲自己炒，别人炒味道就不一样了。

我母亲喜欢在高兴的时候喝几盅酒。冬天午后围炉的时候，她常要我们打电话到长发叫五斤花雕，绿釉瓦罐，口上罩着一张毛边纸，温热了倒在茶杯里和我们共饮。下酒的是大落花生，若是有“抓空儿的”，买些干瘪的花生吃则更有味。我和两位姊姊陪母亲一顿吃完那一罐酒。后来我在四川独居无聊，一斤花生一罐茅台当作晚饭，朋友们笑我吃“花酒”，其实是我母亲留下的作风。

我自从入了清华，以后和母亲在一起的时候就少了。抗战前后各有三年和母亲住在一起。母亲晚年喜欢听平剧，最常去的地方是吉祥，因为离家近，打个电话给卖飞票的，总有好的座位。我很后悔，我没能分出时间陪她听戏，只是由我的姊姊弟弟们陪她消遣。

我父亲曾对我说，我们的家所以成为一个家，我们几个孩子所以能成为人，全是靠了我母亲的辛劳维护。一九四九年以后，音讯中断，直等到恢复联系，才知道母亲早已弃养，享寿九十岁。西俗，母亲节佩红康乃馨，如不确知母亲是否尚在则佩红白康乃馨各一。如今我只有佩白康乃馨的份了，养生送死，两俱有亏，惨痛惨痛！

槐园梦忆[①]

——悼念故妻程季淑女士

一

季淑于一九七四年四月三十日逝世，五月四日葬于美国西雅图之槐园（Acacia Memorial Park）。槐园在西雅图市的极北端，通往包泽尔（Bothell）的公路的旁边，行人老远的就可以看见那一块高地，芳草如茵，林木蓊郁，里面的面积很大，广袤约百数十亩。季淑的墓在园中之桦木区（Birch Area），地号是16-C-33，紧接着的第十五号是我自己的预留地。这个墓园本来是共济会所

① 选自台湾远东图书公司1975年出版的《槐园梦忆》。

创建的，后来变为公开，非会员亦可使用。园里既没有槐，也没有桦，有的是高大的枞杉和山杜鹃之属的花木。此地墓而不坟，墓碑有标准的形式与尺寸，也是平铺在地面上，不是竖立着的，为的是便利机车割草。墓地一片草皮，永远是绿茸茸，经常有人修剪浇水。墓旁有小喷水池一，虽只喷涌数尺之高，但汩汩之泉其声呜咽，逝者如斯，发人深省。往远处看，一层层的树，一层层的山，天高云谲，瞬息万变。俯视近处则公路蜿蜒，车如流水，季淑就是在这样的一个地方长眠千古。

“圣人忘情，最下不及情，情之所钟，正在我辈”，这是很平实的话。虽不必如荀粲之惑溺，或蒙庄之鼓歌，但夫妻牉合，一旦永诀，则不能不中心惨怛。“美国华盛顿大学心理治疗系教授霍姆斯设计一种计点法，把生活中影响我们的变异，不论好坏，依其点数列出一张表。”（见一九七四年五月分《读者文摘》中文版）在这张表上“丧偶”高列第一，一百点，依次是离婚七十三点，判服徒刑六十三点等等……丧偶之痛的深度是有科学统计的根据的。我们中国文学里悼亡之作亦屡屡见，晋潘安仁有悼亡诗三首：

荏苒冬春谢，寒暑忽流易。
之子归穷泉，重壤永幽隔！
私怀谁克从，淹留亦何益？
僶俛恭朝命，回心反初役，
望庐思其人，入室想所历，
帏屏无仿佛，翰墨有余迹，
流芳未及歇，遗挂犹在壁，

怅恍如或存，回惶忡惊惕。
如彼翰林鸟，双栖一朝只；
如彼游川鱼，比目中路析。
春风缘隙来，晨溜依檐滴，
寝兴何时忘，沉忧日盈积，
庶几有时衰，庄缶犹可击。

皎皎窗中月，照我室南端，
清商应秋至，溽暑随节阑，
凛凛凉风升，始觉夏衾单。
岂曰无垂纩，谁与同岁寒？
岁寒无与同，朗月何胧胧！
展转眄枕席，长簟竟床空！
床空委清尘，室虚来悲风，
独无李氏灵，仿佛睹尔容！
抚襟长叹息，不觉涕沾胸，
沾胸安能已，悲怀从中起。
寝兴目存形，遗言犹在耳。
上惭东门吴，下愧蒙庄子，
赋诗欲见志，零落难具纪。
命也可奈何，长戚自令鄙。

曜灵运天机，四节代迁逝。
凄凄朝露凝，烈烈夕风厉。

奈何悼淑俪，仪容永潜翳！
念此如昨日，谁知已卒岁！
改服从朝政，哀心寄私制；
茵帱张故房，朔望临尔祭。
尔祭讵几时，朔望忽复尽。
衾裳一毁撤，千载不复引。
亹亹期月周，戚戚弥相愍，
悲怀感物来，泣涕应情陨。
驾言陟东阜，望坟思纡轸，
徘徊墟墓间，欲去复不忍。
徘徊不忍去，徙倚步踟蹰，
落叶委埏侧，枯荄带坟隅。
孤魂独茕茕，安知灵与无？
投心遵朝命，挥涕强就车。
谁谓帝宫远，路极悲有余！

这三首诗从前读过，印象不深，现在悼亡之痛轮到自己，环诵再三，从“重壤幽隔”至“徘徊墟墓”，好像潘安仁为天下丧偶者道出了心声。故录此诗于此，代摅我的哀思。不过古人为诗最重含蓄蕴藉，不能有太多的细腻的写实的描述。例如，我到季淑的墓上去，我的感受便不只是“徘徊不忍去”，亦不只是“孤魂独茕茕”，我要先把鲜花插好（插在一只半埋在土里的金属瓶里），然后灌满了清水；然后低声的呼唤她几声，我不敢高声喊叫，无此需要，并且也怕惊了她；然后我把一两个星期以来所发生的比较重大的事报告给她，我不能不让她知道她所关切的事；然后我默默的立在她的墓旁，我的心灵不受时空的限制，飞跃出去和她的心灵密切吻合在一起。如果可能，我愿每日在这墓园盘桓，回忆既往，没有一个地方比槐园更使我时时刻刻的怀念。

死是寻常事，我知道，堕地之时，死案已立，只是修短的缓刑期间人各不同而已。但逝者已矣，生者不能无悲。我的泪流了不少，我想大概可以装满罗马人用以殉葬的那种“泪壶”。有人告诉我，时间可以冲淡哀思。如今几个月已经过去，我不再泪天泪地的哭，但是哀思却更深了一层，因为我不能不回想五十多年的往事，在回忆中好像我把如梦如幻的过去的生活又重新体验一次，季淑没有死，她仍然活在我的心中。

二

季淑是安徽省徽州绩溪县人。徽州大部分是山地，地瘠民贫，很多人以种茶为业，但是皖南的文风很盛，人才辈出。许多人外出谋生，其艰苦卓绝的性格大概和那山川的形势有关。季淑的祖父程公讳鹿鸣，字苹卿，早岁随经商的二伯父到了京师，下帷苦读，场屋连捷，后实授直隶省大名府知府，勤政爱民，不义之财一芥不取，致仕时囊橐以去者仅万民伞十余具而已。其元配逝时留下四女七子，长子讳佩铭字兰生即季淑之父，后再续娶又生二子，故程府人丁兴旺，为旅食京门一大家族。季淑之母吴氏，讳浣身，安徽歙县人，累世业茶，寄籍京师。季淑之父在京经营笔墨店程五峰斋，全家食指浩繁，生活所需皆取给于是，身为长子者为家庭生计而牺牲其读书仕进。季淑之母位居长嫂，俗云“长嫂比母”，于是操持家事艰苦备尝，而周旋于小姑小叔之间其含辛茹苦更不待言。科举废除之后，笔墨店之生意一落千丈，程五峰斋终于倒闭。季淑父只身走关外，不久殁于客中，时季淑尚在髫龄，年方九岁，幼年失怙打击终身。季淑同胞五人，大姐孟淑长季淑十一岁，适丁氏，抗战期间在川尚曾晤及，二姐仲淑、兄道立、弟道宽则均于青春有为之年死于肺痨。与母氏始终相依为命者，唯季淑一人。

季淑的祖父，六十岁患瘫痪，半身不遂。而豪气未减，每天看报，看到贪污枉法之事，就拍桌大骂声震屋瓦。雅好美食，深信“七十非肉不饱”之义，但每逢朔望则又必定茹素为全家祈福，茹素则哽咽不能下咽，于是非嫌油少，即怪盐多。有一位叔父乘机进言：“曷不请大嫂代表茹素，双方兼顾？”一方是“心到神知”之神，一方是非肉不饱的老者。从此我的岳母朔望代表茹素，直到祖父八十寿终而后已。叔父们常常宴客，宴客则请大嫂下厨，家里虽有厨师，佳肴仍需亲自料理，灶前伫立过久，足底生茧，以至老年不良于行。平素家里用餐，长幼有别，男女有别，媳妇孙女常常只能享受一些残羹剩炙。有一回一位叔父扫除房间，命季淑抱一石屏风至户外拂拭，那时她只有十岁光景，出门而踣，石屏风破碎，叔父大怒，虽未施夏楚，但诃责之余复命长跪。

季淑从小学而中学而国立北京女高师之师范本科，几乎在饔餐不继的情形之下靠她自己努力奋斗而不辍学，终于民国十年六月毕业。从此她离开了那个大家庭，开始她的独立的生活。

三

季淑于女高师的师范本科毕业之后，立刻就得到一份职业。由于她的女红特佳，长于刺绣，她的一位同学欧淑贞女士任女子职业学校校长，约她去担任教师。我就是在这个时候认识她的。

我们认识的经过是由于她的同学好友黄淑贞（湘翘）女士的介绍，“取妻如何，匪媒不得”。淑贞的父亲黄运兴先生和我父亲是金兰之交，他是湖南沅陵人，同在京师警察厅服务，为人公正率直而有见识，我父亲最敬重他。我当初之投考清华学校也是由于这位父执之极力怂恿。其夫人亦是健者，勤俭耐劳，迥异庸流。淑贞在女高师体育系，和季淑交称莫逆，我不知道她怎么想起把她的好友介绍给我。她没有直接把季淑介绍给我。她是浼她母亲（父已去世）到我家正式提亲作媒的。我在周末回家时在父亲书房桌上信斗里发现一张红纸条，上面恭楷写着：“程季淑，安徽绩溪人，年二十岁，前清光绪二十七年二月十七日寅时生。”我的心一动。过些日我去问我大姊，她告诉我是有这么一回事，并且她说已陪母亲到过黄家去相亲，看见了程小姐。大姊很亲切的告诉我说：“我看她人挺好，满斯文的，双眼皮大眼睛，身裁不高，腰身很细，好一头乌发，挽成一个髻堆在脑后，一个大篷覆着前额，我怕那篷下面遮掩着疤痕什么的，特地搭讪着走过去，一面说着‘你的头发梳得真好’，一面掀起那发篷看看。”我赶快问：“有什么没有？”她说：“什么也没有。”我们哈哈大笑。

事后想想，这事不对，终身大事须要自作主张。我的两个姊姊和大哥都是凭了媒妁之言和家长的决定而结婚的。这时候是五四运动后两年，新的思想打动了所有的青年。我想了又想，决定自己直接写信给程小姐问她愿否和我做个朋友。信由专差送到女高师，没有回音，我也就断了这个念头。过了很久，时届冬季，我忽然接到一封匿名的英文信，告诉我“不要灰心，程小姐现在女子职业学校教书，可以打电话去直接联络……”等语。朋友的好意真是可感。我遵照指示大胆的拨了一个电话给一位夙未谋面的小姐。

季淑接了电话，我报了姓名之后，她一惊，半晌没说出话来，我直截了当的要求去见面一谈，支支吾吾的总算是答应我了。她生长在北京，当然说的是道地的北京话，但是她说话的声音之柔和清脆是我所从未听到过的。形容歌声之美往往用“珠圆玉润”四字，实在是非常恰当。我受了刺激，受了震惊，我在未见季淑之前先已得到无比的喜悦。莎士比亚在《李尔王》五幕三景有一句话：

> Her voice was ever soft,
> Gentle and low，an excellent thing in woman.
> 她的言语总是温和的，
> 轻柔而低缓，是女人最好的优点。

好不容易熬到会见的那一天！那是一个星期六午后，我只有在周末才能进城。由清华园坐人力车到西直门，约一小时，我特别感觉到那是漫漫的长途。到西直门换车进城。女子职业学校在宣武门外珠巢街，好荒凉而深长的一条巷子，好像是从北口可以望到南城根。由西直门走了半个多小时，终于找到了这条街上的学校。看门的一个老头儿引我进入一间小小的会客室。等了相当长久的时间，一阵唧唧哝哝的笑语声中，两位小姐推门而入。这两位我都是初次见面，黄小姐的父亲我是见过多次的，她的相貌很像她的父亲，所以我立刻就知道另一位就是程小姐。但是黄小姐还是礼貌的给我们介绍了。不大的功夫，黄小姐托故离去，季淑急得直叫："你不要走，你不要走！"我们两个互相打量了一下，随便扯了几句淡话。季淑确是有一头乌发，如我大姐所说，发髻贴在脑后，又圆又凸，而又亮晶晶的，一个松松泡泡的发篷覆在额前。我大姐不轻许人，她认为她的头发确实处理得好。她的脸上没有一点脂粉，完全本来面目，她若和一些浓妆艳抹的人出现在一起会令人有异样的感觉。我最不喜欢上帝给你一张脸而你自己另造一张。季淑穿的是一件灰蓝色的棉袄，一条黑裙子，长抵膝头。我偷眼往桌下一看，发现她穿着一双黑绒面的棉毛窝，上面凿了许多孔，系着黑带子，又暖和又舒服的样子。衣服、裙子、毛窝，显然全是自己缝制的。她是百分之百的一个朴素的女学生。我那一天穿的是一件蓝呢长袍，挽着袖口，胸前挂着清华的校徽，穿着一双棕色皮鞋。好多年后季淑对我说，她喜欢我那一天的装束，也因为那是普通的学生样子。这时候我照过一张全身立像，我举以相赠，季淑一直偏爱这张照片，后来到了台湾她还特为放大，悬在寝室，我在她入殓的时候把这张照片放进棺内，我对着她的尸体告别说："季淑，我没有别的东西送给你，你把你所最喜爱的照片拿去罢！它代表我。"

短暂的初次会晤大约有半小时。屋里有一个小火炉，阳光照在窗户纸上，使小屋和暖如春。这是北方旧式房屋冬天里所特有的一种气氛。季淑不是健谈的人，她有几分矜持，但是她并不羞涩。我起立告辞，我没有忘记在分手之前先约好下次会面的时间与地点。

下次会面是在一个星期后，地点是中央公园。人类的历史就是由一个男人一个女人在一个花园里开始的。中央公园地点适中，而且有许多地方可以坐下来休息。唯一讨厌的是游人太多，像来今雨轩、春明馆、水榭，都是人挤人、人看人的地方，为我们所不取。我们愿意找一个僻静的亭子、池边的木椅，或石头的台阶。这种地方又往往为别人捷足先登或盘据取闹。我照例是在约定的时间前十五分钟到达指定的地点。和任何人要约，我也不愿迟到。我通常是在水榭的旁边守候，因为从那里可以望到公园的门口。等人是最令人心焦的事，一分一秒的耗着，不知看多少次手表，可是等到你所期待的人远远的姗姗而来，你有多少烦闷也丢到九霄云外去了。季淑不愿先我而至，因为在那个时代一个年轻女子只身在公园里踱着是会引起麻烦来的。就是我们两个并肩在路上行走，也常有些不三不四的人在吹口哨。

有时候我们也到太庙去相会，那地方比较清静，最可喜的是进门右手一大片柏树林，在春暖以后有无数的灰鹤停驻在树颠，嘹唳的声音此起彼落，有时候轰然振羽破空而去。在不远处设有茶座，季淑最喜欢鸟，我们常常坐在那里对着灰鹤出神。可是季节一过，灰鹤南翔，这地方就萧瑟不堪，连坐的地方也没有了。北海当然是好去处，金鳌玉蛛的桥我们不知走过多少次数。漪澜堂是来往孔道，人太杂沓，五龙亭最为幽雅。大家挤着攀登的小白塔，我们就不屑一顾了。电影偶然也看，在真光看的飞来伯主

演的《三剑客》、丽琳吉施主演的《赖婚》至今印象犹新，其余的一般影片则我们根本看不进去。

清华一位同学戏分我们一班同学为九个派别，其一曰“主日派”，指每逢星期日则精神抖擞整其衣冠进城去做礼拜，风雨无阻，乐此不倦，当然各有各的崇拜偶像，而其衷心向往虔心归主之意则一。其言虽谑，确是实情。这一派的人数不多，因为清华园是纯粹男性社会，除了几个洋婆子教师和若干教师眷属之外看不到一个女性。若有人能有机缘进城会晤女友，当然要成为令人羡煞的一派。我自度应属于此派。可怜现在事隔五十余年，我每逢周末又复怀着朝圣的心情去到槐园墓地捧着一束鲜花去做礼拜！

不要以为季淑和我每周小聚是完全无拘无束的享受。在我们身后吹口哨的固不乏人，不吹口哨的人也大都对我们投以惊异的眼光。这年轻轻的一男一女，在公园里彳亍而行、喁喁而语，是做什么的呢？我们格于形势，只能在这些公开场所谋片刻的欢晤。季淑的家是一个典型的大家庭，人多口杂。按照旧的风俗，一个二十岁的大姑娘和一个青年男子每周约会在公共场所出现，是骇人听闻的事，罪当活埋！冒着活埋的危险在公园里游憩啜茗，不能说是无拘无束。什么事季淑都没瞒着她的母亲，母亲爱女心切，没有责怪她，反而殷殷垂询，鼓励她，同时也警戒她要一切慎重，无论如何不能让叔父们知道。所以季淑绝对不许我到她家访问，也不许寄信到她家里。我的家简单一些，也没有那么旧，但是也没有达到可以公开容忍我们的行为的地步。只有我的三妹绣玉（后改亚紫）知道我们的事，并且同情我们、帮助我们。她们很快的成为好友，两个人合照过一张相，我保存至今。三妹淘气，有一次当众戏呼季淑为“二嫂”，后来季淑告诉我，当时好窘，但是心里也有一丝高兴。

事有凑巧，有一天我们在公园里的四宜轩品茗。说起四宜轩，这是我们毕生不能忘的地方。名为四宜，大概是指四季皆宜，“春有百花秋有月，夏有凉风冬有雪”。四宜轩在水榭对面，从水榭旁边的土山爬上去，下来再钻进一个乱石堆成的又湿又暗的山洞，跨过一个小桥，便是。轩有三楹，四面是玻璃窗。轩前是一块平地，三面临水，水里有鸭。有一回冬天大风雪，我们躲在四宜轩里，另外没有一个客人，只有茶房偶然提着开水壶过来，在这里我们初次坦示了彼此的爱。现在我说事有凑巧的一天是在夏季，那一天我们在轩前平地的茶座休息，在座的有黄淑贞，我突然发现不远一个茶桌坐着我的父亲和他的几位朋友。父亲也看见了我，他走过来招呼，我只好把两位小姐介绍给他。季淑一点也没有忸怩不安，倒是我觉得有些局促。我父亲代我付了茶资，随后就离去了。回到家里，父亲问我：“你们是不是三个人常在一起玩？”我说：“不，黄淑贞是偶然遇到邀了去的。”父亲说：“我看程小姐很秀气，风度也好。”从此父亲不时的给我钱，我推辞不要，他说：“拿去罢，你现在需要钱用。”父亲为儿子着想是无微不至的。从此父亲也常常给我劝告，为我出主意，我们后来婚姻成功多亏父亲的帮助。

十一年夏，季淑辞去女职的事，改任石驸马大街女高师附属小学的教师。附小是季淑的母校，校长孙世庆原是她的老师，孙校长特别赏识她，说她稳重，所以聘她返校任职。季淑果不负他的期望，在校成为最肯负责的教师之一，屡次得到公开的褒扬。

我常到附小去晤见季淑，然后一同出游。我去过几次之后，学校的传达室的工友渐感不耐，我赶快在节关前后奉上银饼一枚，我立刻看到了一张笑逐颜开的脸，以后见了我不等我开口就说："梁先生您来啦，请会客室坐，我就去请程先生出来。"会客室里有一张鸳鸯椅，正好容两个人并坐。我要坐候很久，季淑才出来，因为从这时候起她开始知道修饰，每和我相见必定盛装。王右家是她这时候班上的学生之一。抗战爆发后我在天津罗努生、王右家的寓中下榻旬余日，有一天右家和我闲聊，她说："实秋你知道么，你的太太从前是我的老师？"

"我听内人说起过，你那时是最聪明美丽的一个学生。"

"哼，程老师是我们全校三十几位老师中之最漂亮的一个。每逢周末她必定盛装起来，在会客室晤见一位男友，然后一同出去。我们几个学生就好奇的麇集在会客室的窗外往里窥视。"

我告诉右家，那男友即是我。右家很吃一惊。我回想起，那时是有一批淘气的女孩子在窗外唧唧嘎嘎。我们走出来时，也常有蹦蹦跳跳的孩子们追着喊："程老师，程老师！"季淑就拍着她们的脑袋说："快回去，快回去！"

"你还记得程老师是怎样的打扮么？"我问右家。

右家的记忆力真是惊人。她说："当然。她喜欢穿的是上衣之外加一件紧身的黑缎背心，对不对？还有藏青色的百褶裙，薄薄的丝袜子，尖尖的高跟鞋。那高跟足有三寸半，后跟中细如蜂腰，黑绒鞋面，鞋口还锁着一圈绿丝线……"

我打断了她的话："别说了，别说了，你形容得太仔细了。"于是我们就泛论起女人的服装。右家说："一个女人最要紧的是她的两只脚。你没注意么，某某女士，好好的一个人，她的袜子好像是太松，永远有皱褶，鞋子上也有一层灰尘，令人看了不快。”我同意她的见解，我最后告诉她莎士比亚的一句名言“她的脚都会说话”，见《脱爱勒斯与克莱西达》[①]第四幕第五景。右家提起季淑的那双高跟鞋，使我忆起两件事。有一次我们在公园里散步，后面有几个恶少紧随不舍，其中有一个人说：“嘿，你瞧，有如风摆荷叶！”虽然可恶，我却觉得他善于取譬。后来我填了一首《卜算子》，中有一句“荷叶迎风舞”，即指此事。又有一次，在来今雨轩后面有一个亭子，通往亭子的小径都铺满了鹅卵石，季淑的鞋跟陷在石缝中间，扭伤了踝筋，透过丝袜可以看见一块红肿，在亭子里休息很久我才搀扶着她回去。

五四以后，写白话诗的风气颇盛。我曾说过，一个青年，到了“怨黄莺儿作对，怪粉蝶儿成双”的时候，只要会说白话，好像就可以写白话诗。我的第一首情诗，题为《荷花池畔》，发表在《创造》季刊，记得是第四期（？），成仿吾还不客气的改了几个字。诗没有什么内容，只是一团浪漫的忧郁。荷花池是清华园里唯一的风景区，有池有山，有树有石栏，我在课余最喜欢独自一个在这里悲哀。诗共八节，节四行，居然还凑上了自以为是的韵。我把诗送给父亲看，他笑笑避免批评，但是他建议印制自己专用的诗笺，他负责为我置办，图案由我负责。这是对我的一大鼓励。我当即参考图籍，用双钩饕餮纹加上一些螭虎，画成一个横方的宽宽的大框，框内空处写诗。由荣宝斋精印，图案刷浅绿色。朋

① 又译《特洛伊罗斯与克瑞西达》。

友们写诗的人很多，谁也没见过这样豪华的壮举。诗，陆续作了几十首，我给我的朋友闻一多看，他大喜若狂，认为得到了一个同道的知己。我的诗稿现已不存，只是一多所做《冬夜评论》一文里引录了我的一首《梦后》，诗很幼稚，但是情感是真的。

“吾爱啊！
你怎又推荐那孤单的枕儿，
伴着我眠，偎着我的脸？”
醒后的悲哀啊！
梦里的甜蜜啊！

我怨雀儿，
雀儿还在檐下蜷伏着呢！
他不能唤我醒——
他怎肯抛了他的甜梦呢？

“吾爱啊！
对这得而复失馈礼，
我将怎样的怨艾呢？
对这缥缈浓甜的记忆，
我将怎样的咀嚼哟！”

孤另另[1]的枕儿啊!

想着梦里的她,

舍不得不偎着你;

她的脸儿是我的花,

我把泪来浇你!

不但是白话，而且是白描。这首诗的故实是起于季淑赠我一个枕套，是她亲手缝制的，在雪白的绸子上她用抽丝的方法在一边挖了一朵一朵的小花，然后挖出一串小孔穿进一根绿缎带，缎带再打出一个同心结。我如获至宝，套在我的枕头上，不大不小正合适。伏枕一梦香甜，矍然惊觉，感而有作。其实这也不过是《诗经》所谓“寤寐无为，辗转伏枕”的意思。另外还有一首咏丝帕，内容还记得，字句记不得了。我与季淑要会，她从来不曾爽约，只有一次我候了一小时不见她到来。我只好懊丧的回去，事后知道是意外发生的事端使她迟到，她也是怏怏而返。我把此事告诉一多，他责备我未曾久候，他说：“你不知道尾生的故事么？《汉书·东方朔传》注：‘尾生，古之信士，与女子期于桥下，待之不至，遇水而死。’”这几句话给了我一个启示，我写一首长诗《尾生之死》，惜未完成，仅得片段。

① 即“孤零零”。

四

两年多的时间过得好快，十二年六月我在清华行毕业礼，八月里就要放洋，这在我是一件很忧伤的事。我无意到美国去，我当时觉得要学文学应该留在中国，中国的文学之丰富不在任何国家之下，何必去父母之邦？但是季淑见事比我清楚，她要我打消这个想法，毅然准备出国。

行毕业礼的前些天，在清华礼堂晚上演了一出新戏《张约翰》，是顾一樵临时赶编的。戏里面的人物有两个是女的，此事大费踌躇，谁也不肯扮演女性。最后由吴文藻和我自告奋勇才告解决。我把这事告诉季淑，她很高兴。在服装方面向她请教，她答应全力帮助，她亲手为我缝制，只有鞋子无法解决，季淑的脚比我小得太多。后来借到我的图画教师美籍黎盖特小姐的一双白色高跟鞋，在鞋尖处塞了好大一块棉花才能走路。我邀请季淑前去观剧，当晚即下榻清华，由我为她预备一间单独的寝室。她从来没到过清华，现在也该去参观一次。想不到她拒绝了。我坚请，她坚拒。最后她说："你若是请黄淑贞一道去，我就去。"我才知道她需要一个伴护。那一天，季淑偕淑贞翩然而至。我先领她们绕校一周，在荷花池畔徘徊很久，在亭子里休息，然后送她们到高等科大楼的楼上我所特别布置的一间房屋，那原是学生会的会所，临时送进两张钢丝床。工友送茶水，厨房送菜饭，这是一个学生所能做到的最盛大的招待。在礼堂里，我保留了两席最优的座位。戏罢，我问季淑有何感受，她说："我不敢仰视。"我问何故，她笑而不答。我猜想，是不是因为：“良人者所仰望而终身也，今若是！”好久以后问她，她说不是：“我看你在台上演戏，我心里喜欢，但是我不知为什么就低下了头，我怕别人看我！”

清华的留学官费是五年，三年期满可以回国就业实习，余下两年官费可以保留，但实习不得超过一年。我和季淑约定，三年归来结婚。所以我的父母和我谈起我的婚事，我便把我和季淑的成约禀告。我的父母问我要不要在出国之前先行订婚，我说不必，口头的约定有充足的效力。也许我错误了。也许先有订婚手续是有益的，可以使我安心在外读书。

季淑的弟弟道宽在师大附中毕业之后，叔父们就忙着为他觅求职业，正值邮局招考服务人员，命他前去投考，结果考取了。季淑不以为然，要他继续升学。叔父们表示无力供给，季淑就说她可以担负读书费用。事实上季淑在女师附小任教的课余时间尚兼两个家馆，在董康先生、钟炳芬先生家里都担任过西席，宾主相得，待遇优厚，所以她有余力一面侍奉老母一面供给弟弟，虽然工作劳累，但她情愿独力担起弟弟就学的负担。但是叔父们不赞成，明言要早日就业，分摊家用。他本人也不愿累及胞姊，乃决定就业。那份工作很重，后来感染结核之后力疾上班，终于不起。道宽就业不久，更严重的问题逼人而来。叔父们要他结婚，季淑乃挺身抗议，以为他的年纪尚小，健康不佳，应稍从缓。叔父们的意见以为授室之后才算是尽了提携侄辈的天职，于心方安，同时冷言讥诮：“是不是你自己想在你弟弟之先结婚？”道宽怯懦，禁不起大家庭的压迫，遂遵命结婚。妻李氏，人很贤淑，不幸不久亦感染结核症相继而逝。

也许是一年多来我到石驸马大街去的回数太多了一点，大约五六十次总是有的。学生如王右家只注意到了程老师的漂亮，同事当中有几位有身世之感的人可就觉得看不顺眼。渐渐有人把话吹到校长孙世庆的耳里。孙先生头脑旧一些，以为青年男女胆敢公然缔交出入黉舍，纵然不算是大逆不道，至少是有失师道尊严，所以这一年夏天季淑就没有收到续聘书。没得话说，卷铺盖。不同时代的人，观念上有差别，未可厚非。季淑也自承疏忽，不该贪恋那张鸳鸯椅，我们应该无间寒暑的到水榭旁边去见面。所以我们对于孙世庆没有怨言，倒是他后来敌伪时期做了教育局局长晚节不终，以至于明正典刑，我们为他惋惜。季淑决定乘我出国期间继续求学，于是投考国立美术专科学校，专习国画，晚间两个家馆的收入足可维持生活。榜发获捷，我们都很欢喜。

除了一盒精致的信笺信封以外，我从来没送过她任何东西，我深知她的性格，送去也会被拒。那一盒文具，也是在几乎不愉快的情形之下才被收纳的。可是在长期离别之前不能不有馈赠，我在廊房头条太平洋钟表店买了一只手表，在我们离别之前最后一次会晤时送给了她。我解下她的旧的，给她戴上新的，我说："你的手腕好细！"真的，不盈一握。

季淑送我一幅她亲自绣的"平湖秋月图"，是用乱针方法绣成的，小小的一幅，不过 7 寸 ×10.2 寸，有亭有水，有船有树，是很好的一幅图画，配色尤为精绝。在她毕业于女高师的那一年夏天，她们毕业班曾集体作江南旅行，由南京、镇江、苏州、无锡、上海以至杭州，所有的著名风景区都游览殆遍。我们常以彼此游踪所至作为我们谈话的资料。我们都爱西湖，她曾问我西湖八景之中有何偏爱，我说我最喜“平湖秋月”，她也正有同感。所以她就根据一张照片绣成一幅图画给我。那大片的水，大片的天，水草树木，都很不容易处理。我把这幅绣画带到美国，被一多看到，大为击赏，他引我到一家配框店选择了一个最精美而又色彩最调和的框子，悬在我的室中，外国人看了认为是不可想象的艺术作品。可惜半个世纪过后，有些丝线脱跳，色彩褪了不少，大致还是完好的。

我在八月初离开北京。临行前一星期我请季淑午餐，地点是劝业场三楼玉楼春。我点了两个菜之后要季淑点，她是从来不点菜的，经我逼迫，她点了“两做鱼”，因为她偶然听人说起广和居的两做鱼非常可口，初不知是一鱼两做。饭馆也恶作剧竟选了一条一尺半长的活鱼，半烧半炸，两大盘子摆在桌上，我们两个面面相觑，无法消受。这件事我们后来说给我们的孩子听，都不禁呵呵大笑。文蔷最近在饭馆里还打趣的说：“妈，你要不要吃两做鱼？”这是我们年轻时候的韵事之一。事实上她是最喜欢吃鱼，如果有干烧鲫鱼佐餐，什么别的都不想要了。在我临行的前一天，她在来今雨轩为我饯行，那一天又是风又是雨。我到了上海之后，住在旅馆里，创造社的几位朋友天天来访，逼我给《创造》周报写点东西，辞不获已，写了一篇《凄风苦雨》，完全是季淑为我饯行时的忠实纪录，文中的陈淑即是程季淑（全文附载《秋室杂忆》)，其中有这样的一段：

> 雨住了。园里的景象异常清新，玳瑁的树枝缀着翡翠的树叶，荷池的水像油似的静止，雪氅黄喙的鸭子成群的叫。我们缓步走出水榭，一阵土湿的香气扑鼻；沿着池边小径走上两

旁的甬道。园里还是冷清清的，天上的乌云还在互相追逐着。

“我们到影戏院去罢，天雨人稀，必定还有趣……”她这样的提议。我们便走进影戏院。里面观众果似晨星般稀少，我们便在僻处紧靠着坐下。铃声一响，屋里昏黑起来，影片像逸马一般在我眼前飞游过去，我的情思也跟着像机轮旋转起来。我们紧紧的握着手，没有一句话说。影片忽的一卷演讫，屋里光线放亮了一些，我看见她的乌黑眼珠正在不瞬的注视着我。

“你看影戏了没有？”

她摇摇头说：“我一点也没有看进去，不知是些什么东西在我眼前飞过……你呢？”

我笑着说：“和你一样。”

我们便这样的在黑暗的影戏院里度过两个小时。

我们从影戏院出来的时候，濛濛细雨又在落着，园里的电灯全亮起来了，照得雨湿的地上闪闪发光。远远的听到钟楼的当当的声音，似断似续的波送过来，只觉得凄凉黯淡……我扶着她缓缓的步入餐馆。疏细的雨点——是天公的泪滴，洒在我们身上。

她平时是不饮酒的，这天晚上却斟满一盏红葡萄酒，举起杯来低声的说：“祝你一帆风顺，请尽这一杯！”

我已经泪珠盈睫了，无言的举起我的一杯，相对一饮而尽。餐馆的侍者捧着盘子在旁边诧异的望着我们。

我们就是这样的开始了我们的三年别离。

五

十二年九月一日我到达美国，随即前往科罗拉多泉去上学。那是一个山明水秀的风景地，也有的是㤭兮燎兮的人物，但是我心里想的是——

> 出其东门，有女如云。虽则如云，匪我思存。缟衣綦巾，聊乐我员。
>
> 出其闉阇，有女如荼。虽则如荼，匪我思且，缟衣茹芦，聊可与娱。

人心里的空间是有限的，一经塞满便再也不能填进别的东西。我不但游乐无心，读书也很勉强。

季淑来信报告我她顺利入学的情形，选的是西洋画系，很久时间都是花在素描上面。天天面对着石膏像，左一张右一张的炭画。后来她积了一大卷给我看，我觉得她画得相当好。她的线条相当有力，不像一般女子的纤弱。一多告诉我，素描是绘画的基本功夫，他在芝加哥一年也完全是炭画素描。季淑下半年来信说，她们已经开始画裸体的模特儿了，男女老少的模特儿都有，比石膏像有趣得多。我买了一批绘画用具寄给她，包括木炭、橡皮、水彩、油料等等。这木炭和橡皮比国内的产品好，尤其是那海绵似的方块橡皮松软合用。国内学生用面包代替橡皮，效果当然不好。季淑用我寄去的木炭和橡皮，画得格外起劲，同学们艳羡不置，季淑便以多余的分赠给她的好友们。油画，教师们不准她们尝试，水彩还可以勉强一试。季淑有了工具，如何能不使用？偕了同学外出写生，大家用水彩，只有她有油料可用。她每次画一张画，都写信详告，我每次接到信，都仔细看好几遍。我写信给她，寄到美专，她特别关照过学校的号房工友，有信就存在那里，由她自己去取。有一次工友特别热心，把我的信转寄到她家里去。信放在窗台上，幸而没有被叔父们撞见，否则拆开一看必定天翻地覆。

天翻地覆的事毕竟几乎发生。大约我出国两个月后，季淑来信，她的叔父们对她母亲说："大嫂，三姑娘也这么大了，老在外面东跑西跑也不像一回事，我们打算早一点给她完婚。××部里有一位科员，人很不错，年龄么……男人大个十岁八岁也没有关系。"这是通知的性质，不是商酌，更不是征求同意。这种情况早在我们料想之中，所以季淑按照我们预订计划应付，第一步是把情况告知黄淑贞，第二步是请黄家出面通知我的父母，由我父母央人出面正式作媒，同时由我作书禀告父母请求作主，第三步是由季淑自己出面去恳求比较温和开通的八叔（缵丞先生）惠予谅解。关键在第三步。她不能透露我们已有三年的交往，更不能说已有成言，只能扯谎，说只和我见过一面，但已心许。八叔听了觉得好生奇怪，此人既已去美，三年后才能回来，现在订婚何为？假使三年之后有变化呢？最后他明白了，他说："你既已心许，我们也不为难你，现在一切作为罢论，三年以后再说。"这是最理想的结果，由于季淑的善于言辞，我们原来还准备了第四步，但是不需要了。可是此一波折，使我心情久久不能平复。

北京国立八校的教职员因政府欠薪而闹风潮，美专奉令停办。季淑才学了一年素描即告失学。十三年夏，我告别了风景优美的科罗拉多泉而进入哈佛研究院，季淑离开了北京而就教职于香山慈幼院。民国六年熊希龄凭其政治地位领有香山全境，以风景最佳之“双清”为其别墅，以放领土地之收入举办慈幼院，由其夫人主持之。因经费宽裕校址优美，慈幼院在北京颇有小名。季淑受聘是因为她爱那个地方。凡是名山胜水，她无不喜爱，这是她毕生的嗜好。在香山两年她享尽了清福，虽然那里的人事复杂，一群蝇营狗苟的势利之辈环拱着炙手可热的权贵人家。季淑除了教书之外一切不闻不问。她的宿舍离教室很远，要爬山坡，并且有数百级石阶，上下午各走一趟，但不以为苦。周末常约友好骑驴，游踪遍及八大处。西山一带的风景，她比我熟，因为她在香山有两年的勾留。

季淑的宿舍在山坡下，她的一间是在一排平房的中间，好像是第三个门。门前有一条廊檐。有一天阴霾四合，山雨欲来，一霎间乌云下坠，雨骤风狂。在山地旷野看雨，是有趣的事。季淑独在檐下站着，默默的出神，突然一声霹雳，一震之威几乎使她仆地，只见熊熊一团巨火打在离她身边不及十余尺处的石桌石凳之上，白石尽变成黑色，硫磺的臭味历久不散。她说给我听，犹有余悸。

我们通信全靠船运，需二十余日方能到达，但不必嫌慢，因为如果每天写信隔数日付邮，差不多每隔三两天都可以收到信。我们是每天写一点，积一星期可得三数页，一张信笺两面写，用蝇头细楷写，这样的信收到一封可以看老大半天。三年来我们各积得一大包。信的内容有记事，有抒情，有议论，无体不备。季淑把我的信收藏在一个黑漆的首饰匣里，有一天忘了锁，钥匙留插在锁孔里，大家唤做小方的一位同事大概平素早就留心，难逢的机会焉肯放过，打开匣子开始阅览起来，临走还带了几封去。小方笑呵呵的把信里的内容背诵几段，季淑才发现失窃，在几经勒索要挟之下才把失物赎回。我曾选读《伯朗宁[①]与丁尼生》一门功课，对伯朗宁的一首诗 *One Word More* 颇为欣赏，我便摘了下列三行诗给季淑看：

God be thanked，the meanest of his creatures
Boasts two soul-sides，one to face the world with，
One to show a woman when he loves her.

感谢上帝，他的最卑微的生人
也有两面的灵魂，一面对着世人，
一面给他所爱的女人看。

不过伯朗宁还是把他的情诗公诸于世了。我的书信不是预备公开的，于三十七年冬离家时付之一炬。小方看过其中的几封信，不知道她看的时候心中有何感受。

---

① 指英国诗人罗伯特·勃朗宁（1812—1889）。

六

三年的功夫过去了。十五年七月间“麦金莱总统”号在黎明时抵达吴淞口外抛锚候潮，我听到青蛙鼓噪，我看到滚滚浊流，我回到了故国。我拿着梅光迪先生的介绍信到南京去见胡先骕先生，取得国立东南大学的聘书，就立刻北上天津。我从上海致快函给季淑，约她在天津会晤，盘桓数日，然后一同返京，她不果来，事后她向我解释，“名分未定，行为不可不检”，我觉得她的想法对，不能不肃然起敬。邓约翰（John Donne）有一首诗《出神》（*The Extasie*），其中有两节描写一对情侣的关系真是恰如分际——

Our hands were firmly cimented
　　With a fast balme，which thence did spring，
Our eye-beames twisted，and did thred
　　Our eyes，upon one double string；

So to'entergraft our hands，as yet
　　Was all the meanes to make us one，
And pictures in our eyes to get
　　Was all our propagation.

我们的手牢牢的握着，
　　手心里冒出黏黏的汗，

我们的视线交缠，
　　拧成双股线穿入我们的眼；

两手交接是我们当时
　　唯一途径使我们融为一体，
眼中倩影是我们
　　所有的产生出来的成绩。

久别重逢，相见转觉不能交一语。季淑说："华，你好像瘦了一些。"当然，怎能不瘦？她也显得憔悴。我们所谈的第一桩事是商定婚期，暑假内是不可能，因为在八月底我要回到南京去授课，遂决定在寒假里结婚。这时候有人向香山慈幼院的院长打小报告："程季淑不久要结婚了，下半年的聘书最好不要发给她。"季淑不欲在家里等候半年，需要一个落脚处。她的一位朋友孙亦云女士任公立第三十六小学校长，学校在北新桥附近府学胡同，承她同情，约请季淑去做半年的教师。

我到香山去接季淑搬运行李进城是一件难忘的事。一清早我雇了一辆汽车——车身高高的、用曲铁棍摇半天才能发动引擎的那样的汽车——出城直奔西山，一路上汽车喇叭乌乌叫，到达之后她的行李早已预备好，一只箱子放进车内，一个相当庞大的铺盖卷只好用绳子系在车后。我们要利用这机会游览香山。季淑引路，她非常矫健，身轻似燕，我跟在后面十分吃力，过了双清别墅已经气喘如牛，到了半山亭便汗流浃背了。季淑把她撑着的一把玫瑰紫色的洋伞让给我，也无济于事。后来找到一处阴凉的石头，我们坐了下来。正喘息间，一个卖烂酸梨的乡下人担着挑子走了过来，里面还剩有七八只梨，我们便买了来吃。在口燥舌干的时候，烂酸梨有如甘露。抬头看，有小径盘旋通往山巅，据说有十八盘，山巅传说是清高宗重阳登高的所在，旧名为重阳亭，实际上并没有亭子，如今俗名为“鬼见愁”。季淑问我有无兴趣登高一望，我说鬼见犹愁，我们不去也罢。她是去过很多次的。

我们在西山饭店用膳之后，时间还多，索性尽一日之欢，顺道前往玉泉山。玉泉山是金、元、明、清历代帝王的行宫御苑，乾隆写过一篇《玉泉山记》，据说这里的水质优美，饮之可以长寿，赐名为“天下第一泉”。如今宫殿多已倾圮，沦为废墟，唯因其已荒废，掩去了它的富丽堂皇的俗气，较颐和园要高雅得多。我们一进园门就被一群穷孩子包围，争着要做向导，其实我们不需向导，但是孩子们嚷嚷着说：“你们要喝泉水，我有干净杯子；你们要登玉峰塔，我给你们领取钥匙……”无可奈何，检了一个老实相的小孩子。他真亮出一只杯子，在那细石流沙、绿藻紫荇历历可数的湖边喷泉处舀了一杯泉水，我们共饮一杯，十分清冽。随后我们就去登玉峰塔，塔在山顶，七层九丈九尺，盘旋拾级而上，嘱咐小孩在下面静候。我们到达顶层，就拂拂阶上的尘土，坐下乘凉，真是一个好去处。好像不大的功夫，那孩子通通通的窜上来了，我问他为什么要上来，他说他等了好久好久不见人下来，所以上来看看。于是我们就拾级而下，我对季淑说：“你不记得我们描过的红模子么？‘王子去求仙，丹成上九天，洞中方七日，人世几千年。’塔上面和塔下面时间过得快慢原不相同。”相与大笑。回到城里，我送季淑到黄淑贞家，把行李卸下我就走了，以后我们几次晤见是在三十六小学。

暑假很快的过去，我到南京去授课。在东南大学校门正对面有一条小巷，蓁巷，门牌四号是过探先教授新建的一栋平房，召租。一栋房分三个单位，各有四间。房子不肯分租，我便把整栋房子租了下来，一年为期。我自占中间一所，右边一所分给余上沅、陈衡粹夫妇，左边一所分给张景钺、崔芝兰夫妇，三家均摊房租，三家都是前后准备新婚。我搬进去的第一天，真是家徒四壁，上沅和我天天四处奔走购置家具等物。寝室墙刷粉红色，书房淡蓝色。有些东西还需要设计定制。足足忙了几个月，我写信给季淑："新房布置一切俱全，只欠新娘。"房子有一大缺点，寝室后边是一大片稻田，施肥的时候必须把窗紧闭。生怕这一点新娘子感到不满。

南京冬天也相当冷，屋里没有取暖的设备。季淑用蓝色毛绳线给我织了一条内裤，由邮寄来。一排四颗黑扣子，上面的图案是双喜字。我穿在身上说不出的温暖，一直穿了几十年。这半年季淑很忙，一面教书一面筹备妆奁，利用她六年来的积蓄置办了四大楠木箱的衣物，没有一个人帮她一把忙。

七

我们结婚的日子是民国十六年二月十一日，行礼的地点是北京南河沿欧美同学会。这是我们请出媒人正式往返商决的。婚前还要过礼，亦曰放定，言明一切从简，那两只大呆鹅也免了，甚至许多人所期望的干果饼饵之类也没有预备。只有一具玉如意，装在玻璃匣里，还有两匣首饰，由媒人送到女家。如意是代表什么，我不知道，有人说像灵芝，取其吉祥之意，有人则说得很难听。这具如意是我们的传家之宝，平常高高的放在上房条案上的中央，左金钟，右玉磬，永远没人碰的。有了喜庆大事，才拿出来使用，用毕送还原处。以我所知，在我这回订婚以后还没有使用过一次。新娘子服装照例由男家准备，我母亲早已胸有成算，不准我开口。母亲带着我大姐到瑞蚨祥选购两身衣料，一身上衣与裙是粉红色的缎子，行婚礼时穿，一身上衣是蓝缎，裙子是红缎，第二天回门穿。都是全身定制绣花。母亲说若是没有一条红裙子便不能成为一个新娘子。她又说冬天冷，上衣非皮毛不可，于是又选了两块小白狐。衣服的尺寸由女家开了送来，我母亲一看大惊："一定写错了，腰身这样小，怎穿得上！"托人再问，回话说没错，我心中暗暗好笑，我早知道没错。棉被由我大姊负责缝制，她选了两块被面，一床洋妃色，一床水绿色，最妙的是她在被的四角缝进了干枣、花生、桂圆、栗子四色干果，我在睡觉的时候硌了我的肩膀，季淑告诉我这是取吉利，"早生贵子"之意。季淑不知道我们备了枕头，她也预备了一对，枕套是白缎子的，自己绣了红玫瑰花在角上，鲜艳无比，我舍不得用，留到如今。她又制了一个金质的项链，坠着一个心形的小盒，刻着我们两个的名字。这时候我家住在大取灯胡同一号，新房设在上屋西套间，因为不久要到南京去，所以没有什么布置，只是换了新的窗幔，买了一张新式的大床。

结婚那天，晴而冷。证婚人由我父亲出面请了贺履之（良朴）先生担任，他是我父亲一个酒会的朋友，年高有德，而且是山水画家，当时一位名士。本来熊希龄先生曾对季淑自告奋勇愿为证婚，我们想想还是没有劳驾。张心一、张禹九两位同学是男傧相，季淑的美专同学孪生的冯棠、冯棣是女傧相。两位介绍人，只记得其一姓翁。主婚人是我父亲和季淑的四叔梓琴先生。

婚礼订在下午四时举行，客人差不多到齐了，新娘不见踪影。原来娶亲的马车到了女家，照例把红封从门缝塞进去之后，里面传话出来要递红帖："没有红帖怎行？我们知道你是谁？"事先我要求亲迎，未被接纳，实不知应备红帖。僵持了半天，随车的人员经我父亲电话中指示临时补办，到荣宝斋买了一份红帖请人代书，总算过了关。可是彩车到达欧美同学会的时候暮霭渐深。这是意外事，也是意中事。

我立在阶上看见季淑从二门口由两人扶着缓缓的沿着旁边的游廊走进礼堂，后面两个小女孩牵纱。张禹九用胳膊肘轻轻触我说："实秋，嘿嘿，娇小玲珑。"我觉得好像有人在我耳边吟唱着彭士（Robert Burns）[1]的几行诗：

She is a winsome wee thing,
She is a handsome wee thing,
She is a loécome wee thing,
　　This sweet wee wife o'mine.

她是一个媚人的小东西，

① 指苏格兰诗人罗伯特·伯恩斯（1759—1796）。

她是一个漂亮的小东西，
她是一个可爱的小东西，
　　我这亲爱的小娇妻。

事实上凡是新娘，没有不美的。萨克令（Sir John Suckling）[①]的一首《婚礼曲》（*A Ballad upon a Wedding*）就有几节很好的描写：

The maid—and thereby hangs a tale;
For such a maid no Whitsun-ale
　　Could ever yet produce;
No grape, that's kindly ripe, could be
So round, so plump, so soft as she,
　　Nor half so full of juice.

Her finger was so small the ring
Would not stay on, which they did bring;
　　It was too wide a peck:
And to say truth (for out it must),
It looked like the great collar (just)
　　About our young colt's neck.

Her feet beneath her petticoat,

① 指英国诗人约翰·萨克令（1609—1642）。

Like little mice stole in and out,
　　As if they feared the light;
But oh, she dances such a way,
No sun upon an Easter day
　　Is half so fine a sight!

Her cheeks so rare a white was on,
No daisy makes comparison
　　(Who sees them is undone) ,
For streaks of red were mingled there,
Such as are on a Katherne pear
　　(The side that's next the sun) .

Her lips were red, and one was thin
Compared to that was next her chin
　　(Some bee had stung it newly) ;
But, Dick, her eyes so guard her face
I durst no more upon them gaze
　　Than on the sun in July.

Her mouth so small, when she does speak,
Thou'dst swear her teeth her words did break,
　　That they might passage get;
But she so handled still the matter,

They came as good as ours, or better,
　　And are not spent a whit.

讲到新娘（说来话长），
像她那样的姑娘，
　　圣灵降临的庆祝会里尚未见过；
没有树熟的葡萄像她那样红润，
那样圆，那样丰满，那样细嫩，
　　汁浆有一半那样的多。

她的手指又细又小，
戒指戴上去就要溜掉，
　　因为太松了一点；
老实说（非说不可），
恰似小驹的颈上套着
　　一只大的项圈。

她裙下露出两只脚，
老鼠似的出出进进的跑，
　　像是怕外面的光亮；
但是她的舞步翩翩，
太阳在复活节的那一天
　　也没有那样美的景象。

她的两颊白得出奇，
没有雏菊能和她相比；
　　令人一见魂儿飞上天了，
因为那白里还带着红色，
活像是枝头的小梨一个，
　　朝着太阳的那一边。

她的唇是红的；一片很薄，
挨近下巴的那片就厚得多，
　　（必是才被蜜蜂螫伤）；
但是，狄克，她的两眼保护着脸
我不敢多看一眼，
　　有如对着七月的太阳。

她的嘴好小，说起话来，
她的牙齿要把字儿咬碎，
　　以便从嘴里挤送出去；
但是她处理得很得法，
谈吐不比我们差，
　　而且一点也不吃力。

季淑那天头上戴着茉莉花冠。脚上穿的一双高跟鞋，为配合礼服，是粉红色缎子做的，上面缝了一圈的亮片，走起路来一闪一闪。因戒指太松而把戒指丢掉的不是她，是我，我不知在什么时候把戒指甩掉了，她安慰我说："没关系，我们不需要这个。"

证婚人说了些什么话，我根本就没有听进去，现在一个字也不记得。我只记得赞礼的人喊了一声"礼成"，大家纷纷涌向东厢入席就餐。少不了有人向我们敬酒，我根本没有把那小小酒杯放在眼里。黄淑贞突然用饭碗斟满了酒，严肃的说："季淑，你以后若是还认我做朋友，请尽此碗。"季淑一声不响端起碗来汩汩的喝了下去，大家都吃一惊。

回到家中还要行家礼，这是预定的节目。好容易等到客人散尽，两把太师椅摆在堂屋正中，地上铺了红毡子，请父母就座，我和季淑双双跪下磕头，然后闹哄到午夜，父母发话："现在不早了，大家睡去罢。"

罗赛蒂（D.G.Rossetti）[①]有一首诗《新婚之夜》（*The Nuptial Night*），他说他一觉醒来看见他的妻懒洋洋的酣睡在他身旁，他不能相信那是真的，他疑心是在作梦。梦也好，不是梦也好，天刚刚亮，季淑骨碌爬了起来，梳洗毕换上一身新装，蓝袄红裙，红缎绣花高跟鞋，在穿衣镜前面照了又照，侧面照，转身照。等父母起来她就送过去两盏新沏的盖碗茶。这是新媳妇伺候公婆的第一幕。早餐罢，全家人聚在上房，季淑启开她的箱子把礼物一包一包的取出来，按长幼顺序每人一包，这叫做开箱礼，又叫做见面礼，无非是一些帽鞋日用之物，但是季淑选购甚精，使得家人皆大欢喜。我袖手旁观，说道："哎呀！还缺一份！——我的

---

① 指英国画家、诗人罗赛蒂（1828—1882）。

呢？”惹得哄堂大笑。

次一节目是我陪季淑“回门”。进门第一桩事是拜祖先的牌位，一个楠木龛里供着一排排的程氏祖先之神位多到不可计数，可见绩溪程氏确是一大望族，我们纳头便拜，行最敬礼。好像旁边还有人念念有词，说到三姑娘三姑爷什么什么的，我当时感觉我很光荣的成了程家的女婿。拜完祖先之后便是拜见家中的长辈，季淑的继祖母尚在，其次便是我的岳母，叔父辈则有四叔、七叔（荫庭先生）、九叔（荫轩先生），八叔已去世。婶婶则四婶就有两位，然后六婶、七婶、八婶、九婶。我们依次叩首，我只觉得站起来跪下去忙了一大阵。平辈相见，相互鞠躬。随后便是盛筵款待，我很奇怪季淑不在席上，不知她躲在哪里，原来是筵席以男性为限。谈话间我才知道，已去世的六叔还曾留学俄国，编过一部《俄华字典》刊于哈尔滨。

第三天，季淑病倒，腹泻。我现在知道那是由于生活过度紧张，睡了两天她就好了。

过了十几天，时局起了变化，国民革命军北伐逐步迫近南京。母亲关心我们，要我们暂且观望不要急急南下。父亲更关心我们，把我叫到书房私下对我说：“你现在已经结了婚，赶快带着季淑走，机会放过，以后再想离开这个家庭就不容易。不要糊涂，别误解我的意思。立刻动身，不可迟疑。如果遭遇困难，随时可以回来。我观察这几天，季淑很贤慧而能干，她必定会成为你的贤内助，你运气好，能娶到这样的一个女子。男儿志在四方，你去罢！”父亲说到这里，眼圈红了。

我商之于季淑，她遇大事永远有决断，立刻启程。父亲嘱咐，兵荒马乱的时候，季淑必须卸下她的鲜艳的服装，越朴素越好。她改着黑哔叽裙黑皮鞋，上身驼绒袄之外罩上一件粗布褂。我记得清清楚楚，布褂左下角有很大的一个缝在外面的衣袋，好别致。我们搭的是津浦路二等卧车（头等车被军阀们包用了），二等车男女分座，一个车厢里分上下铺，容四个人，季淑分得一个上铺。车行两天一夜，白天我们就在饭车上和过路的地方一起谈天，观看窗外的景致，入夜则分别就寝。车上睡不稳，一停就醒，醒来我就过去看看她。她的下铺是一位中年妇人，事后知道她是中国银行司库吴某的太太，她第二天和季淑攀谈。

"你们是新结婚的罢？"

"是的，你怎么知道？"

"看你那位先生，一夜的功夫他跑过来看你有十多趟。"

这位吴太太心肠好，我们渡江到下关，她知道我们没有人接，便自动表示她有马车送我们进城。我们搭了她的车直抵蓁巷。

这时候南京市面已经有些不稳，散兵游勇满街跑，遇到马车就征用。我们在蓁巷一共住了五天，躲在屋里，什么地方也没去。事实上我们也不想出去。渐渐的听到遥远的炮声。我的朋友李辉光、罗清生来，他们都是单身汉，劝我偕眷到上海暂避。罗清生和一家马车行的老板有旧，特意为我雇来马车，我们便邀同新婚的余上沅夫妇一同出走。可怜我煞费苦心经营的新居从此离去，当时天真的想法是政治不会过分影响到学校，不久还可以回来，所以行李等物就承洪范五先生的帮忙寄存在图书馆地下室。马车走了不远就有两名大兵持枪吓阻，要搭车到下关，他们不由分说跳上了车旁的踏脚板，一边一个像是我们的卫兵，一路无阻直达江滨。到上海的火车已断，我们搭上了太古的轮船，奇怪的是头等客房只有我们两对，优哉游哉倒真像是蜜月中的旅行。

八

我们在上海三年的生活是艰苦的。南京开始“以党治国”而且“党外无党”，东南大学被解散之后改成了中央大学。我便于无可奈何之中在上海住了下来，情形当然是相当狼狈。有人批评孔子为“累累若丧家之狗”，孔子欣然笑曰：“形状未也，而似丧家之狗，然哉然哉！”

季淑的大姑住在上海（大姑父汪运斋先生），她的二女婿程培轩一家返徽省亲，空出的海防路住所借给我们暂住了半个月。这是我们婚后初次尝到安定畅快的生活。随后我们就租了爱文义路众福里的一栋房子，那是典型的上海式标准的一楼一底房，比贫民窑要算是差胜一筹，因为有电灯、自来水的设备，而且门窗户壁俱全。关于这样的房子我写过一篇小文《住一楼一底房者的悲哀》，其中有这样几段：

> 一楼一底的房没有孤另另的一所矗立着的，差不多都像鸽子窝似的一大排，一所一所的构造的式样大小，完全一律，就好像从一个模型里铸出来的一般。我顶佩服的就是当初打图样的土著工程师，真能相度地势，节工省料，譬如五分厚的一垛山墙就好两家合用。王公馆的右面一垛山墙，同时就是李公馆的左面的山墙，并且王公馆若是爱好美术，在

右面山墙上钉一个铁钉子，挂一张美女月份牌，那么李公馆在挂月份牌的时候就不必再钉钉子，因为这边钉一个钉子，那边就自然而然的会钻出一个钉头儿。

房子虽然以一楼一底为限，而两扇大门却是方方正正的，冠冕堂皇，望上去总不像是我所能租赁得起的房子的大门。门上两个铁环是少不得的，并且还是小不得的。……门环敲得拍拍响的时候，声浪在周围一二十丈以内的范围都可以很清晰播送得到。一家敲门——至少有三家应声："啥人？"至少有两家拔闩启锁，至少有五家人从楼窗中探出头来。

君子远庖厨，住一楼一底的人简直没有法子上跻于君子之伦。厨房里杀鸡，无论躲在哪一墙角都可以听见鸡叫（当然这是极不常有之事）；厨房里烹鱼，我可以嗅到鱼腥；厨房里生火，就可以看见一朵一朵乌云在眼前飞过。自家的厨房既没法可以远，隔着半垛墙的人家的庖厨离我还是差不多的近……

厨房之上，楼房之后，有所谓亭子间者，住在里面真可说是冬暖而夏热，厨房烧柴的时候，一缕缕的青烟从地板缝中冉冉上升。亭子间上面又有所谓晒台者，名义是为晾晒衣服之用，实际常是人们乘凉、打牌、开放留声机的地方，还有人在晒台上另搭一间小屋堆置杂物。别看一楼一底，其中有不少曲折。

这一段话虽然不免揶揄，但是我们并无埋怨之意。我们虽然僦居穷巷，住在里面却是很幸福的。季淑和我同意，世界上没有一个地方比自己的家更舒适，无论那个家是多么简陋、多么寒伧。这个时候我在《时事新报》编一个副刊《青光》，这是由于张禹九的推荐临时的职业，每天夜晚上班发稿。事毕立刻回家，从后门进来匆匆登楼，季淑总是靠在床上看书等着我。

“你上楼的时候，是不是一步跨上两级楼梯？”她有一次问我。

“是的，你怎么知道？”

“我听着你的通通响的脚步声，我数着那响声的次数，和楼梯的级数不相符。”

我的确是恨不得一步就跨进我的房屋。我根本不想离开我的房屋。吾爱吾庐。

我们在爱文义路住定之后，暑期中，我的妹妹亚紫和她的好友龚业雅女士于女师大毕业后到上海来，就下榻于我们的寓处。下榻是夸张语，根本无榻可下，我和季淑睡在床上，亚紫、业雅睡在床前地板上。四个年轻人无拘无束的狂欢了好多天，季淑曲尽主妇之道。由于业雅的堂兄业光的引介，我和亚紫、业雅都进了国立暨南大学服务。亚紫和业雅不久搬到学校的宿舍。随后我母亲返回杭州娘家去小住，路过上海也在我们寓所盘桓了几天。头一天季淑自已下厨房，她以前从没有过烹饪的经验，我有一点经验但亦不高明，我们两人商量着作弄出来四个菜，但是季淑煮米放多了水变成了粥，急得哭了一场。母亲大笑说：“喝粥也很好。”这一次失败给季淑的刺激很大。她说：“这是我受窘的一次，毕生不能忘。”以后她对烹饪就很悉心研究。

怀孕期间各人的反应不同。季淑于婚后三四个月即开始感觉恶心呕吐，想吃酸东西，这样一直闹到分娩那一天才止。十六年

十二月一日（阴历十一月初八）我们的大女儿文茜生。预先约好的产科张湘纹临时迟迟不来，只遣护士照料，以致未能善尽保护孕妇的责任，使得季淑产后将近三个月才完全复原。她本想能找得一份工作，但是孩子的来临粉碎了一切的计划，她热爱孩子，无法分身去谋职业，亦无法分神去寻娱乐。四年之间四次生产，她把全部时间与精力奉献给了孩子。

第二年我们迁居到赫德路安庆坊，是二楼二底房，宽绰了一倍，但是临街往来的电车之唏里唏啦叮叮当当从黎明开始一直到深夜。地都被震动，床也被震动。可是久之也习惯了。我的内弟道宽这一年去世，弟妇士馨也相继而殁，我和季淑商量把我的岳母接到上海来奉养。于是我们搭船回到北京回家小住，然后接了我的岳母南下。在这房子里季淑生下第二个女儿（三岁时夭折，瘗于青岛公墓）。季淑的身体本弱，据我的岳母告诉我，庚子之乱，她们一家逃避下乡，生活艰苦，季淑生于辛丑年二月，先天不足，所以自小羸弱。季淑连生两胎，体力消耗太大，对于孕妇保健的知识我们几等于零，所以她就吃亏太多，我事后悔恨无及。幸亏有她的母亲和她相伴，她在精神上得到平安，因为她不再挂念她的老母。我看见季淑心情宁静，我亦得到无上的安慰。

这一年我父亲游杭州，路过上海也来住了几天。季淑知道我父亲的日常生活的习惯和饮食的偏好，侍候唯恐不周。他洗脸要用大盆，直径要在二尺以上，季淑就真物色到那样大的洋瓷盆。他喝茶要用盖碗，水要滚、茶叶要好，泡的时间要不长不短，要守候着在正合宜的时候捧献上去，这一点季淑也做到了。我父亲说除了我的母亲之外只有季淑泡的茶可以喝。父亲喜欢冷饮，季淑自己制做各种各样的饮料，她认为酸梅汤只有北京信远斋的出品才够标准。早点巷口的生煎包子就可以了，她有时还要到五芳斋去买汤包。每餐菜肴，她尽其所能的去调配，自更不在话下。亚紫、业雅也常在一起陪伴，是我们家里最热闹的一段时期。父亲临走，对季淑着实夸奖了一番，说她带着两个孩子操持家务确是不易。

第三年我们搬到爱多亚路一〇一四弄，是一栋三楼的房子，虽然也是弄堂房子，但有了阳台、壁炉、浴室、卫生设备等等。十九年四月十六日（阴历三月十八）在这里季淑生下第三胎，我们唯一的儿子文骐。照顾三个孩子，很不简单，单是孩子的服装就大费周张。季淑买了一架胜家缝纫机，自己做缝纫，连孩子的大衣也是自己做。她在百忙中没有忘记修饰她自己。她把头发剪了，不再有梳头的麻烦，额前留着刘海，所谓boyish bob是当时最流行的发式。旗袍短到膝盖，高领短袖。她自己的衣服也是大部分自己做，找裁缝匠反倒不如意。我喜欢看她剪裁，有时候比较质地好的材料铺在桌上，左量右量，画线再画线，拿着剪刀迟迟不敢下手，我就在一旁拍着巴掌唱起儿歌："功夫用得深，铁杵磨成针，功夫用得浅，薄布不能剪！"她把我推开："去你的！"然后她就咔吱咔吱的剪起来了，她很快的把衣服做好，穿起来给我看，要我批评，除了由衷的赞美之外还能说什么？

我在光华、中国公学两处兼课，真茹、徐家汇、吴淞是一个大三角，每天要坐电车、野鸡汽车、四等火车赶三处地方，整天奔波，所以每天黎明即起，厨工马兴义给我预备极丰盛的一顿早点，季淑不放心，她起来监督，陪我坐着用点，要我吃得饱饱的，然后伴我走到巷口看我搭上电车才肯回去。这一年我母亲带着五弟到杭州去，路过上海在我们家住了些日子。

我们右邻是罗努生、张舜琴夫妇，左邻是一本地商人，再过去是我的妹妹亚紫和妹夫时昭涵，再过去是同学孟宪民一家，前弄有时昭静和夏彦儒夫妇，丁西林独居一栋。所以巷里熟人不少。努生一家最不安宁，夫妻勃谿，时常动武，午夜爆发，张舜琴屡次哭哭啼啼跑到我家诉苦，家务事外人无从置喙，结果是季淑送她回去。我们当时不懂，既成夫妻，何以会反目，何以会争吵，何以会仳离。季淑尝天真的问我："他们为什么要离婚？"

有一天中秋前后徐志摩匆匆的跑来，对我附耳说："胡大哥请吃花酒，要我邀你去捧捧场。你能不能去，先去和尊夫人商量一下，若不准你去就算了。"我问要不要去约努生，他说："我可不敢，河东狮子吼，要天翻地覆，惹不起。"我上楼去告诉季淑，她笑嘻嘻的一口答应："你去嘛，见识见识，喂，什么时候回来？""当然是，吃完饭就回来。"胡先生平素应酬未能免俗，也偶尔叫条子侑酒，照例到了节期要去请一桌酒席。那位姑娘的名字是"抱月"，志摩说大概我们胡大哥喜欢那个"月"字是古月之月，否则想不出为什么相与了这位姑娘。我记得同席的还有唐腴庐和陆仲安，都是个中老手。入席之后，照例每人要写条子召自己平素相好的姑娘来陪酒。我大窘，胡先生说："由主人代约一位罢。"约来了一位坐在我身后，什么模样，什么名字，一点也记不得了。饭后还有牌局，我就赶快告辞。季淑问我感想如何，我告诉她：买笑是痛苦的经验，因为侮辱女性，亦即是侮辱人性，亦即是侮辱自己。男女之事若没有真的情感在内，是丑恶的。这是我在上海三年唯一的一次经验，以后也没再有过。

九

由于杨金甫的邀请，我到青岛去教书。这是十九年夏天的事。我们乘船直赴青岛，先去参观环境，闻一多偕行。我们下榻于中国旅行社，雇了两辆马车环游市内一周，对于青岛的印象非常良好，季淑尤其爱这地方的清洁与气候的适宜，与上海相比不啻霄壤。我们随即乘火车返回北平度过一个暑假，我的岳母回到程家。

在青岛鱼山路四号我们租到一栋房子，楼上四间楼下四间。这地点距离汇泉海滩很近，约十几分钟就可以走到。季淑兴致很高，她穿上了泳装，和我偕孩子下水。孩子用小铲在沙滩上掘沙土，她和我就躺在沙滩上晒太阳，玩到夕阳下山还舍不得回家。有时候我们坐车到栈桥，走上伸到海中的长长的栈道，到尽端的亭子里乘凉。海滨公园也是我们爱去的地方，因为可以在乱石的缝里寻到很多的小蟹和水母，同时这里还有一个水族馆。第一公园有老虎和其他的兽栏，到了春季樱花盛开可真是蔚为大观，季淑叹为奇景，一去辄留连不忍走。后来她说美国西雅图或美京华盛顿的樱花品种不同，虽然也颇可观，但究比青岛逊色。我有同感。

我为学校图书馆购书赴沪一行，顺便给季淑买了一件黑绒镶红边的背心，可以穿在旗袍外面，她很喜欢，尤其是因为可以和她的一双黑漆皮镶红边的高跟鞋相配合。季淑在这时候较前丰腴，容颜焕发，洋溢着母性的光辉。我的朋友们很少在青岛有眷属，杨金甫、赵太侔、黄任初等都有家室，但都不知住在什么地方。闻一多一度带家眷到青岛，随即送还家乡。金甫屡次善意劝我，不要永远守在家里，暑期不妨一个人到外面海阔天空的跑跑，换换空气。我没有接受他的好意。和谐的家室，空气不需要换。如果需要的话，镇日价育儿持家的妻子比我更有需要。

父亲慕青岛名胜，来看我们，住了十二天。我们天天出去游玩。有一天季淑到大雅沟的菜市买来一条长二尺以上的鲥鱼，父亲大为击赏。肥城桃、莱阳梨、烟台的葡萄与苹果，都可以说是天下第一，我们放量大嚼，而德人开的弗劳塞饭店的牛排与生啤酒尤为令人满意。张道藩从贵州带来的茅台酒，也成了我们孝敬父亲的无上佳品。有一晚父亲和我关起门来私谈，他把我们家的历史从我祖父起元元本本地讲述给我听，都是我从前没有听到过的，他说："有些事不足为外人道，不必对任何人提起，但不妨告诉季淑知道。"最后他提出两点叮嘱，他说他垂垂老矣，迫切期望我们能有机会在北平做事，大家住在一起，再就是关于他将来的身后之事。我当天夜晚把这些话告诉了季淑，她说："父亲开口要我们回去，我们还能有什么话说。"

第二年，我们搬到鱼山路七号居住。是新造的楼房，四上四下，还有地下室，前院亦尚宽敞。房东王德溥先生，本地人，具有山东人特有的忠厚朴实的性格，房东房客之间相处甚得。我们要求他在院里栽几棵树，他唯唯否否，没想到第二天他就率领着他的儿子押送两大车的树秧来了。六棵樱花，四棵苹果，两棵西府海棠，把小院种得满满的。树秧很大，第二年即开始着花，樱花都是双瓣的，满院子的蜜蜂嗡嗡声。苹果第二年也结实不少，可惜等不到成熟就被邻居的恶童偷尽。西府海棠是季淑特别欣赏的，胭脂色的花苞、粉红的花瓣衬上翠绿的嫩叶真是娇艳欲滴。

我们住定之后就设法接我的岳母来住，结果由季淑的一位表弟刘春霖护送到青岛。这样我们才安心。季淑身体素弱，第四度怀孕使她狼狈不堪，于二十二年二月二十五日（阴历二月二日）生文蔷，由她的女高师同学王绪贞接生，得到特别小心照护，我们终身感激她。分娩之后不久，四个孩子同时感染猩红热，第二女不幸夭折。做母亲的尤为伤心。入葬的那一天，她尚不能出门，于冰霰霏霏之中，我看着把一具小棺埋在第一公墓。

青岛四年之中我们的家庭是很快乐的。我的莎士比亚翻译在这时候开始，若不是季淑的决断与支持，我是不敢轻易接受这一份工作。她怕我过劳，一年只许我译两本，我们的如意算盘是一年两本，二十年即可完成，事实上用了我三十多年的功夫！我除了译莎氏之外，还抽空译了《织工马南传》《西塞罗文录》，并且主编天津《益世报》的一个文艺周刊。季淑主持家务，辛苦而愉快，从来没有过一句怨言。我们的家座上客常满，常来的客如傅肖鸿、赵少侯、唐郁南都常在我们家便饭，学生们常来的有丁金相、张淑齐、蔡文显、韩朋等等。张罗茶饭招待客人都是季淑的事。我从北平订制了一个烤肉的铁炙子，在青岛恐怕是独一的设备，在山坡上拾捡松枝松塔，冬日烤肉待客皆大欢喜。我的母亲带着四弟治明也来过一次，治明特别欣赏季淑烹制的红烧牛尾。后来他生了一场匍行疹，病中得到季淑的悉心调护，痊愈始去。

胡适之先生早就有意约我到北京大学去教书，几经磋商，遂于二十三年七月结束了我们的四年青岛之旅。临去时房屋租约未满，尚有三个月的期间，季淑认为应该如约照付这三个月的租金，房东王先生坚不肯收，争执甚久，我在旁呵呵大笑："此君子国也！"房东拗不过去，勉强收下，买了一份重礼亲到车站送行。季淑在离去之前，把房屋打扫整洁一尘不染，这以后成了我们的惯例，无论走到哪里，临去必定大事扫除。

十

我们决定回北平，父母亲很欢喜，开始准备迁居，由大取灯胡同一号迁到内务部街二十号。内务部街的房子本是我们的老家，我就是生在那个老家的西厢房，原是祖父留下的一所房子，在我十五岁的时候才从那里迁到大取灯胡同七号的新房。老家出租多年，现在收回自用。这所老房子比较大，约有房四十间，旧式的上支下摘，还有砖炕，院落较多，宜于大家庭居住。父母兴奋的得不得了，把旧房整缮一新，把外院和西院划给我，并添造一间浴室。我母亲是年六十，她说："好了，现在我把家事交给季淑，我可以清闲几年了。"事实上我们还是无法使母亲完全不操心。

回到北平先在大取灯胡同落脚，然后开始迁居。"破家值万贯"，而且我们家的传统是"室无弃物"，所以百八十年下来的这一个家是无数破烂东西的总汇，搬动一下要兴师动众，要雇用大车小车以及北平所特有的"窝脖儿的"，陆陆续续的搬了一个星期才大体就绪，指挥奔走的重任落在季淑的身上，她真是黎明即起，整天前庭后院的奔走，她的眼窝下面不时的挂着大颗的汗珠，我就掏出手绢给她揩揩。

垂花门外有一棵梨树，是房客栽的，多年生长已经扑到房檐上面，把整个院子遮盖了一半，结实累累，蔚为壮观。不知道母亲听了什么人饶舌，说梨与离同音，不祥，于是下令砍伐。季淑不敢抗，眼睁睁的看着工人把树砍倒，心中为之不怿者累日。后来我劝她在原处改植别的不犯忌讳的花木，亦可略补遗憾。她立即到隆福寺街花厂选购了四棵西府海棠，因为她在青岛就有此偏爱。这四株娇艳的花木果然如所预期很快的长大成形，翌年即繁花如簇，如火如荼，春光满院，生气盎然。同时她又买了四棵紫丁香，种在西院我的书房与卧室之间，紫丁香长得更猛，一两年间妨碍人行，非修剪不可，丁香开时香气四溢，招引蜂蝶终日攘攘不休。前院檐下原有两畦芍药奄奄一息，季淑为之翻土施肥，冬日覆以积雪，来春新芽茁发。我的书房檐下多阴，她种了一池玉簪，抽蕊无数。

我们一家三代，大小十几口，再加上男女佣工六七人，是相当大的一个家庭。晨昏定省是不可少的礼节。每天早晨听到里院有了响动，我便拉着文蔷到里院去，到上房和东厢房分别向父母问安。文蔷是我们最小的孩子，不拉着她便根本迈不过垂花门的一尺高的门槛。文茜、文骐都跟在我的身后。文蔷还另有任务，每天把报纸送给她的祖父，祖父接过报纸总是喊她两声：“小肥猪！小肥猪！”因为她小时候很胖。季淑每天早晨要负责沏盖碗茶，其间的难处是把握住时间，太早太晚都不成。每天晚上季淑还要伺候父亲一顿消夜，有时候要拖到很晚，我便躺在床上看书等她。每日两餐是大家共用的，虽有厨工专理其事，调配设计仍须季淑负责，亦大费周张。家庭琐事永远没完没结，所谓家庭生活就是永无休止的修缮补苴。缝缝联联的事，会使用缝纫机的人就责无旁贷。对外的采办或交涉，当然也是能者多劳。最难堪的是于辛劳之余还不能全免于怨怼。有一回已经日上三竿，季淑督促工人捡煤球，扰及贪睡者的清眠，招致很大的不快。有人愤愤难平，季淑反倒夷然处之，她爱说的一句话是："唐张公艺九世同居，得力于百忍，我们只有三世，何事不可忍？"

家事全由季淑处理，上下翕然，我遂安心做我的工作，教书之余就是翻译写稿。我在西院南房，每到午后四时，季淑必定给我送茶一盏，我有时停下笔来拉她小坐，她总是把我推开，说："别闹，别闹，喝完茶赶快继续工作。"然后她就抽身跑了。我隔着窗子看她的背影。我的翻译工作进行顺利，晚上她常问我这一天写了多少字，我若是告诉她写了三千多字，她就一声不响的翘起她的大拇指。我译的稿子她不要看，但是她愿意知道我译的是些什么东西。所以莎士比亚的几部名剧里的故事，她都相当熟悉。有几部莎士比亚的电影片上演，我很希望她陪我去看，但是她分不开身，她总是遗憾的教我独自去看。

季淑有一个见解，她以为要小孩子走上喜爱读书的路，最好是尽早给孩子每人置备一个书桌。所以孩子们开始认字，就给他设备一份桌椅。木器店里没有给小孩用的书桌，除非定制，她就买普通尺寸的成品，每人一份，放在寝室里挤得满满的。这一项开支决不可省。她告诉孩子哪一个抽屉放书哪一个抽屉放纸笔。有了适当的环境之后，不久孩子养成了习惯，而且到了念书的时候自然的各就各位。孩子们由小学至大学，从来没有任何挫折，主要的是小时候养成了良好习惯。季淑做了好几年的小学教师，她的教学经验在家里发生宏大的影响。可见小学教师应是最可敬的职业之一。

我们的男孩子仅有一个，季淑嫌单薄一些，最好有两男两女。二十四年冬，她怀有五个月的孕，一日扭身开灯，受伤流产。送往妇婴医院，她为节省住进二等病房，夜间失血过多，而护士置若罔闻，我晨间赶去探视，已奄奄一息。医生开始惊慌，急救输血，改进头等病房并请特别护士。白天由我的岳母照料，夜晚由我陪伴，按照医院规定男客是不准在病房夜晚逗留的。一个星期之后她才脱险。临去时那一些不负责任的护士还奚落她说："我们没有见过像你这样的娇太太！"从此我们就实行生育节制。

我对政治并无野心，但是对于国事不能不问。所以我办了一个周刊《自由评伦》，以鼓吹爱国、提倡民主为原则，朋友们如谢冰心、李长之等等都常写稿给我，周作人也写过稿子。因此我对于各方面的人物常有广泛的接触。季淑看见来访的客人鱼龙混杂就为我担心。她偶尔隔着窗子窥探出入的来客，事后问我："那个獐头鼠目的是谁？那个垂首蛇行的又是谁？他们找你做什么？"这使我提高了警觉。果然，就有某些方面的人来做说客，"愿以若干金为先生寿"。人们有一种错觉，以为凡属舆论，都是一些待价而沽的东西。我当即予以拒绝，季淑知道此事之后完全支持我的决定，她说："我愿省吃俭用和你过一生宁静的日子，我不羡慕那些有办法的人之昂首上骧。"我隐隐然看到她的祖父之高风亮节在她身上再度发扬。

日寇侵略日益加紧，二十六年六月二十三日蒋公与汪兆铭联名召开庐山会议，我应邀参加，事实上没有什么商议，只是宣告国家的政策。我没有等会议结束即兼程北返，七月七日卢沟桥事变爆发，二十八日北平陷落。我和季淑商议，时势如此，决定我先只身逃离北平。我当即写下了遗嘱。戍火连天，割离父母妻子远走高飞，前途渺渺，后顾茫茫。这时候我联想到“出家”真非易事，确是将相所不能为。然而我毕竟这样做了。等到平津火车一通，我立即登上第一班车，短短一段路由清早走暮夜才到达天津。临别时季淑没有一点儿女态，她很勇敢的送我到家门口，互道珍重，相对黯然。“与子之别，思心徘徊！”

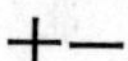

和我约好在车上相见的是叶公超，相约不交一语。后来发现在车上的学界朋友有十余人之多，抵津后都住进了法租界帝国饭店。我旋即搬到罗努生、王右家的寓中，日夜收听广播的战事消息，我们利用大头针制作许多面红白小旗，墙上悬大地图，红旗代表我军，白旗代表敌军，逐日移动的插在图上。看看红旗有退无进，相与扼腕。《益世报》的经理生宝堂先生在赴义租界途中被敌兵捕去枪杀，我们知道天津不可再留，我与努生遂相偕乘船到青岛，经济南转赴南京。在济南车站遇到数以千计由烟台徒步而来的年轻学生，我的学生丁金相在车站迎晤她的逃亡朋友，无意中在三等车厢里遇见我，相见大惊，她问我：“老师到哪里去？”

“到南京去。”

“去做什么？”

“赴国难，投效政府，能做什么就做什么。”

“师母呢？”

“我顾不得她，留在北平家里。”

她跑出站买了一瓶白兰地、一罐饼干送给我，汽笛一声，挥手而别，我们都滴下了泪。

南京在敌机空袭之下，人心浮动。我和努生都有报国有心、投效无门之感。我奔跑了一天，结果是教育部发给我二百元生活费和“岳阳丸”头等船票一张，要我立即前往长沙候命。我没有选择，便和努生匆匆分手，登上了我们扣捕的日本商船“岳阳丸”。叶公超、杨金甫、俞珊、张彭春都在船上相遇。伤兵难民挤得船上甲板水泄不通，我的精神陷入极度苦痛。到长沙后我和公超住在青年会，后移入韭菜园的一栋房子，是樊逵羽先生租下的北大办事处。我们三个人是北平的大学教授南下的第一批。随后张子缨也赶了来。长沙勾留了近月，无事可作，心情苦闷，大家集议醵资推我北上接取数家的眷属。我衔着使命，间道抵达青岛，搭顺天轮赴津，不幸到烟台时船上发现虎烈拉，船泊大沽口外，日军不许进口，每日检疫一次，海上拘禁二十余日，食少衣单，狼狈不堪。登岸后投宿皇宫饭店，立即通电话给季淑，翌日她携带一包袱冬衣到津与我相会。乱离重逢，相拥而泣。翌日季淑返回北平。因樊逵羽先生正在赶来天津，我遂在津又有数日勾留。后我返平省亲，在平滞留三数月，欲举家南下，而情况不许，尤其是我的岳母年事已高不堪跋涉。季淑与其老母相依为命，不可能弃置不顾，侍养之日诚恐不久，而我们夫妻好合则来日方长，于是我们决定仍是由我只身返回后方。会徐州陷落，敌伪强迫悬旗志贺，我忍无可忍，遂即日动身。适国民参政会成立，我膺选为参政员，乃专程赴香港转去汉口，从此进入四川，与季淑长期别离六年之久。

在这六年之中，我固颠沛流离贫病交加，季淑在家侍奉公婆老母，养育孩提，主持家事，其艰苦之状乃更有甚于我者。自我离家，大姊二姊相继去世，二姊遇人不淑身染肺癌，乏人照料，季淑尽力相助，弥留之际仅有季淑与二姊之幼女在身边陪伴。我们的三个孩子在同仁医院播种牛痘，不幸疫苗不合规格，注射后引起天花，势甚严重，几濒于殆，尤其是文茜面部结痂作痒，季淑为防其抓破成麻，握着她的双手数夜未眠，由是体力耗损，渐感不支。维时敌伪物资渐缺，粮食供应困难，白米白面成为珍品，居恒以糠麸、花生皮屑羼入杂粮混合而成之物充饥，美其名曰“文化面”。儿辈羸瘦，呼母索食。季淑无以为应，肝肠为之寸断。她自己刻苦，但常给孩子鸡蛋佐餐，孩子久而厌之。有时蒸制丝糕（小米粉略加白面、白糖蒸成之糕饼）做为充饥之物，亦难得引起大家的食欲。此际季淑年在四十以上，可能是由于忧郁，更年期提早到来，百病丛生，以至于精神崩溃。不同情的人在一旁讪笑：“我看她没有病，是爱花钱买药吃。”“我看她也没有病，我看见她每饭照吃。”“我看她也没有病，丝糕一吃就是两大块。”她不顾一切，乞灵于协和医院，医嘱住院，于是在院静养两星期，病势略转，此后风湿关节炎时发时愈，足不良行。孩子们长大，进入中学，学业不成问题，均尚自知奋勉不落人后，但是交友万一不慎后果堪虞，季淑为了此事最为烦忧。抗战期间前方后方邮递无阻，我们的书信往来不断，只是互报平安，季淑在家种种苦难并不透露多少，大部份都是日后讲给我听。

我的岳母虽然年迈，健康大致尚佳。她曾表示愿意看看自己的寿材，所以我在离平之前和季淑到了桅厂订购了上好的材木一副，她自己也看了满意。三十二年春她偶然不适，好像有所预感，坚持回到程家休憩，不数日即突然病革，季淑带着孩子前去探视，知将不起，尚殷殷以我为念。她最喜爱文蔷，临终时呼至榻前，执其手而告之："文蔷，你要乖乖的，听你妈妈的话。"言讫，溘然而逝。所有丧葬之事均由季淑力疾主持。她有信给我详述经过，哀毁逾恒，其中有一句话是："华，我现在已成为无母之人矣……"季淑孝顺她的母亲不是普通的孝顺，她是真实的做到了"菽水承欢"。

季淑没有和我一起到后方去，主要的是为了母亲。如今母亲既已见背，我们没有理由维持两地相思的局面。我们十年来的一点积蓄除了投资损失之外陆续贴补家用，六年来亦已告罄，所以我就写信要她准备来川。她唯一的顾虑是她的风湿病，不知两腿是否禁得起长途跋涉。说也奇怪，她心情一旦开朗，脚步突然转健，若有神助。由北平起旱到四川不是一件容易事。季淑有一位堂弟道良，前两年经由叔辈决定过继给我的岳母做继子，他们的想法是：季淑究竟是一个女儿，嫁出的女儿泼出的水，不能成为嗣祧。道良为人极好，事季淑如胞姊。他自告奋勇，送她一半行程。三十三年夏，季淑带着三个孩子、十一件行李。病病歪歪的，由道良搀扶着，从北平乘车南下。由徐州转陇海路到商丘，由商丘起早到亳州，这是前后方交界之处，道良送她到此为止，以后的漫漫长途就靠她自己独闯了。所幸她的腿疾日有进步，到这时候已可勉强行走无需扶持。从亳州到漯河，由漯河到叶县，这一段的交通工具只能利用人力推车，北方话称之为“小车子”，车仅一轮，由车夫一人双手把持，肩上横披一带系于车把之上，轮的两边则一边坐人，一边放行李，车夫一面前进一面摆动其躯体以维持均衡。土路崎岖，坑洼不平，轮轴吱吱作响，不但进展迟缓，且随时有翻倒之虞。车夫一面挥汗一面高唱俚歌，什么“常山赵子龙，燕人张翼德”，“有山就有水，有水就有鱼……”，一路上前呼后应，在黄土飞扬之中打滚。到站打尖，日暮投宿。季淑就这样带着三个孩子、十一件行李一天又一天的在永无止境的土路上缓缓前进。怕的是青纱帐起，呼吁无门，但邀天之幸一路安宁，终于到达叶县。对于劳苦诚实的车夫们，季淑衷心感激，乃厚酬之。

由叶县到洛阳有公路可循，可以搭乘公共汽车，汽车是使用柴油的，走起来突突冒烟，随时随地抛锚。乘客拥挤抢座，幸赖有些流亡学生见义勇为，帮助季淑及二女争取座位，文骐不在妇孺之列只能爬上车顶在行李堆中觅一席地。季淑怕他滚落，苦苦哀求其他车顶上的同伴赐以援手，幸而一路无事。黄土平原久旱无雨，汽车过处黄尘蔽天，到站休息时人人毛发尽黄，纷纷索水洗面。季淑在道旁小店就食，点菠菜猪肝一盘，孩子大悦，她不忍下箸唯食余沥而已。同行的流亡学生有贫苦以至枵腹者，季淑解囊相助，事实上她自己的盘川也所余无几了。

季淑一行到洛阳后稍事休息，搭上火车，精神为之一振，虽是没有窗户的铁闷车，然亦稳速畅快。惟夜间闯过潼关时熄灯急驶，犹不免遭受敌军炮轰，幸而无恙，饱受虚惊。到达西安，在菊花园口厚德福饭庄饱餐一顿并略得接济，然后搭车赴宝鸡，这是陇海路最后一站。从此便又改乘公共汽车，开始长征入川。汽车随走随停，至剑阁附近而严重抛锚，等待运送零件方能就地修复，季淑托便车带信给我，我乃奔走公路局权要之门请求救济，我生平不欲求人，至是不能不向人低首！在此期间，季淑等人食宿均成问题，赖有同行难友代为远道觅食，夜晚即露宿道旁。一夕，睡眠中忽闻吽声起于身畔，隐约见一庞形巨物，季淑大惊而呼，群起察视，原来是一只水牛。越数日汽车修复，开始蠕动，终于缓缓的爬到了青木关，再换车而抵达北碚，与我相会。

六年睽别，相见之下惊喜不可名状。长途跋涉之后，季淑稍现清癯。然而我们究竟团圆了。“今夕何夕，见此粲者！”凭了这六年的苦难，我们得到了一个结论：在丧乱之时，如果情况许可，夫妻儿女要守在一起，千万不可分离。我们受了千辛万苦，不愿别人再尝这个苦果。日后遇有机会我们常以此义劝告我们的朋友。

我在四川一直支领参政会一份公费，虽然在国立编译馆全天工作，并不受薪。人笑我迂，我行我素。现在五口之家，子女就学，即感拮据。季淑征尘甫卸，为补充家用，接受社会部北碚儿童福利实验区之聘，任该区福利所干事。区主任为章柳泉先生。季淑的职务是办理消费合作社的事务。和她最契的同事是童启华女士（朱锦江夫人），据季淑告诉我，童先生平素不议人短长，不播弄是非，而且公私分明，一丝不苟，掌管公物储藏，虽一纸一笔之微，核发之际亦必详究用途不稍浮滥，时常开罪于人。季淑说像这样奉公守法的人是极少见的，季淑和她交谊最洽，可惜胜利后即失去联络，但季淑时常想念到她。

第二年，即三十四年，季淑转入迁来北碚的国立戏剧专科学校为教具组服装管理员，校长为余上沅。上沅夫妇是我们的熟人，但季淑并不因人事关系而懈怠其职务，她准时上班下班，忠于其职守。她给全校师生留下了良好的印象。

季淑于生活艰难之中在四川苦度了两年。事实上在抗战期间无论是在陷区或后方，没有人不受到折磨的。只有少数有办法的人能够混水摸鱼。我有一位同学，历据要津，宦囊甚富，战时寓居香港，曾扬言于众："你们在后方受难，何苦来哉？一旦胜利来临，奉命接收失土坐享其成的是我们，不是你们。"我们听了不寒而栗。这位先生于日军攻占香港时遇害，但是后来接收大员"五子登科"的怪剧确是上演了。

三十四年八月十日季淑于晚间下班时带回了一张报纸的号外：

《嘉陵江日报》号外

日本接受无条件投降

旧金山八月十日广播日本政府本日四时接受四国公告无条件投降其唯一要求是保留天皇今日吾人已获胜利已获和平

我们听到了遥远的爆竹声、鼎沸的欢呼声。

还乡的交通工具不敷，自然应该让特权阶级豪门巨贾去优先使用，像我们所服务的闲散机构如国民参政会、国立编译馆之类当然应该听候分配。等候了一年光景，三十五年秋国民参政会通知有专轮直驶南京，我们这才怀着一种复杂的心情告别四川鼓轮而下。我说心情复杂，因为抗战结束可以了却八年流亡之苦，可以回乡省视年老的爹娘，可以重新安心做自己的工作，但是家园已经破碎，待要从头整理，而国事蜩螗，不堪想象。

十二

我们在南京下榻于国立编译馆的一间办公室内，包饭搭伙，孩子们睡地板。也有人想留我在南京工作，我看气氛不对，和季淑商量还是以回到北平继续教书为宜，便借口离开南京遄赴上海搭飞机返平。阔别八年的我，在飞机上看到了颐和园的排云殿，心都要从口里跳出来。

回到家里看见我父母都瘦了很多，一阵心酸，泣不可抑。当时三弟五弟都在家，大姊一家也住在东院，后来五妹和妹婿一家也来了，家里显着很热闹。我们看到垂花门前的野草高与人齐，季淑便令孩子们拔草，整理庭院焕然一新。我的父亲是年七十，步履维艰，每晨自己提篮外出买烧饼油条相当吃力，我便请准由我每日负责准备早餐。当我提了那只篮子去买烧饼的时候，肆人惊问我为何人，因为他们认识那个篮子。也许这两桩事我们做得不对，因为我们忘了《世说新语》赵母嫁女的故事：“赵母嫁女，女临去，敕之曰：‘慎勿为好！’女曰：‘不为好，可为恶邪？’母曰：‘好尚不可为，其况恶乎？’”我们率直而为之，不是有意为好。家里人口众多，遂四处分爨。

秋晚

父亲关心我的工作，有一天拄着拐杖到我书室，问我翻译莎士比亚进展如何，这使我非常惭愧，因为抗战八年中我只译了一部。父亲说："无论如何，要译完它。"我就是为了他这一句话，下了决心必不负他的期望。想不到的是，于补祝他的七十整寿在承华园举行全家盛筵之后不久，有一晚我们已就寝，他突患冠状脉阻塞症，急救无效，竟于翌日晚间溘然长逝！我从四川归来，相聚才只一个月，即遭此大故！装殓时季淑出力最多，随后丧葬之事，她不作主张，只知尽力。

另一不幸事故，季淑的弟弟道良在东北军事倥偬之际受任辽宁大石桥车站站长，因坚守岗位不肯逃避以致殉职，遗下孤儿寡妇，惨绝人寰。灵柩运回北平，我陪季淑到东便门车站迎接，送往绩溪义园厝葬，我顺便向我的岳母的坟墓敬礼，凄怆之至。

这时候通货膨胀，生活困苦，我除在师大授课之外利用寒假远到沈阳去兼课；季淑善于理家，在短绌的情形之下仍能稍有赢余。她的理论是：储蓄之法不是在开销之外把余羡收存起来，而是预先扣除应储之数然后再作支出。我们不时的到东单或东四的菜市，遇有鱼鲜辄购一尾，由季淑精心烹制献给母亲佐餐，因为这是我母亲喜食之物。我曾劝她买鱼两尾，一半自己享用，因为我知道她亦正有同嗜，而她坚持不可。她说："我们的享受，当俟来日。"她有一次在摊上看到煮熟的大块瘦肉，价格极廉，便买一小块携回，食之而甘，事后才知道那是驴肉或骡肉。我们日常用的水果是萝卜与柿子，孩子们时常望而生畏。

困苦中也要作乐。我们一家陪同赵清阁游景山，在亭子里闲坐啜茗，事后我写了一首五律送她。又有一次我们一家和孙小孟一家游颐和园，爬上众香国，几个大人都气力不济，孩子们争先恐后的跑上了排云殿，我笑谓季淑曰：“你还有上鬼见愁的勇气没有？”又指着玉泉山上的玉峰塔说：“你还记得那个地方么？”她笑而不答。风景依然，而心情不同了。到了冬天，孩子们去北海滑冰，我们便没有去观赏的兴致。想不到故都名胜，我们就这样的长久睽别，而季淑下世，重温旧梦亦永不可得！

三十七年冬，战事不利，北平风声日紧。有一天何思源来看我，我问他有何观感，他说：“毫无办法。”一个有办法的人都说没有办法。不数日炸弹丢在锡拉胡同他的住宅，炸死了他的一个女儿。学校的同事们有人得风气之先，只身前往门头沟，大多数人皇皇然。这时我的朋友陈可忠任广州中山大学校长，约我去教书，我便于十二月十三日带着孩子先行赴津洽购船票南下。季淑因为代我三妹出售房产手续未毕，约好翌日赴津相会。那时候卖房极为费事，房客刁钻，勒索搬家费高至房款三分之一，而且需以黄金支付，否则拒不搬出，及交付黄金，则对于黄金成色又多方挑剔。季淑奔走折冲，心力俱瘁。翌日手续办好，而平津交通中断。我在天津车站空接一场，急通电话到家，季淑毅然决然告我：“急速南下，不要管我。”我遂于十二月十六日登上“湖北轮”凄然离津，途经塘沽遭岸上士兵枪射，蜷卧统舱凡十四日始达香港。自我走后，季淑与文茜夫妇同居数日，但她立刻展开活动，决计觅求职业自立谋生，她说：“沮丧没有用，要面对现实积极的活下去。”她首先去访问她的朋友范雪茵（黄国璋夫人），他们很热心，在她最困难的时候伸出了援手。他们立刻把消息传到师大，校长袁敦礼先生及其他同事都表示同情，答应设法给她觅取一份工作。三数日内消息传来，说政府派有两架飞机北来迎取一些学界人士南下，其时城外机场已陷，城内炮声隆隆，临时在城内东长安街建造机场。季淑接到紧急电话通告，谓名单中有我的名字，她可以占用我的座位，须立即到北京饭店报到，一小时内起飞云云。她没有准备，仓卒中提起一个小包袱衣物就上了飞机。出于意料的，机上的人很少，空位很多。绝大多数的学界人士昧于当前的局势，以为政局变化不会影响到教育，并且抗战八年的流离之苦谁也不想重演，所以有此奇异现象。有少数与学界无关的人却因人事关系混上了飞机。在南京主持派机的人是陈雪屏先生，他到机场亲自照料，凡无处可投的人被安置在一个女子学校礼堂里，季淑当晚就在那空洞洞的大房里睡了一宿。第二天她得到编译馆的王向辰先生的照料，在姚舞雁女士的床上又睡了一晚，第三天向辰送她上了火车赴沪。我的三妹四弟都在上海，她先投奔厚德福饭店，由饭店介绍一家旅馆住下，随后她就搬到三妹家，立即买舟赴港。我在海洋漂泊的时候她早已抵沪，而我不知道。我于十二月卅一日到香港，翌日元旦遄赴广州，正在石碑校区彷徨问路，突遇旧日北碚熟人谓我有信件存在收发室。取阅则赫然季淑由沪寄来之航信。我大喜过望，按照信中指示前往黄埔，登船阒无一人，原来船提前到达，我迟了一步，她已搭小轮驶广州。我俟回到广州，季淑也很快的找到了我的住处——文明路的平山堂。我以为我们此后难以再见，居然又庆团圆。

十三

在广州这半年，我们开始有身世飘零之感。平山堂是怎样的一个地方，我曾有一小文《平山堂记》纯是纪实。我们住在这里，季淑要上街买菜，室中生火，提水上楼，楼下洗浣，常常累得红头涨脸。看见东北流亡的师生露宿的惨状，她又着实不忍，再看到山东流亡学生数百人在操场上生火煮稀饭，她便拿出十元港币命孩子给送了过去。我们在穷困中兴复不浅，曾到六榕寺去玩，对于苏东坡题壁，和六祖慧能的塑像印象甚深，但是那座花塔颜色俗丽而游人如织则我们只好远远的避开。海角红楼也去饮茶过一次。住处实在没有设备，同人康清桂先生为我们钉制了一张小木桌。一切简陋，而我们还请梅贻琦、陈雪屏先生来吃过一顿便饭，季淑以她的拿手馅饼飨客，时昭瀛送来一瓶白兰地，梅先生独饮半瓶而玉山颓矣。

广州中山大学外文系主任林文铮先生，好佛，他的单人宿舍是一间卧室一间佛堂，常于晚间作法会，室为之满。林先生和我一见如故，谓有夙缘，从此我得有机会观经看教，但是后来要为我“开顶”，则敬谢不敏。季淑也在此时开始对于佛教发生兴趣，她只求摄心，并不佞佛。林先生深于密宗，我贪禅悦，季淑则近净土。这时候法舫和尚在广州，有一天有朋友引他来看我，他是太虚的弟子，我游缙云山时他正是缙云寺的知客，曾有过一面之缘，他居然还没忘记。他送来一部他所著的《金刚经讲话，附心经讲话》，颇有深入浅出之妙，季淑捧读多遍，若有所契，后来诵持《心经》成为她的日课。人到颠沛流离的时候，很容易沉思冥想，披开尘劳世网而触及此一大事因缘。因为季淑于佛教中得到一些精神上的寄托，无形中也影响到我，我于观经之余常有疑义和她互相剖析商讨，惜无金篦刮膜，我们终未能深入。我写有《了生死》一篇小文，便是我们的一点共同的肤浅之见，有些眼界高的人讥我谓为小乘之见，然哉，然哉！

我们每到一地，季淑对于当地的花木辄甚关心。平山堂附近的大礼堂后身有木棉十数本，高可七八丈，红花盛开，遥望如霞如锦，蔚为壮观。花败落地，訇然有声，据云落头上可以伤人。她从地上拾起一朵，瓣厚数分，蕊如编缕，赏玩久之。

此时军事情势逆转，长江天堑而竟一苇而渡！广州震动，人心皇皇。学校里的气氛更为不稳，学生们日事叫嚣，惟恐天下不乱，少数教授别有用心。我们几个朋友经常商讨何去何从。有一位朋友谈论他在四川万县有房有地，吃着无虞，欢迎我们一家前去同住。有一高飞到甘肃兰州，以为那是边陲、世外桃源。有一位朋友忽然闷声不响，原来他是打算去香港暂时观望徐图靠拢。这时候教育部部长杭立武先生，次长吴俊升、翟桓先生，他们就在中大的大礼堂楼上办公，通知我教育部要在台湾台北设法恢复国立编译馆的机构，其现实的目的是暂时收罗一些逃亡的学界人士。我接受了这个邀请，由台湾的教育厅厅长陈雪屏先生为我办了入境证，便于三十八年六月底搭乘“华联轮”，直驶台湾，季淑晕船，一路很苦。

十四

台湾“二二八”的影子还有时在心中呈现。我临行前写信给我的朋友徐宗涑先生：“请为我预订旅舍，否则只好在尊寓屋檐下暂避风雨。”他派人把我们从基隆接到台北他家里歇宿了三天，承他的夫人史永贞大夫盛情款待，季淑与我终身感激。第四天搬进德惠街一号，那是林挺生先生的一栋日式房屋，承他的厚谊使我们有了栖身之处，而且一住就是三年，这一份隆情我们只好永铭心版了。季淑曾对我说：“朋友们的恩惠在我们的心上是永不泯灭的，以后纵然有机会能够报答一二，也不能磨灭我们心上的刻痕。”她说得对。

德惠街当时是相当荒僻的地方，街中心是一条死水沟，野草高与人齐，偶有汽车经过，尘土飞扬入室扑面。在榻榻米上睡觉是我们的破题儿第一遭，躺下去之后觉得天花板好高好高，季淑起身时特别感觉吃力。过了两三个月，我买来三张木床、一个圆桌、八个圆凳，前此屋内只有季淑买来的一个藤桌、四把藤椅。这是我们的全部家具，一直用了二十多年直到离开台湾始行舍去。有一天齐如山老先生来看我，进门一眼看到室内有床，惊呼曰：“吓！混上床了！”这个“混”字（去声）来得妙，混是混事之谓，北方土语谓在社会上闯荡赚钱谋生为“混”。有季淑陪我，我当然能混得下去！徐太太送给我们一块木板、一根擀面杖和几个瓶子，我们便请了宗涑和他的夫人来吃饺子，我擀皮，季淑包，虽然不成敬意，但大家都很高兴。

附近有一家冰果店，店名曰“春风”，我们有时踱到那里吃点东西，季淑总是买冰棒一根，取其价廉。我们每去一次，我名之为“春风一度”。

有人送一只特大的来亨鸡，性极凶猛，赤冠金距，遍体洁白，我们名之为“大公”。怕它寂寞，季淑给它买来一只黑毛大母鸡，名之为“缩脖坛子”，为大公所不喜，后又买来一只小巧的黄花杂毛母鸡，深得大公欢心，我们名之为“小花”。小花生蛋，大公亦有时代孵。大公得食，留给小花，没有缩脖坛子的分。卵多被大公踏破，季淑乃取卵纳入纸匣，装以灯泡，不数日而壳破雏出，有时壳坚不得出，她就小心地代为剖剥，黄茸茸的小雏鸡托在掌上，讨人欢喜。雏鸡长大者不过三数只，混种特别矫健，兼有大公之白与小花之俏，我们分别名之为老大、老二、老三。饲鸡是一件趣事，最受欢迎的是沙丁鱼汁拌饭，再不就是残肴剩菜拌饭，而炸酱面尤妙，会像“长虫吃扁担”似的一根根的直吞下去，季淑顾而乐之。养鸡约有两年，后因迁居不便携带乃分送友朋，大公抑郁病死，小花被贼偷走不知所终。

我们本来不拟雇用女仆，季淑愿意操劳家事，她说她亲手制作饭食给我和孩子享用，是她的一大快乐，而且劳动筋骨对她自己也有益处。编译馆事务方面的人坚持要送一位女仆来理炊事，固辞不获，于是我们家里就添了一位年方十九籍隶新竹的Y小姐。是一位天真未凿的乡下姑娘，本地的风俗是乡下人家常把他们的女儿送到城里来做事，并不一定是为糊口，常是为了想在一个良好家庭中学习一些礼仪知识以为异日主持家务之准备。季淑对于佣工，从来没有过磨擦，凡是到我家里来工作的人都是善来善去。这位Y小姐年纪轻轻，而且我们也努力了解本地的风俗习惯，待之以礼，所以和我们相处很好。不知怎的，她一天天的消瘦下来，不思饮食，继而不时的长吁短叹，终乃天天以泪洗面。季淑不能不问，她初不肯言，终于廉得其情，其中一部分仍是谎饰，但是我们大体明了她的艰难处境。她急需要钱。季淑基于同情，把她手中剩存美金三十元全部送给了她，解救她的困厄。于羞惭称谢声中，她离我们而去。

编译馆原是由杭立武部长自兼馆长，馆址由洛阳街迁到浦城街，人员增多，业务渐繁，杭先生不暇兼顾，要我代理，于是馆长一职我代理了九个多月。文书鞅掌，非我素习，而人事应付尤为困扰。接事之后，大大小小的机关首长纷纷折简邀宴，饮食征逐，虚糜公帑。有一次在宴会里，一位多年老友拍肩笑着说道："你现在是杭立武的人了！"我生平独来独往不向任何人低头，所以栖栖皇皇一至于斯，如今无端受人讥评，真乃奇耻大辱。归而向季淑怨诉，她很了解我，她说："你忘记在四川时你的一位朋友蒋子奇给你相面，说你'一身傲骨，断难仕进'？"她劝我赶快辞职。她想起她祖父的经验，为宦而廉介自持则两袖清风，为宦而贪赃枉法则所不屑为，而且仕途险恶，不如早退。她对我说："假设有一天，朋比为奸坐地分赃的机会到了，你大概可以分到大股，你接受不？受则不但自己良心所不许，而且授人以柄，以后永远被制于人。不受则同僚猜忌，惟恐被你检举，因不敢放手胡为而心生怨望，必将从此千方百计陷你于不义而后快。"她这一番话坚定了我求去的心。此时政府改组，杭先生去职，我正好让贤，于是从此脱离了编译馆，专任师大教职。我任事之初，从不往来的人也登门存问，而且其尊夫人也来和季淑周旋，我卸职之后则门可罗雀，其怪遂绝。芝麻大的职位也能反映出一点点的人性。

因为台大聘我去任教并且拨了一栋相当宽敞的宿舍给我，师大要挽留我也拨出一栋宿舍给我，我听从季淑的主张决定留在师大，于是在一九五二年夏搬进了云和街十一号。这也是日式房屋，不过榻榻米改换为地板，有几块地方走上去像是踏在地毯上一般软呼呼的。房子油刷一新，碧绿的两扇大门还相当耀眼，一位早已分配到宿舍而尚无这样大门的朋友顾而叹曰："是乃豪门！"地皮不大方正，前面宽，后面窄，在堪舆家看来是犯大忌的，我们不相信这一套。前院有一棵半枯的松树，一棵头重脚轻的曼陀罗（俗名鸡蛋花），还有一棵很大很大的面包树。这一棵面包树遮盖了大半个院子，叶如巨灵之掌，可当一把蒲扇用，果实烂熟坠地，据云可磨粉做成面包。季淑喜欢这棵树，喜欢它的硕大茂盛。后院里我们种了一棵黄莺、一棵九重葛，都很快的长大。为了响应当时的号召，还在后院建设了一个简陋的防空洞，其作用是积存雨水繁殖蚊虫。

面包树的阴凉，在夏天给我们招来了好几位朋友。孟瑶住在我们街口的一个"危楼"里，陈之藩、王节如也住在不远的地方，走过来不需要五分钟，每当晚饭后薄暮时分这三位是我们的常客。我们没有椅子可以让客人坐，只能搬出洗衣服时用的小竹凳子和我们饭桌旁的三条腿的小圆木凳，比"班荆道故"的情形略胜一筹。来客在树下怡然就座，不嫌简慢。我们海阔天空，无所不谈。我记得孟瑶讲起她票戏的经验眉飞色舞，节如对于北平的掌故比我知道的还多，之藩说起他小时候写春联的故事最是精彩动人。三位都是戏迷，逼我和季淑到永乐戏院去听戏，之后谈起顾正秋女士谈三天也谈不完。季淑每晚给我们张罗饮料，通常是香片茶，永远是又釅又烫。有时候是冷饮，如果是酸梅汤，就会勾起节如对于北平信远斋的回忆，季淑北平住家就在信远斋附近，她便补充一些有关这一家名店的故事。坐久了，季淑捧出一盘盘的糯米藕，有关糯米藕的故事我可以讲一小时，之藩听得皱眉叹气不已，季淑指着我说："为了这几片藕，几乎把他馋死！"有时候她以冰凉的李子汤给我们解渴，抱憾的说："可惜这里没有老虎眼大酸枣，否则还要可口些。"到了夜深往往大家不肯散，她就为我们准备消夜，有时候是新出屉的大馒头，佐以残羹剩肴。之藩怕鬼，所以临去之前我一定要讲鬼故事，不待讲完他就堵起耳朵。他不一定是真怕鬼，可能是故做怕鬼状，以便引我说鬼，我知道他不怕鬼，他也知道我知道他不怕鬼，彼此心照不宣，每晚闲聊常以鬼故事终场。事后季淑总是怪我："人家怕鬼，你为什么总要说鬼？"

季淑怕狗，比我还要怕。狗没有咬过她，可是她听说有人被疯狗咬过死时的惨状，她就不寒而栗。她出去买菜，若是遇见有狗在巷口徘徊，她就多走一段路绕道而行，有时绕几段路还是有狗，她就索兴提着篮子回家，明天再买。有一次在店铺购物，从柜台后面走出一条小狗，她大惊失色，店主人说："怕什么，它还没有生牙呢。"因为狗的原故，她就很少时候独去买菜，总是由女工陪着她去。"狗是人类的最好的朋友"，可是说来惭愧，我们根本不想和狗攀交。

我们的女工都是在婚嫁的时候才离开我们。其中有一位C小姐，在婚期之前季淑就给她张罗购买了一份日用品，包括梳洗和厨房用具，等到吉日便由我家出发，爆竹声中登上彩车而去，门口挤满了看热闹的人，有一位邻人还笑嘻嘻的对季淑说："恭喜，恭喜，令嫒今天打扮得好漂亮！"事后季淑还应邀到她的新房去探视过一次，回来告诉我说，她生活清苦，斗室一间，只有一个二尺见方的木板窗。

季淑酷嗜山水，虽然步履不健，尚余勇可贾。几次约集朋友们远足，她都兴致勃勃，八卦山、观音山、金瓜石、狮头山等处都有我们的游踪。看到林木、山石、海水，她都欢喜赞叹，不过因为心脏较弱，已不善登陟。在这个时候，我发现我染有糖尿症，她则为风湿关节炎所苦，老态渐臻，无可如何。

云和街的房子有一重大缺点，地板底下每雨则经常积水，无法清除，所以总觉得室内潮气袭人，秋后尤甚，季淑称之为水牢。这对于她的风湿当然不利。一九五八年夏，文蔷赴美游学，家里顿形凄凉，我们有意改换环境。适有朋友进言，居住公家的日式房屋既不称意，何不买地自建房屋？我们心动。于是季淑天天奔走，到处看房看地，我们终于决定买下了安东街三〇九巷的一块地皮。于一九五九年一月迁入新居。

十五

我岂不知"求田问舍，怕应羞见，刘郎才气"？只因季淑病躯需要调养，故乃罄其所有，营此小筑。地皮不大，仅一百三十余坪。倩同学友人陆云龙先生鸠工兴建，图样是我们自己打的。我们打图的计划是，房求其小，院求其大，因为两个人不需要大房，而季淑要种花木故院需宽敞。室内设计则务求适合我们的需要。她不喜欢我独自幽闭在一间书斋之内，她不愿扰我工作，但亦不愿与我终日隔离，她要随时能看见我。于是我们有一奇怪的设计，一联三间房，一间寝室，一间书房，中间一间起居室，拉门两套虽设而常开。我在书房工作，抬头即可看见季淑在起居室内闲坐，有时我晚间工作亦可看见她在床上躺着。这一设计满足了我们的相互的愿望。季淑坐在中间的起居室，我曾笑她像是蜘蛛网上的一只雌蜘蛛，盘据网的中央，窥察四方的一切动静，照顾全家所有的需要，不愧为名副其实的一家之主。

不出半年，新屋落成。金圣叹“三十三不亦快哉”，其中之一是：“本不欲造屋，偶得闲钱，试造一屋，自此日为始，需木，需石，需瓦，需砖，需灰，需钉，无晨无夕，不来聒于两耳。乃至罗雀掘鼠，无非为屋校计，而又都不得屋住，既已安之如命矣。忽然一日屋竟落成，刷墙扫地，糊窗挂画；一切匠作出门毕去，同人乃来分榻列坐，不亦快哉！”我们之快哉则有甚于此者。一切委托工程师，无应付工人之烦，一切早有预算，无临时罗掘之必要。惟一遗憾是房屋造得太结实，比主人的身体要结实得多，十三年来没漏过雨水，地板没塌陷过一块，后来拆除的时候很费手脚。落成之后，好心的朋友代我们做了庭园的布置，草皮花木应有尽有。季淑携来一粒面包树的种子，栽在前院角上，居然茁长甚速，虽经台风几番摧毁，由于照管得法，长成大树，因为是她所手植，我特别喜爱它。

云和街的房子空出来之后，候补迁入的人很多，季淑坚决主张不可私相授受，历年修缮增建所耗亦无需计较索偿，所以我无任何条件于搬出之日将钥匙送归学校，手续清楚。季淑则着手打扫清洁，不使继居者感到不便。我们临去时对那棵大面包树频频回顾，不胜依依。后来路经附近一带，我们也常特为绕道来此看看这棵树的雄姿是否无恙。

住到新房里不久，季淑患匐行疹（俗名转腰龙），腰上生一连串的小疱，是神经末稍的发炎，原因不明，不外是过滤性病毒所致，西医没有方法治疗，只能镇定剧痛的感觉。除了照料她的饮食之外，我爱莫能助。有一位朋友来探病，把我拉到一边告诉我说："此病不可轻视，等到腰上的一条龙合围一周，人就不行了。"又有一位朋友笑嘻嘻地四下打量着说："有这样的房子住，就是生病也是幸福。"这病拖延十日左右，最后有朋友介绍南昌街一位中医华佗氏，用他密制的药粉和以捣碎的瓮菜泥敷在患处，果然见效，一天天的好起来了。介绍华佗氏的这位朋友也为我的糖尿症推荐一个偏方：用玉蜀黍的须子熬水大量饮用。我试了好多天，无法证明其为有效。

说起糖尿症，我连累季淑不少。饮食无度，运动太少，为致病之由。她引咎自责，认为她所调配的食物不当，于是她就悉心改变我的饮食，其实医云这是老年性的糖尿症，并不严重。文蔷寄来一册《糖尿症手册》，深入浅出，十分有用，我细看不止一遍，还借给别人参阅。糖是不给我吃了，碳水化合物也减少到最低限度，本来炸酱面至少要吃两大碗，如今改为一大碗，而其中三分之二是黄瓜丝、绿豆芽，面条只有十根八根埋在下面。一顿饭以两片面包为限，要我大量的吃黄瓜拌洋粉。动物性脂肪几乎绝迹，改用红花子油。她常感慨的说：“有一些所谓‘职业妇女’者，常讥笑家庭主妇的职业是在厨房里，其实我在厨房里的工作也还没有做好。”事实上，她做得太好了。自来台以后，我不太喜欢酒食应酬，有时避免开罪于人非敬陪末座不可，季淑就为我特制三文治一个，放在衣袋里，等别人“式燕以敖”的时候我就取出三文治，道一声“告罪”，徐徐啮而食之。这虽令人败兴，但久之朋友们也就很少约我赴宴。在这样的饮食控制之下我的糖尿症没有恶化，直到如今我遵照季淑给我配制的食谱，维持我的体重。

我们不喜欢赌，赌具却有一副，那是我在北平买的一副旧的麻将牌。季淑家居烦闷，三五友好就常聚在一起消磨时间，赌注小到不能再小，八圈散场，卫生之至。夫妻同时上桌乃赌家大忌，所以我只扮演“牌童”一旁伺候，时而茶水，时而点心，忙得团团转。赌，不开始则已，一开始赌注必定越来越大，圈数必定越来越多，牌友必定越来越杂。同时这种游戏对于关节炎患者并不适宜。有一天季淑突然对我宣告：“我从今天戒赌。”真的，从那一天起，真个不再打牌，以后连赌具也送人了，一张特制的桌面可以折角的牌桌也送人了，关于麻将之事从此提都不提，我说不妨偶一为之，她也不肯。

对于花木，她的兴复不浅。后院墙角搭起一个八尺见方的竹棚（警察认为是违章建筑，但结果未被拆除），里面养了几十盆洋兰和素心兰。她最爱的是素心兰，严格讲应该是蕙，姿态可

以入画，一缕幽香不时的袭人，花开时搬到室内，满室郁然。友人从山中送来一株灵芝，插入盆内，成为高雅的清供。竹棚上的玻璃被邻街的恶童一块块的击毁，不复能蔽风雨，她索性把兰花一盆盆的吊在前院一棵巨大的夹竹桃下，勉强有点阴凉，只是遇到连绵的雨水或酷寒的天气便需一盆盆的搬进室内，有时半夜起来抢救，实在辛劳。玫瑰也是她所欣喜的，我们也有一些友人赠送的比较贵重的品种，遇有大风雨，她便用塑胶袋把花苞一个个的包起来，使不受损，终以阳光太烈、土壤不肥，虽施专门的花肥，仍不能培护得宜。她常说："我们的兰花，不能和胡伟克先生家的相比，我们的玫瑰，不能和张棋祥先生的相比，但是我亲手培养的就格外亲切可爱。”可惜她力不从心，不大能弯腰，亦不便蹲下，园艺之事不能尽兴。院里有含笑一株，英文叫 banana shrub，因花香略带甜味近似香蕉，是我国南方有名的花木。有一天，师大送公教配给的工友来了，他在门外就闻到了含笑的香气，他乞求摘下几朵，问他作何用途，他惨然说：“我的母亲最爱此花，最近她逝世了，我想讨几朵献在她的灵前。”季淑大受感动，为之涕下，以后他每次来，不等他开口，只要枝上有花，必定摘下一盘给他。

季淑爱花草，不分贵贱，一视同仁。有一次在阳明山上的石隙中间看见一株小草，叶子像是竹叶，但不是竹，葱绿而挺俏，她试一抽取，连根拔出，遂小心翼翼的裹以手帕带回家里，栽在盆中灌水施肥，居然成一盆景。我作出要给她拔掉之状，她就大叫。

房檐下遮窗的雨棚，有几个铁钩子，是工程师好意安装的，季淑说：“这是天造地设，应该挂几个鸟笼。”于是我们买了三四个鸟笼，先是养起两只金丝雀。喂小米，喂菜心，喂红萝卜，鸟儿就是不大肯唱。后来请教高人，才知道一雌一雄不该放在一起，要隔离之后雄的才肯引吭高歌（不独鸟类如此，人亦何曾不然？能接吻的嘴是不想歌唱的）。我们试验之后，果然，但是总觉得这样摆布未免残忍。后来又养一种小鹦鹉，又名爱鸟，宽大的喙，整天咕咕的亲嘴。听说这种鹦鹉容易传染一种热病。我们开笼放生，不久又都飞回来，因为笼里有食物，宁可回到笼里来。之后，又养了一只画眉，这是一种雄壮的野鸟，怕光怕人，需要被人提着笼摇摇晃晃的早晨出去蹓跶。叫的声音可真好听，高亢而清脆，

竹
唐・杜甫
綠竹半含籜
新梢才出墻
色侵書帙晚
陰過酒樽涼
雨洗娟娟淨
風吹細細香
但令無剪伐
會見拂云長

声达一二十丈以外。我们没有功夫蹓它，它有一天以头撞笼流血而死。从此我们也就不再养鸟。在大自然的环境中，每见小鸟在枝头跳踉，季淑就驻足而观，喜不自禁。她喜爱鸟的轻盈的体态。

一九六〇年七月，我参加“中美文化关系讨论会”赴美国西雅图，顺便到伊利诺州[①]看看新婚后的文蔷，这是我来台后第一次和季淑作短期的别离，约二十日。我的心情就和三十多年前在美国作学生的时代一样，总是记挂着她。事毕我匆匆回来，她盛装到机场接我，“铅华不可弃，莫是藁砧归？”她穿的是自己缝制的一件西装，鞋子也是新的。她已许久不穿旗袍，因为腰窄领硬很不舒服，西装比较洒脱，领胸可以开得低低的。她算计着我的归期，花两天的时间就缝好了一件新衣，花样式样我认为都无懈可击。我在汽车里就告诉她：“我喜欢你的装束。”小别重逢，“其新孔嘉，其旧如之何”？

一九六三年十二月十八日，有独行盗侵入寒家，持枪勒索。时季淑正在厨房预备午膳。文蔷甫自美国返来省亲，季淑特赴市场购得黄鳝数尾，拟做生炒鳝丝，方下油锅翻炒，闻警急奔入室，见盗正在以枪对我作欲射状。她从容不迫，告之曰：“你有何要求，尽管直说，我们会答应你的。”盗色稍霁。这时候门铃声大作，盗惶恐以为缇骑到门，扬言杀人同归于尽。季淑徐谓之曰：“你们二位坐下谈谈，我去应门，无论是谁吾不准其入门。”盗果就坐，取钱之后犹嫌不足，夺我手表，复迫季淑交出首饰，她有首饰盒二，其一尽系廉价赝品，立取以应，盗匆匆抓取一把

① 即美国伊利诺伊州。

珠项链等物而去。当天夜晚，盗即就逮，于一月三日伏法。此次事变端赖季淑临危不乱，镇定应付，使我得以幸免于祸灾。未定谳前，季淑复力求警宪从轻发落，声泪俱下。碍于国法，终处极刑，我们为之痛心者累日。季淑的镇定的性格，得自母氏，我的岳母之沉着稳重有非常人所能及者。

那盘生炒鳝丝，我们无心享受。事实上若非文蔷远路归宁，季淑亦决不烹此异味，因为宰割鳝鱼厥状至惨，她雅不欲亲见杀生以恣口腹之欲。我们两人在外就膳，最喜"素菜之家"，清心寡欲，心安理得，她常说："自奉欲俭，待人不可不丰。"我有时邀约友好到家小聚，季淑总是欣然筹划，亲自下厨，她说她喜欢为人服务。最熟的三五朋友偶然来家午膳，季淑常以馅饼飨客，包制馅饼之法她得到母亲的真传，皮薄而匀，不干不破，客人无不击赏，他们因自号为"馅饼小组"。有一回一位朋友食季淑亲制之葱油饼，松软而酥脆，不禁翘起拇指，赞曰："江南第一！"

季淑以主持中馈为荣，我亦以陪她商略膳食为乐。买菜之事很少委之佣人，尤其是我退休以后空闲较多，她每隔两日提篮上市，我必与俱。她提竹篮，我携皮包，缓步而行，绕市一匝，满载而归。市廛摊贩几乎无人不识这一对皤皤老者，因为我们举目四望很难发现再有这样一对。回到家里，倾筐倒箧，堆满桌上，然后我们就对面而坐，剥豌豆，掐豆芽，劈菜心……差不多一小时，一面手不停挥，一面闲话家常。随后我就去做我的工作，等到一声"吃饭"我便坐享其成。十二时午饭，六时晚饭，准时用餐，往往是分秒不爽，多少年来永远如此。

帮我们做工的 W 小姐，做了五年之后于归，我们舍不得她去，季淑为她置备一些用品，又送她一架缝纫机，由我们家里登上彩车而去。以后她还常来探视我们。

我的生日在腊八那一天，所以不容易忘过。天还未明，我的耳边就有她的声音："腊七腊八儿，冻死寒鸦儿，我的寒鸦儿冻死了没有？"我要她多睡一会儿，她不肯，匆匆爬起来就往厨房跑，去熬一大锅腊八粥。等我起身，热糊糊的一碗粥已经端到我的跟前。这一锅粥，她事前要准备好几天，跑几趟街才能勉强办齐基本的几样粥果，核桃要剥皮，瓜子也要去皮，红枣要刷洗，白果要去壳——好费手脚。我劝她免去这个旧俗，她说："不，一年只此一遭，我要给你做。"她年年不忘，直到来了美国最后两年，格于环境，她才抱憾的罢手。头一年腊八，她在我的纪念册上画了一幅兰花，第二年腊八，将近甲寅，她为我写了一个"一笔虎"，缀以这样的几个字：

华：明年是你的本命年，
我写一笔虎，
祝你寿绵绵，
我不要你风生虎啸，
我愿你老来无事饱加餐。

季淑

"无事""加餐"，谈何容易！我但愿能不辜负她的愿望。

有一天我们闲步，巷口邻家的一个小女孩立在门口，用她的小指头指着季淑说："你老啦，你的头发都白啦。"童言无忌，相与一笑。回家之后季淑就说：“我想去染头发。”我说：“千万不要。我爱你的本色。头白不白，没有关系，不过我们是已经到了偕老的阶段。”从这天起，我开始考虑退休的问题。我需要更多的时间享受我的家庭生活，也需要更多的时间译完我久已应该完成的《莎士比亚全集》，在季淑充分谅解与支持之下我于一九六六年夏奉准退休，结束了我在教育界四十年的服务。

八月十四日师大英语系及英语研究所同人邀宴我们夫妇于欣欣餐厅，出席者六十人，我们很兴奋，也很感慨。我们于二十四日设宴于北投金门饭店答谢同人，并游野柳。退休之后，我们无忧无虑到处闲游了几天。最近的地方是阳明山，我们寻幽探胜专找那些没有游人肯去的地方。我有午睡习惯，饭后至旅舍辟室休息，携手走出的时候旅舍主人往往投以奇异的眼光，好像是不大明白这样一对老人到这里来是作什么勾当。有一天季淑说：“青草湖好不好？”我说：“管他好不好！去！”一所破庙，一塘泥水，但是也有一点野趣，我们的兴致很高。更有时季淑备了卤菜，我们到荣星花园去野餐，也能度过一个愉快的半天。

我没有忘记翻译莎氏戏剧，我伏在案头辄不知时刻，季淑不时的喊我：“起来！起来！陪我到院里走走。”她是要我休息，于是相偕出门赏玩她手栽的一草一木。我翻译莎氏，没有什么报酬可言，穷年累月，兀兀不休，其间也很少得到鼓励，漫漫长途中陪伴我体贴我的只有季淑一人。最后三十七种剧本译竟，由远东图书公司出版，一九六七年八月六日承朋友们的厚爱以“中国文艺协会”“中国青年写作协会”“台湾省妇女写作协会”“中国语文学会”的名义发起在台北举行庆祝会，到会者约三百人，主其事者是刘白如、赵友培、王蓝等几位先生。有两位女士代表献花给我们夫妇，我对季淑说：“好像我们又在结婚似的。”是日《中华日报》有一段报道，说我是“三喜临门”：“一喜，卅七本莎翁戏剧出版了，这是台湾第一部由一个人译成的全集；二喜，梁实秋和他的老伴结婚四十周年；三喜，他的爱女梁文蔷带着丈夫邱士耀和两个宝宝由美国回来看公公。”三喜临门固然使我高兴，最能使我感动的另有两件事：一是谢冰莹先生在庆祝会中致词，大声疾呼：“莎氏全集的翻译之完成，应该一半归功于梁夫人！”一是《世界画刊》的社长张自英先生在我书房壁上看见季淑的照像，便要求取去制版刊在他的第三二三期画报上，并加注明：“这是梁夫人程季淑女士——在四十二年前——年轻时的玉照，大家认为梁先生的成就，一半应该归功于他的夫人。”他们二位异口同声说出了一个妻子对于她的丈夫之重要。她容忍我这么多年做这样没有急功近利可图的工作，而且给我制造身心愉快的环境使我能安心的专于其事。

文蔷、士耀和两个孩子在台住了一年零九个月，给了我们很大的安慰，可是他们终于去了，又使我们惘然。我用了一年的功夫译了莎士比亚的三部诗，全集四十册算是名副其实的完成了，从此与莎士比亚暂时告别。一九六八年春天，我重读近人一篇短篇小说，题名是《迟些聊胜于无》(*Better Late Than Never*)，描述一个老人退休后领了一笔钱带着他的老妻补做蜜月旅行，甚为动人，我曾把它收入我所编的高中英语教科书，如今想想这也正是我现在应该做的事。我向季淑提议到美国去游历一番，探视文蔷一家，顺便补偿我们当初结婚后没有能享受的蜜月旅行，她起初不肯，我就引述那篇小说里的一句话：“什么，一个新娘子拒绝和她的丈夫做蜜月旅行！”她这才没有话说。我们于一九七〇年四月二十一日飞往美国，度我们的蜜月，不是一个月，是约四个月，于八月十九日返回台北，这是我们的一个豪华的、扩大的、迟来的蜜月旅行，途中经过俱见我所写的一个小册《西雅图杂记》。

十六

我们匆匆回到台北，因为帮我们做家务的C小姐即将结婚，她在我们家里工作已经七年，平素忠于职守，约定等我们回来她再成婚，所以我们的蜜月不能耽误人家的好事。季淑从美国给她带来一件大衣，她出嫁时赠送她一架电视机及家中一些旧的家具之类。我们去吃了喜酒。她的父母对我们说了一些话，我一句也听不懂，季淑听懂了其中一部分——都是乡村人所能说出的简单而诚挚的话。我已多年不赴喜宴，最多是观礼申贺，但是这一次是例外，直到筵散才去。我们两年后离开台北，登车而去的时候，她赶来送行，我看见她站在我们家门口落下了泪。

我有凌晨外出散步的习惯，季淑怕我受寒，尤其是隆冬的时候，她给我缝制一条丝绵裤，裤脚处钉一副飘带，绑扎起来密不透风，又轻又暖。像这样的裤子，我想在台湾恐怕只此一条。她又给我做了一件丝绵长袍，在冬装中这是最舒适的衣服，第一件穿脏了不便拆洗，她索性再做一件。做丝绵袍不是简单的事，台湾的裁缝匠已经很少人会做。季淑做起来也很费事，买衣料和丝绵，一张一张的翻丝绵，做丝绵套，剪裁衣料，绷线，抹浆糊，撩边，钉纽扣，这一连串工作不用一个月也要用二十天才能竣事，而且家里没有宽大的台面，只能拉开餐桌的桌面凑合着用，佝着腰，再加上她的老花眼，实在是过于辛苦。我说我愿放弃这一奢侈享受，她说："你忘记了？你的狐皮袄我都给你做了，丝绵袍算得了什么？"新做的一件，只在阴历年穿一两天，至今留在身边没舍得穿。

说到阴年，在台湾可真是热闹，也许是大家心情苦闷怀念旧俗罢，不知为什么有那么多的人竟相拜年。季淑是永远不肯慢待嘉宾的，起先是大清早就备好的莲子汤、茶叶蛋以及糖果之类，后来看到来宾最欣赏的是舶来品，她就索性全以舶来品待客。客人可以成群结队的来，走时往往是单人独个的走，我们双双的恭送到大门口，一天下来筋疲力竭。但是她没有怨言，她感谢客人的光临。我的老家，自从民元起，就取消了"过年"的一切仪式。到台湾后季淑就说："别的不提，祖先是不能不祭的。"我觉得她说得对。一个人怎能不慎终追远呢？每逢过年，她必定治办酒肴，燃烛焚香，祭奠我的列祖列宗。她因为腿脚关节不灵，跪拜下去就站不起来，我在旁拉扯她一把。我建议给我的岳母也立一个灵位，我愿一同拜祭略尽一点孝意，她说不可，另外焚一些冥镪便是。我陪同她折锡箔，我给她写纸包袱，由她去焚送。她知道这一切都是无裨实际的形式，但是她说："除此以外，我们对于已经弃养的父母还能做些什么呢？"

一般人主持家计，应该是量入为出，季淑说：“到了衣食无缺的地步之后，便不该是‘量入为出’，应该是‘量入为储’，因为你不知道什么时候你将有不时之需。”有人批评我们说：“你们府上每月收入多少，与你们的生活水准似乎无关。”是的，季淑根本不热心于提高日常的生活水准。东西不破，不换新的。一根绳，一张纸，不轻抛弃。院里树木砍下的枝叶，晒干了之后留在冬季烧壁炉。鼓励消费之说与分期付款的制度，她是听不入耳的。可是在另一方面，她很豪爽，她常说“贫家富路”。外出旅行的时候决不吝啬；过年送出去的红包，从不缺少；亲戚子弟读书而膏火不继，朋友出国而资斧不足，她都欣然接济。我告诉她我有一位朋友遭遇不幸急需巨款，她没有犹豫就主张把我们几年的储蓄举以相赠，而且事后她没有向任何人提起。

俗语说：女主内，男主外。我的家则无论内外一向由季淑兼顾。后来我觉察她的体力渐不如往昔的健旺，我便尽力减少在家里宴客的次数，我不要她在厨房里劳累，同时她外出办事我也尽可能的和她偕行。果然，有一天，在南昌街合会她从沙发上起立突然倒在地上，到沈彦大夫诊所查验，血压高至二百四十几度，立即在该诊所楼上病房卧下，住了十天才回家。病房的伙食只是大碗面大碗饭，并不考虑病人的需要。我每天上午去看她，送一瓶鲜橘汁，这是多少年来我亲手每天为她预备的早餐的一部分，再送一些她所喜欢的食物，到下午我就回家，这十天我很寂寞，但是她在病房里更惦记我。高血压是要长期服药休养的，我买了一个血压计，我耳聋听不到声音，她自己试量。悉心调养之下她的情况渐趋好转，但是任何激烈的动作均行避免。

自从季淑患高血压，文蔷就企盼我们能到美国去居住，她就近可以照料。一九七二年国际情势急剧变化，她便更为着急。我们终于下了决心，卖掉房子，结束这个经营了多年的破家，迁移到美国去。但是卖房子结束破家，这一连串的行动牵涉很广，要奔走，要费唇舌，要与市侩为伍，要走官厅门路，这一份苦难我们两个互相扶持的承受了下来。于五月二十六日我们到了美国。

十七

美国不是一个适于老年人居住的地方。一棵大树，从土里挖出来，移植到另外一个地方去，都不容易活，何况人？人在本乡本土的文化里根深蒂固，一挖起来总要伤根，到了异乡异地水土不服自是意料中事。季淑肯到美国来，还不是为了我？

西雅图地方好，旧地重游，当然兴奋。季淑看到了她两年前买的一棵山杜鹃已长大了不少，心里很欢喜。有人怨此地气候潮湿，我们从台湾来的人只觉得其空气异常干燥舒适。她来此后风湿关节炎没有严重的复发过，我们私心窃喜。每逢周末，士耀驾车，全家出外郊游，她的兴致总是很高，咸水公园捞海带，植物园池塘饲鸭，摩基提欧轮渡码头喂海鸥，奥仑匹亚啤酒厂参观酿造，斯诺夸密观瀑，义勇军公园温室赏花，布欧尔农庄摘豆，她常常乐而忘疲。从前去过加拿大维多利亚拔卓特花园，那里的球茎秋海棠如云似锦，她常念念不忘。但是她仍不能不怀念安东街寓所她手植的那棵面包树，那棵树依然无恙，我在一九七三年一月十一日（壬子腊八）戏填一首俚词给她看：

> 恼煞无端天未去。几度风狂，不道岁云暮。莫叹旧居无觅处，犹存墙角面包树。
>
> 目断长空迷津渡。泪眼倚楼，楼外青无数。往事如烟如柳絮，相思便是春常住。

事实上她从来不对任何人有任何怨诉，只是有的时候对我掩不住她的一缕乡愁。

在百无聊赖的时候季淑就织毛线。她的视神经萎缩，不能多阅读，织毛线可以不太耗目力。在织了好多件成品之后她要给我织一件毛衣，我怕她太劳累，宁愿继续穿那一件旧的深红色的毛衣，那也是她给我织的，不过是四十几年前的事了。我开始穿那红毛衣的时候，杨金甫还笑我是“暗藏春色”。如今这红毛衣已经磨得光平，没有一点毛。有一天她得便买了毛线回来，天蓝色的，十分美观，没有用多少功夫就织成了，上身一试，服服帖帖。她说：“我给你织这一件，要你再穿四十年。”

岁月不饶人，我们两个都垂垂老矣。有一天，她抚摩着我的头发，说：“你的头发现在又细又软，你可记得从前有一阵你不愿进理发馆，我给你理发，你的头发又多又粗。硬得像是板刷，一剪子下去，头发渣迸得满处都是。”她这几句话引我想起英国诗人朋士（Robert Burns）的一首小诗：

John Anderson My Jo

John Anderson my jo, John,
　　When we were first acquent,
Your locks were like the raven,
　　Your bonie brow was brent;
But now your brow is beld, John,
　　Your locks are like the snaw,
But blessings on your frosty pow,
　　John Anderson my jo!
John Anderson my jo, John,
　　We clamb the hill thegither,
And monie a cantie day, John,

We've had wi'ane anither:
Now we maun totter down, John,
　　And hand in hand we'll go,
And sleep thegither at the foot,
　　John Anderson my jo!

约翰·安德森我的心肝

约翰·安德森我的心肝，约翰，
　　想当初我们俩刚刚相识的时候，
你的头发黑得像是乌鸦一般，

你的美丽的前额光光溜溜；
但是如今你的头秃了，约翰，
你的头发白得像雪一般，
但愿上天降福在你的白头上面，
约翰·安德森我的心肝！

约翰·安德森我的心肝，约翰，
我们俩一同爬上山去，
很多快乐的日子，约翰，
我们是在一起过的：
如今我们必须蹒跚的下去，约翰，
我们要手拉着手的走下山去，
在山脚下长眠在一起，
约翰·安德森我的心肝！

我们两个很爱这首诗，因为我们深深理会其中深挚的情感与哀伤的意味。我们就是正在“手拉着手的走下山”。我们在一起低吟这首诗不知有多少遍！

季淑怵上楼梯，但是餐后回到室内需要登楼，她就四肢着地的爬上去。她常穿一件黑毛绒线的上衣，宽宽大大的，毛毛茸茸的，在爬楼的时候我常戏言：“黑熊，爬上去！”她不以为忤，掉转头来对我吼一声，做咬人状。可是进入室内，她就倒在我的怀内，我感觉到她的心脏扑通扑通的跳。

我们不讳言死，相反的，还常谈论到这件事。季淑说：“我们已经偕老，没有遗憾，但愿有一天我们能够口里喊着‘一、二、三’，然后一起同时死去。”这是太大的奢望，恐怕总要有个先后。先死者幸福，后死者苦痛。她说她愿先死，我说我愿先死。可是略加思索，我就改变主张，我说：“那后死者的苦痛还是让我来承当罢！”她谆谆的叮嘱我说，万一她先我而死，我须要怎样的照顾我自己，诸如工作的时间不要太长，补充的药物不要间断，散步必须持之以恒，甜食不可贪恋——没有一项琐节她不曾想到。

我想手拉着手的走下山也许尚有一段路程。申请长久居留的手续已经办了一年多，总有一天会得到结果，我们将双双的回到本国的土地上去走一遭。再过两年多，便是我们结婚五十周年，在可能范围内要庆祝一番，我们私下里不知商量出多少个计划。谁知道这两个期望都落了空！

四月三十日那个不祥的日子！命运突然攫去了她的生命！上午十点半我们手拉着手到附近市场去买一些午餐的食物，市场门前一个梯子忽然倒下，正好击中了她。送医院急救，手术后未能醒来，遂与世长辞。在进入手术室之前的最后一刻，她重复的对我说：“华，你不要着急！华，你不要着急！”这是她最后对我说的一句话，她直到最后还是不放心我，她没有顾虑到她自己的安危。到了手术室门口，医师要我告诉她，请她不要紧张，最好是笑一下，医师也就可以轻松的执行他的手术。她真的笑了，这是我在她生时最后看到的她的笑容！她在极痛苦的时候，还是应人之请做出了一个笑容！她一生茹苦含辛，不愿使任何别人难过。

我说这是命运，因为我想不出别的任何理由可以解释。我问天，天不语。哈代（Thomas Hardy）有一首诗《二者的辐合》（*The Convergence of the Twain*），写一九一二年四月十五日豪华邮轮“铁达尼”号在大西洋上做处女航，和一座海上漂流的大冰山相撞，死亡在一千五百人以上。在时间上空间上配合得那样巧，以至造成那样的大悲剧。季淑遭遇的意外，亦正与此仿佛，不是命运是什么？人世间时常没有公道，没有报应，只是命运，盲目的命运！我像一棵树，突然一声霹雳，电火殛毁了半劈的树干，还剩下半株，有枝有叶，还活着，但是生意尽矣。两个人手拉着手的走下山，一个突然倒下去，另一个只好踉踉跄跄的独自继续他的旅程！

本文曾引录潘岳的悼亡诗，其中有一句：“上惭东门吴。”东门吴是人名，复姓东门，春秋魏人。《列子·力命》：“魏人有东门吴者，其子死而不忧，其相室曰：‘公之爱子，天下无有，今子死，不忧何也？’东门吴曰：‘吾常无子，无子之时不忧；今子死，乃与向无子同，臣奚忧焉？’”这个说法是很勉强的。我现在茕然一鳏，其心情并不同于当初独身未娶时。多少朋友劝我节哀顺变，变故之来，无可奈何，只能顺承，而哀从中来，如何能节？我希望人死之后尚有鬼魂，夜眠闻声惊醒，以为亡魂归来，而竟无灵异。白昼萦想，不能去怀，希望梦寐之中或可相觏，而竟不来入梦！环顾室中，其物犹故，其人不存。元微之悼亡诗有句：“唯将终夜常开眼，报答平生未展眉！”我固不仅是终夜常开眼也。

季淑逝后之翌日，得此间移民局通知前去检验体格然后领

取证书。又逾数十日得大陆子女消息。我只能到她的坟墓去涕泣以告。六月三日师大英语系同仁在台北善导寺设奠追悼，吊者二百余人，我不能亲去一恸，乃请陈秀英女士代我答礼，又信笔写一对联寄去，文曰："形影不离，五十年来成梦幻；音容宛在，八千里外吊亡魂。"是日我亦持诵《金刚经》一遍，口诵"一切有为法，如梦、幻、泡、影，如露亦如电，应作如是观"，而我心有住，不能免于实执。五十余年来，季淑以其全部精力、情感奉献给我，我能何以为报？秦嘉赠妇诗：

诗人感木瓜，乃欲答瑶琼。

愧彼赠我厚，惭此往物轻。

虽知未足报，贵用叙我情。

缅怀既往，聊当一哭！中心伤悲，掷笔三叹！

一九七四年八月廿九日于美国西雅图。

图书在版编目（CIP）数据

不复当年模样 / 梁实秋著 . —长沙：湖南文艺出版社，2012.11
ISBN 978-7-5404-5406-7

Ⅰ . ①不…　Ⅱ . ①梁…　Ⅲ . ①散文集—中国—现代　Ⅳ . ① I266

中国版本图书馆 CIP 数据核字（2012）第 250816 号

上架建议：名家经典 · 散文

不复当年模样

作　　者：梁实秋
出 版 人：刘清华
责任编辑：丁丽丹　刘诗哲
监　　制：张应娜
特约编辑：丛龙艳
封面设计：吕彦秋
版式设计：姜利锐
出版发行：湖南文艺出版社
（长沙市雨花区东二环一段 508 号　邮编：410014）
网　　址：www.hnwy.net
印　　刷：北京鹏润伟业印刷有限公司
经　　销：新华书店
开　　本：880mm × 1270mm　1/32
字　　数：193 千字
印　　张：9
版　　次：2012 年 11 月第 1 版
印　　次：2012 年 11 月第 1 次印刷
书　　号：ISBN 978-7-5404-5406-7
定　　价：28.00 元
（若有质量问题，请致电质量监督电话：010-84409925）